KB098945

세계명단편선

세계명단편선

유종무 외 옮김

신라출판사

차례

톨스토이

(Tolstoi, Lev Nikolaevich 1828~1910)

1828년 러시아의 야스나야 폴라냐에서 명문가의 넷째 아들로 태어났다.

그는 어려서 부모를 여의고 고모집에서 자라다가 16세 때 카잔대학에 입학하여, 루소의 영향을 받아 대학을 중퇴하고 고향으로 돌아갔다.

그 후 군대에 입학하면서부터 창작 활동을 시작하였는데, 1852년 처녀작 〈유년 시대〉를 발표하였고, 1862년 소피아 안드레예프와 결혼하였다.

1864년에서 1869년에 걸쳐 〈전쟁과 평화〉를 썼고, 1898년에서 이듬해까지 그의 대표작이라 할 수 있는 〈부활〉을 발표했다.

그가 〈안나 카레니나〉를 탈고했을 때는 정신적인 위기가 다가와 노년에는 모든 것을 버리고 러시아 각처를 돌아다니며 방랑 생활하던 중 1910년 82세에 폐렴으로 세상을 떠났다.

사람은 무엇으로 사는가

구두 수선공인 세몬이 아내와 자식을 데리고 농촌에 세 들어 살고 있었는데 그는 재산이 하나도 없었기 때문에 오직 손님의 구두를 고쳐 주는 대가로 가족들을 먹여 살리고 있었다. 빵 값은 비싼데 들어오는 돈은 형편없이 적기 때문에 때로는 어떻게 살아야 할지 막막한 것이 한두 번이 아니었다. 이 사람은 가죽 외투를 아내와 번갈아서 입었는데, 이제는 그것마저 닳아서 누더기가 되었으므로 외투를 새로 만들기로 마음을 먹었다.

가을로 접어들자 가난한 세몬에게도 어느 정도의 여유가 생겼다. 아내의 지갑 안에는 3루블이 들어 있었으며, 또한 마을 사람에게 5루블 20카페이카를 빌려 준 것이

있었다.

그래서 세몬은 새벽부터 양가죽을 사려고 마을 사람들에게 꾸어 준 돈을 받기 위해 아침 일찍부터 서둘렀다. 그는 식사를 마치자 루비시까 위에다 아내의 속옷을 껴입고 그 위에 다시 외투를 걸친 다음 3루블을 주머니에 넣고 나무막대기를 지팡이 삼아 마을을 향해 떠났다. 세몬은 속으로 생각했다.

'마을 사람들에게 빌려 준 5루블을 받고 내가 가지고 있는 3루블을 보태어 새 외투를 만들 양가죽을 사면 되겠다.'

세몬은 마을에 도착해 한 농부의 집을 찾아갔으나, 마침 주인은 집에 없었다. 농부의 아내는 일주일 안으로 돈을 수선공에게 갚겠다고 약속을 했고, 또 다른 집을 찾아갔으나 그 농부도 지금은 돈이 한 푼도 없다고 통사정을 하면서 장화를 고치는 데 쓰라고 고작 20카페이카를 주었다. 이에 난처해진 세몬은 할 수 없이 가죽을 외상으로 사려고 했으나 상점 주인은 외상을 주려고 하지 않았다.

"돈을 내세요. 돈만 내면 마음에 드는 가죽을 얼마든지 주겠소. 외상이라면 이제 진절머리가 나요."

세몬은 어쩔 수 없이 농부에게서 받은 20카페이카와 또 한 집에서 낡은 털장화를 수선하는 일을 주문받고 집

으로 돌아올 수밖에 없었다.

세몬은 기분이 몹시 상했고 맥이 풀려 20카페이카를
모두 털어 술을 마셔 버리고 집으로 돌아가고 있었다. 집
에서 나설 때에는 조금 추운 것 같았으나 술을 마시고 나
니 가죽 외투가 없어도 따뜻했다. 세몬은 한 손에 든 지
팡이로 꽁꽁 언 땅을 두드리고 다른 손에 든 털장화를 흔
들면서 중얼거렸다.

"가죽 외투 같은 건 없어도 괜찮아. 술을 마시고 나니
온몸이 후끈거리는데. 가죽 외투 같은 것은 필요 없어.
나라는 존재도 귀하단 말씀이야. 그러니 가죽 외투쯤은
없어도 충분히 살아 갈 수 있어. 나에게는 그런 것은 필
요 없으나, 여편네가 가만 있지 않을 테니 몹시 골치가
아프게 되었군. 나는 죽을 힘을 다해 일하는데 언제나 코
방귀만 뀌고 있으니 울화통이 터진단 말이야. 그놈들이
이번에도 돈을 가져오지 않으면 모자를 빼앗아 버릴 테
다. 암 그렇게 하고말고. 그런데 이게 무슨 짓들인가? 고
작 20카페이카를 주다니! 이걸 가지고 무엇을 하라는 말
인가? 기껏해야 술 한 잔 마시면 그뿐인걸. 그래 네놈들
은 형편이 어려워서 그렇다고 엄살을 떨지만 나는 더욱
죽을 지경이야. 네놈들은 집도 있고 가축도 있고 그 밖에
도 가진 것이 많지만 나는 고작해야 이 낡은 외투뿐이야.
네놈들은 농사를 지어 빵을 얻지만 나는 모든 것을 돈으

로 사야 해. 무슨 수를 써서라도 일주일에 3루블은 있어야 빵을 살 수 있어. 집에 돌아가 빵이라도 떨어졌으면, 당장 1루블하고 50카페이카는 써야 하는데. 이런 형편이니 네놈들도 빨리 내 돈을 갚으란 말이야."

이렇게 중얼거리면서 세몬은 이윽고 길모퉁이의 교회 근처까지 왔다. 그때 교회 뒤에서 무엇인가 흰 물체가 보였다. 주위는 이미 어두워졌기 때문에 구두 수선공은 숨을 죽이고 지켜보았지만 그것이 무엇인지 알아볼 수가 없었다.

'여기에는 저런 돌 같은 것은 없었지. 그러면 가축인가? 아니야, 가축 같지는 않은데. 머리는 사람 같아 보이는데 어쩐지 너무 하얗군. 그리고 사람이라면 이런 곳에 있을 리가 없어.'

세몬은 좀더 가까이 다가갔다. 그때서야 똑똑하게 보였다. 그런데 정말 이상한 일은, 그것은 사람이 분명한데 죽었는지 살았는지 알몸으로 차디찬 교회 벽에 기댄 채 웅크리고 앉아 꼼짝도 하지 않고 있었다. 세몬은 갑자기 무서운 생각이 들었다.

'아마도 나쁜 놈들이 저 사람을 죽인 후에 옷을 벗기고 여기에다 버린 것이 틀림없어. 가까이에서 우물거리고 있다가는 나중에 무슨 변을 당할지 알 수 없는 일이야.'

그래서 세몬은 그 옆을 그냥 지나쳐 버렸다. 교회 모퉁이를 돌아가니 사나이는 보이지 않았다. 교회를 지나 한참을 걸어가다가 뒤를 돌아보니 사나이가 벽에서 몸을 떼어 움직이고 있었다. 어쩐지 무슨 동정을 살피고 있는 것 같아서 더욱 겁이 나서 이렇게 생각했다.

'가까이 가 볼까. 아니면 그냥 가 버릴까? 만일 가까이 다가갔다가 재수 없이 어떤 봉변을 당할지도 모르지. 저 놈이 어떤 놈인지 모르지 않는가? 좋은 일을 했는데 이런 곳에 왔을 리는 없을 테고, 곁에 다가가면 갑자기 달려들어 내 목을 조를지도 모르지. 그렇게 되면 나는 끝장이고, 비록 목을 조르지 않더라도 결국은 귀찮은 일을 당할 것이다. 저 사나이는 지금 알몸인데, 내가 입고 있는 옷을 몽땅 벗어 줄 수도 없고. 아! 하나님 제발 무사히 지나가게 해주십시오!'

세몬은 걸음을 재촉하여 교회를 거의 다 지나게 되었는데, 갑자기 양심의 소리가 들려오기 시작하자 세몬은 걸음을 멈추고 중얼거렸다.

"세몬! 도대체 너는 무엇을 망설이고 있느냐? 사람이 저렇게 죽어가고 있는데, 너는 겁을 먹고 슬그머니 도망치려 하다니 네가 대단한 부자인가, 아니면 빼앗길 만한 물건이라도 가지고 있다는 말인가? 그것은 좋지 않은 짓이야, 세몬."

결국 세몬은 발길을 되돌려 사나이에게 다가갔다.

세몬이 사나이에게 가까이 다가가서 자세히 살펴보니 그는 젊으며 힘도 있을 듯하고 몸에는 아무런 상처도 없었다. 그러나 추위 때문에 몸이 얼어붙은 채로 벽에 기댄 채 세몬 쪽을 보려고도 하지 않았고, 너무 지친 나머지 눈을 들어 쳐다볼 수 없는 형편이었다. 세몬이 더욱 가까이 다가가자, 그제야 고개를 들고 세몬을 바라보았는데, 사나이의 눈과 세몬의 눈이 마주치자 세몬은 사나이에 대한 동정이 솟아났다. 그래서 세몬은 손에 들었던 털장화를 땅바닥에 내려놓고 허리띠를 풀어 장화 위에 놓은 다음 급히 외투를 벗었다.

"당신이 이러고 있으면 어떻게 되는 줄 알아! 빨리 이것을 입어요."

세몬이 두 팔로 사나이를 부축하여 일으키자 사나이는 겨우 일어났는데. 자세히 살펴보니 키도 크고 몸과 손도 깨끗하고, 온화해 보이는 얼굴이었다. 세몬이 그의 어깨에 외투를 걸쳐 소매를 끼워 주고 옷자락을 당겨 허리띠까지 매어 주었다.

세몬은 자기가 쓰고 있던 낡은 모자도 벗어 사나이에게 씌워 주려고 하다가 모자를 벗고 나니 머리가 차가웠기 때문에 '나는 머리가 벗겨졌지만 이 사나이는 머리숱

이 많아' 하고 모자를 다시 썼다.

'그보다는 장화를 신겨 주는 것이 훨씬 낫겠지.'

그는 사나이를 다시 앉히고 털장화를 신기고 나서 말했다.

"왜 말이 없나? 이런 곳에서 밤을 지샐 작정인가? 날씨가 추우니 빨리 집으로 가야지. 걸을 힘이 없으면 여기내 지팡이가 있으니 이것을 짚고 걸어요. 자, 기운을 내요!'

두 사람이 걷기 시작했을 때 세몬이 말을 꺼냈다.

"자네는 어디에서 왔는가?"

"나는 이 고장 사람이 아닙니다."

"이 고장 사람은 내가 다 알지. 그런데 왜 이런 곳에 왔나? 또 왜 교회 모퉁이에 웅크리고 있었나?"

"그 이유는 말씀드릴 수 없습니다."

"틀림없이 나쁜 놈들에게 봉변을 당했겠지."

"아닙니다. 어느 누구도 나를 해치지 않았습니다. 나는하나님에게 벌을 받은 것입니다."

"물론 모든 일은 하나님의 뜻이니까. 자, 이제 어디라도 들어가 쉬어야 할 텐데, 대체 어디로 갈 작정인가?"

"갈 곳은 없습니다. 저는 어디든 좋습니다."

세몬은 깜짝 놀랐다. 사나이는 불량한 사람은 아닌 것같았고 말씨도 공손한데 자세한 것을 말하려고 하지 않앉다. 세몬은 마음속으로 생각했다.

'세상에는 누구에게나 말 못할 사정이 있지.'

세몬은 사나이에게 말했다.

"그러면 우리 집으로 같이 가는 것은 어떤가? 몸을 녹이면 정신도 날 테니까."

세몬이 걷기 시작하자, 이 낯선 사나이는 조금도 뒤떨어지지 않고 잘 따라왔다. 찬바람이 세몬의 내의 속을 파고 들어오자, 술이 점점 깨면서 추위를 느끼기 시작했다. 세몬은 내의를 여미면서 걱정을 했다.

'아니 어찌 된 가죽 외투란 말인가? 양가죽을 사러 갔다가 외투도 없이 돌아오니, 더욱이 낯선 사나이까지 데리고 가니 마뜨료나가 몹시 화를 내겠지.'

마뜨료나 생각을 하자 세몬의 마음은 갑자기 우울해졌다. 그러나 자기와 함께 가고 있는 사나이와 또 교회 모퉁이에서 사나이를 처음 발견했을 때 자신을 바라보던 시선을 생각하자 다시 마음이 명랑해졌다.

세몬의 아내는 장작을 쪼개고, 물을 긷고, 아이들과 같이 저녁을 먹고 나서 깊은 생각에 잠겼다. 빵을 언제 굽는 것이 좋을까. 저녁에 구울까 아니면 내일 아침에 구울까 하고 생각하고 있었다. 아직 큰 빵 조각이 남아 있기 때문이다.

'남편이 밖에서 식사를 하고 오면 저녁을 많이 먹지 않을 테니, 내일 아침은 이것으로 충분하겠지.'

마뜨료나는 큰 빵 조각을 만지면서 중얼거렸다.

"오늘 저녁에는 빵을 굽지 않아도 되겠다. 밀가루도 조금밖에 없으니 이것으로 금요일까지 지내도록 하자."

마뜨료나는 빵 굽는 일을 그만두기로 하고 세몬의 옷을 깁기 시작했다. 그녀는 바느질을 하며 세몬이 어떤 가죽을 사 올 것인가 생각하고 있었다.

'모피 가게 주인에게 속지 않았으면 좋겠는데, 세몬은 사람이 워낙 순해서 알 수 없어. 세몬은 절대로 남을 속이지 못하는 대신 어린애한테도 맥없이 속아 넘어가지……. 8루블이라면 적은 액수는 아니니 그만한 돈이면 좋은 외투를 만들 수 있을 거야. 지난 겨울에는 가죽 외투가 없어서 냇가에도 들에도 나가지 못했지. 오늘만 해도 그래. 남편이 옷이란 옷을 모두 입고 나가 버리니 나는 입을 것이 없어. 그런데 왜 이렇게 늦을까. 벌써 돌아올 시간이 지났는데. 혹시 그 돈으로 술타령을 하고 있는 것이 아닐까?'

마뜨료나가 이런 생각에 잠겨 있을 때, 입구의 계단이 삐거덕거리면서 누군가 들어오는 소리가 났다. 마뜨료나가 바늘을 옷감에 꽂아 놓고 문 밖으로 나가자 세몬이 낯선 사나이와 함께 계단을 올라오고 있었다. 마뜨료나는 곧 남편이 술을 마셨다는 것을 곧 알아 챘다.

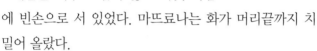

'그러면 그렇지. 술을 마시고 왔군.'

세몬은 외투도 입지 않고 속옷 바람에 빈손으로 서 있었다. 마뜨료나는 화가 머리끝까지 치밀어 올랐다.

'가죽을 살 돈으로 술을 몽땅 마셔 버린 거야. 게다가 술을 잔뜩 마시고 저런 건달까지 집으로 끌고 왔구먼.'

마뜨료나는 두 사람 뒤를 따라 들어가다가 낯선 사나이가 입고 있는 외투가 바로 자신들의 것임을 금세 알아챘다. 외투 속에는 내의도 입은 것 같지 않고 모자도 쓰지 않고 있었다. 방 안에 들어온 사나이는 앉지도 않고 그냥 선 채로 고개도 들지 않았다. 그래서 마뜨료나는 이 사람이 틀림없이 무슨 나쁜 짓을 저질러 겁을 내고 있는 것이라고 생각했다.

마뜨료나가 이맛살을 찌푸리며 난로 옆으로 물러나 두 사람의 동정을 살펴보자, 세몬은 아무렇지도 않다는 듯이 모자를 벗고 태연하게 의자에 걸터앉았다.

"이봐, 왜 그러고 있어? 어서 빨리 저녁 준비를 하라고."

마뜨료나는 아무런 대꾸도 하지 않고 난로 옆에 그대로 서서 두 사람의 눈치를 살피고 있었다. 세몬은 아내가 화가 나 있음을 알고 할 수 없다는 듯이 사나이에게 말했다.

"자, 앉아요. 저녁을 먹자고."

세몬의 말에 사나이는 의자에 앉았다.

"그래 저녁 준비는 안 됐나?"

마뜨료나는 마침내 화를 냈다.

"안 되기는 왜 안 돼요. 그러나 당신을 위해 준비한 것은 아니에요. 당신 꼴을 보니 하루 종일 술만 퍼마시고 다녔군요. 가죽 외투를 사러 간다더니 빈손으로 돌아오고 게다가 부랑자까지 데리고 오다니. 당신들 같은 사람들에게 줄 음식은 아무것도 없어요."

"그만 해요. 마뜨료나, 사실을 알지도 못하면서 함부로 화를 내면 못써요. 그런 말을 하기 전에 어떤 일이 있었는지 알아보는 것이 어때?"

그러면서 세몬은 외투 주머니에서 돈을 꺼내어 마뜨료나에게 내밀었다.

"돈은 여기 그대로 있다고. 하지만 도리포노프는 오늘은 돈이 없다면서 내일은 꼭 주겠다고 약속했어."

마뜨료나는 사 오겠다던 외투는 사 오지 않고 도리어 하나밖에 없는 외투를 낯선 사나이에게 입혀 가지고 집에 데리고 왔다는 사실에 더욱 화가 치밀었다.

마뜨료나는 탁자 위에 놓인 돈을 집어 들면서 말했다.

"저녁은 없어요. 주정뱅이에게까지 신경을 쓰고 싶지는 않아요."

"이봐 마뜨료나, 말을 조심해요. 우리 이야기도 한번 들어 보아야지."

"당신 같은 주정뱅이에게 무슨 말을 들어요. 사실이지, 나는 당신 같은 주정뱅이와 결혼할 생각이 없었어요. 그리고 어머니가 주신 것들도 술값으로 다 없애고 양가죽을 사러 간다더니 그 돈마저도 술값으로 모두 쓰고 오는군요."

세몬은 아내에게 자기가 마신 술값은 20카페이카밖에 안 된다고 열심히 설명하고, 사나이를 데리고 온 데 대해서도 사실대로 밝히려고 했으나, 마뜨료나는 한 마디도 못 하게 가로막았다. 그녀가 쉴 새 없이 떠들어 대니 세몬이 설명을 할 수가 없었다. 마뜨료나는 10년 전의 일까지 끄집어내어 계속 지껄이면서 세몬에게 달려들어 그의 옷소매를 붙잡고 사정없이 흔들어 댔다.

"내 옷을 내놓아요. 하나밖에 없는 내 옷을 빼앗아 입고 염치도 좋지. 이리 내라니까, 정말 못난 인간 같으니라고. 차라리 죽어 없어지는 것이 낫지."

세몬이 팔을 들어 옷을 벗으려고 하는데 마뜨료나가 세차게 잡아당기는 바람에 옷의 실밥이 터졌다. 마뜨료나는 옷을 빼앗아 입고 문 쪽으로 달려 밖으로 나가려고 하

다가 문득 발걸음을 멈추었다. 기분은 몹시 불쾌했으나 남편이 데리고 온 사나이가 도대체 어떤 사람인지 알고 싶어진 것이다.

마뜨료나는 멈추어 서서 말했다.

"사람이 모자라지 않으면 이렇게 맨발로 있을 리가 없어요. 그런데 이 사나이는 속옷도 입지 않고 있어요. 그리고 당신도 마찬가지예요. 만일 좋은 일을 했다면 어디서 이 사나이를 데리고 왔는지 왜 사실대로 말을 못 해요."

"아까부터 그 말을 하려고 했었어. 내가 집으로 돌아오는데 이 사람이 교회 벽에 몸을 기댄 채 웅크리고 앉아 있었는데 거의 얼어 죽을 지경이었지. 글쎄 여름도 아닌데 벌거벗은 채로 떨고 있었소. 정말 하나님이 도우신 거야. 내가 그리로 지나왔으니까 살았지 다른 길로 갔더라면 얼어 죽고 말았을 거요. 사람이 살다 보면 언제 무슨 일을 당할지 누가 알겠소? 그래서 내 외투를 입혀서 집에까지 데리고 왔어요. 여보, 마뜨료나 당신도 마음을 가라앉히고 이 사람의 처지를 한 번 생각해 보아요. 사람은 누구나 한 번은 죽게 되어 있어요."

마뜨료나는 실컷 욕설을 퍼부으려다 낯선 사나이를 쳐

다보고 말문이 막혔다. 사나이는 의자 끝에 앉아 꼼짝도 하지 않고 죽은 듯이 있었다.

사나이는 두 손은 무릎 위에 포개고 고개를 가슴께까지 떨어뜨린 채 눈을 감고 마치 무엇에 목이 졸리기라도 한 것처럼 얼굴을 찡그리고 있었다. 마뜨료나가 입을 다물자 세몬은 다시 말했다.

"여보, 당신에게는 하나님이 없소?"

마뜨료나는 이 말을 듣고 다시 한 번 낯선 사나이를 바라보았다. 그 순간 마뜨료나의 노여움이 차차 가라앉기 시작했으므로 그녀는 난로 옆으로 가서 서둘러 저녁 준비를 시작했다. 탁자 위에 잔을 놓고 엿기름과 보리와 호밀 등으로 만든 러시아의 술인 크바스를 따르고 남은 빵을 내놓으며 말했다.

"자, 어서 식사들 하세요."

세몬은 사나이를 식탁으로 데리고 갔다.

"앉아요."

세몬은 큰 빵 조각을 잘게 썬 다음 먹기 시작했다. 마뜨료나는 탁자 한쪽에서 턱을 괴고 사나이를 가만히 바라보았다.

그러자 마뜨료나는 이 사나이가 불쌍하게 생각되어 계속 돌보아 주고 싶은 마음이 생겼다. 그때 사나이가 갑자기 밝은 표정으로 변하더니 찡그린 얼굴을 펴고 마뜨료나 쪽으로 눈길을 돌려 싱긋이 웃어 보였다.

식사가 끝나자 마뜨료나는 그릇들을 치운 다음 낯선 사나이에게 물었다.

"당신은 어디서 왔어요?"

"저는 이 고장 사람이 아닙니다."

"그러면 왜 그런 곳에서 떨고 있었죠?"

"그것은 말씀드릴 수가 없습니다."

"당신이 입고 있던 옷을 누가 벗겨 갔죠?"

"저는 하나님께 벌을 받았습니다."

"그래서 벌거벗은 채로 웅크리고 있었어요?"

"네. 벌거벗은 채로 쓰러져 얼어 죽을 뻔했지요. 그것을 아주머니의 남편께서 보고 불쌍하게 여겨 외투를 벗어 입히고 신발을 신겨 이곳으로 데리고 온 것이지요. 또 여기 오니 아주머니께서 먹을 것과 마실 것을 주셨습니다. 두 분께서는 틀림없이 하나님의 은총을 받으실 것입니다."

마뜨료나는 일어나 조금 전에 기워 놓았던 세몬의 낡은 내의를 사나이에게 주었다. 또 바지를 찾아서 건네주었다.

"당신은 내의도 입지 않은 것 같은데 이것을 입고 아무데나 편한 곳에서 주무세요."

사나이는 외투를 벗고 내의를 입은 다음 침대에 누웠다. 마뜨료나는 불을 끄고 외투를 집어 들고 남편 곁으로 갔다. 마뜨료나는 외투 자락을 덮고 눕긴 했으나 좀처럼 잠을 잘 수가 없었다. 계속해서 낯선 사나이의 일이 머리 속에서 떠나지 않았기 때문이다.

낯선 사나이가 마지막 남은 빵을 먹어 버렸으니 다음날 아침에 먹을 빵이 없어 걱정되었고, 내의와 바지를 건네 준 것을 생각하니 여간 아쉬운 게 아니었다. 그러나 사나이가 싱긋 웃던 모습을 떠올리자 가슴이 뭉클해지는 것이었다. 마뜨료나는 오랫동안 잠을 이루지 못했다. 세몬도 잠을 자지 못하고 외투 자락을 끌어당겼다.

그때 마뜨료나가 말을 꺼냈다.

"남은 빵을 다 먹어 버렸는데 내일 먹을 것이 없으니 어떻게 하면 좋아요. 이웃 마나랴 집에서 좀 빌려 올까요?"

"그래, 그게 좋겠군. 설마 굶기야 하겠어."

마뜨료나는 가만히 누워 생각에 잠기며 말했다.

"그런데 저 사나이는 나쁜 사람은 아닌 것 같은데 어째서 자기 신분을 밝히지 않을까요?"

"글쎄, 말 못할 사정이 있겠지."

"여보?"

"왜?"

"우리는 남을 도와주는데, 어째서 남들은 우리를 도와주지 않을까요?"

"그런 생각을 해 봐야 무슨 소용 있어."

세몬은 이렇게 대답하고 돌아누워 잠을 청했다.

다음날 아침, 세몬은 일찍 잠에서 깨었다. 마뜨료나는 아이들이 일어나기 전에 이웃집으로 빵을 빌리러 갔다. 낯선 사나이는 낡은 내의와 바지를 입은 채 의자에 앉아 아무 말 없이 천장만 물끄러미 바라보고 있었다. 그의 모습이 어제보다는 한결 밝아 보였다.

"여보게 젊은이. 배는 먹을 것을 원하고 몸에는 입을 것이 있어야 하니 돈을 벌어야 하지 않겠나. 자네는 무슨 일을 할 줄 아나?"

"저는 할 줄 아는 일이 아무것도 없습니다."

세몬은 사나이의 이 말에 깜짝 놀랐다.

"하겠다는 마음만 먹으면 돼. 사람은 무엇이든 노력하면 할 수 있는 거야."

"그렇게 하지요. 모두들 일하니까 저도 일하겠습니다."

"자네 이름을 말해 주게."

"미하일입니다."

"여보게. 미하일. 자네의 신분에 대해서는 밝히기 싫은 모양인데 그것은 아무래도 좋아. 굳이 들어야 할 까닭도 없으니까. 그러나 자기 몫은 해야 돼. 내가 시키는 일을 하겠다면 우리 집에 있어도 좋아. 어떤가?"

"감사합니다. 열심히 일하겠으니 무슨 일이든지 가르쳐만 주십시오."

세몬은 실을 손가락에 감아 실 꾸러미를 만들기 시작했다.

"별로 어렵지 않으나 잘 보라고."

미하일은 그것을 자세히 쳐다보더니 쉽게 익힌 다음 손가락으로 실을 꼬았다. 세몬은 다시 미하일에게 가죽을 이어 붙이는 일을 가르쳤는데 미하일은 이것도 빨리 배웠다. 그 다음에, 세몬은 실 속에 단단한 실을 끼워 넣는 일과 가죽 깁는 방법을 가르쳤는데, 미하일은 이것도 이내 익혔다.

세몬이 어떤 일을 가르쳐도 빨리 익혀 사흘 만에 오래 전부터 구두 일을 한 기술자처럼 능숙하게 처리했다. 그는 몸을 아끼지 않고 일했고 음식을 조금밖에 먹지 않았다. 한가할 때에도 말을 하거나 웃거나, 밖으로 나가지 않았다.

미하일이 유일하게 미소를 띄었던 것은 마뜨료나가 그를 위해 저녁을 준비하던 첫 대면의 순간뿐이었다.

그런 가운데 1년이 지났다. 미하일은 여전히 세몬의 집에서 부지런히 일했는데, 미하일만큼 멋있고 튼튼한 구두를 만드는 사람이 없다는 소문이 퍼지자 이웃 마을에서까지 주문이 밀려들어 세몬은 점점 돈을 많이 벌게 되었다.

어느 겨울날 세몬이 미하일과 함께 일하고 있는데 방울 소리가 들리더니 집 앞에 삼두 마차가 멈추어 섰다. 창문으로 내다보니 젊은 사람이 마부석에서 뛰어내려 마차의 문을 열었다. 그러자 마차 안에서 가죽 외투를 걸친 점잖은 신사 한 사람이 마차에서 내려 세몬의 가게를 향해 층계를 올라왔다. 신사가 문 앞에 이르자 마뜨료나가 달려가서 문을 열었다. 신사는 허리를 구부리고 들어왔는데 키가 대단히 커서 머리가 천장에 닿을 정도였고 몸집도 방 안을 채울 만큼 거대하였다.

세몬은 일어나 인사를 했으나 신사의 큰 몸집을 보고는 그만 어안이 벙벙해졌다. 지금까지 이렇게 큰 사람을 본 적이 없었기 때문이다. 세몬은 몸이 마르고 호리호리한 키였고, 미하일 역시 깡마른 편이었으며, 마뜨료나도 마치 마른 나뭇가지처럼 말랐는데, 이 신사는 딴 세상 사람처럼 얼굴이 붉고 윤기가 돌며 목은 황소처럼 굵어 마치 몸 전체가 무쇠로 만들어진 것 같았다. 신사는 크게 숨을 내쉬더니 가죽 외투를 벗은 후 의자에 앉아 이렇게 말했다.

"이 가게 주인이 누구요?"

"네, 제가 주인입니다. 손님."

세몬이 나서며 말했다.

그러자 신사는 큰 소리로 하인에게 말했다.

"페지카, 그것을 이리 가져와!"

젊은이가 달려가서 어떤 꾸러미를 가지고 오자, 신사는 그것을 탁자 위에 놓고 젊은이에게 펼치라고 명령했다.

젊은이가 꾸러미를 풀자 가죽이 들어 있었다.

신사는 손가락으로 가죽을 찌르며 세몬에게 말했다.

"주인. 이게 어떤 물건인 줄 알겠소?"

"네. 알겠습니다."

"이 가죽을 정말 안다는 말이오?"

세몬이 가죽을 만져 보고 대답했다.

"아주 좋은 물건입니다."

"그야 물론 좋은 가죽이오. 아마 주인은 이런 물건을 한 번도 보지 못했을 걸. 독일제 가죽인데 20루블이나 주었소."

세몬은 겁먹은 표정으로 대답했다.

"저 같은 놈은 어디 구경을 할 수 있어야죠."

"이 가죽으로 내 발에 꼭 맞는 가죽 장화를 만들어 줄 수 있겠소?"

"네, 만들 수 있습니다요."

신사는 갑자기 큰 소리로 말했다.

"만들 수 있다고! 당신은 먼저 누구의
가죽 장화를 어떤 가죽으로 만드는지 똑
똑히 알아야 해. 나는 1년을 신어도 닳아지지 않고 모양
이 찌그러지지 않는 가죽 장화를 원한단 말이오. 그러니
자신이 있으면 맡아서 만들고 만일 자신이 없으면 아예
거절하는 것이 좋소. 미리 말해 두지만, 만약 장화가 1년
이 못 가 찌그러지거나 파손되면 당신을 교도소에 보낼
것이오. 그러나 1년이 지나도 이상이 없으면 10루블을 더
지불하겠소."

세몬은 잔뜩 겁이 나서 대답을 못 하고 미하일의 옆구
리를 찌르면서 의논을 했다.

"여보게, 미하일, 어떻게 하지?"

미하일은 주문을 맡으라는 뜻으로 고개를 약간 끄덕였
다.

세몬은 미하일의 뜻에 따라 신사의 주문을 받아들여 1
년을 신어도 찌그러지지 않고, 파손되지도 않는 가죽 장
화를 만들기로 했다.

신사는 하인을 불러 왼발의 신을 벗기게 하고 다리를
쑥 내밀었다.

"자, 치수를 재시오."

세몬은 50센티미터 정도의 종이를 잘라 붙여 길게 만든 후 자리를 펴서 무릎을 꿇고 신사의 양말이 더럽혀지지 않게 손을 닦고 치수를 재기 시작했다. 세몬은 발바닥과 발등을 잰 다음 종아리를 재려고 했으나 종이의 양끝이 닿지 않았다. 신사의 종아리가 통나무처럼 굵었기 때문이다.

"잘하시오. 종아리가 꼭 끼지 않게 주의해요."

세몬은 다른 종이를 덧붙였다. 신사는 의젓하게 앉은 채 양말 속의 발가락을 움직이면서 미하일을 보았다.

"저 젊은이는 누구요?"

"저 사람은 우리 가게의 뛰어난 직공인데, 선생님의 장화를 만들 것입니다."

신사는 미하일에게 말했다.

"분명히 알아 두게. 반드시 1년 동안은 탈이 나지 않는 장화를 만들어야 해."

그런데 미하일은 신사의 얼굴을 보지도 않고 그 뒤의 한쪽 구석을 바라보고 있었다. 마치 무엇을 알아내려고 유심히 살피는 표정이었다. 미하일은 한참 동안을 그런 모습으로 있더니 갑자기 빙긋이 웃으면서 얼굴이 환하게 밝아졌다.

"여보게, 무엇을 보고 싱글거리고 있어. 이 바보 같은 친구야! 기한 안에 정성껏 장화를 만들어 내야 한단 말이야."

그러자 미하일이 대답했다.

"염려 마세요. 반드시 기한 안에 장화를 만들어 놓겠습니다."

신사는 구두를 신고 가죽 외투를 걸친 후 문 쪽으로 걸어갔다. 그런데 문을 나갈 때 허리를 굽히지 않았으므로 이마를 세게 부딪쳤다. 신사는 화를 내며 분통을 터뜨리더니 이마를 문지르며 마차를 타고 떠났다.

신사가 사라지자 세몬이 말했다.

"정말 굉장해! 저 정도의 몸집이면 죽이려고 해도 죽지 않을 것 같은데. 그런데 세게 이마를 부딪쳤는데도 별로 아프지 않은 표정이야."

마뜨료나가 대꾸했다.

"호강을 하고 사는데 몸집이 크지 않겠어요? 저처럼 크고 튼튼한 사람에게는 죽음의 신도 멀리하지요."

세몬이 미하일에게 말했다.

"주문은 맡기는 했으나 큰 걱정이야. 만일 주문대로 만들지 못하면 꼼짝없이 교도소에 가는 거야. 가죽은 비싸고 손님 성질은 괴팍해서 실수하면 큰일이야. 여보게 미하일, 자네는 눈도 밝고 솜씨도 좋으니까 이 치수대로 재단을 하게. 나는 가죽을 꿰매겠네."

미하일은 세몬의 지시대로 신사가 가져온 가죽을 탁자

위에 펴 놓고 가위로 재단을 시작했
다. 마뜨료나가 미하일 곁으로 가
서 재단하는 것을 지켜보다가 깜짝 놀
랐다. 마뜨료나도 이제는 구두를 제법 익숙하
게 만들고 있는데, 미하일은 신사가 주문한 모양과는 다
르게 가죽을 재단하고 있었던 것이다. 마뜨료나는 미하
일에 주의를 주려다가 생각했다.

'내가 신사의 장화를 어떻게 만들어야 한다는 말을 잘
못 들었는지도 몰라. 미하일이 나보다 더 잘 알고 있을
거야. 쓸데없이 간섭했다가는 망신당할지 몰라.'

미하일은 재단을 마치고 가죽을 꿰매기 시작했는데, 그
것은 구두를 만들 때 쓰는 두 겹실이 아니고 슬리퍼를 만
들 때 쓰는 한 겹실이었다.

마뜨료나는 그것을 보고 또다시 놀랐으나 이번에도 역
시 아무 말도 하지 않고 지켜보고만 있었다.

점심시간이 되어 세몬이 일어나 미하일 쪽을 보았더니
그는 가죽으로 슬리퍼를 만들고 있었다. 세몬은 이것을
보고 크게 놀랐다.

'아니, 이게 웬일인가? 미하일은 우리 집에서 1년을 같
이 살면서 한 번도 실수한 일이 없었는데 왜 하필이면 이
런 때에 이처럼 엄청난 실수를 하다니. 손님은 장화를 주
문했는데 이 사람은 슬리퍼를 만들고 있으니 가죽만 못

쓰게 되어 버리고 말았어. 그 손님에게 어떻게 변명을 할까? 이 비싼 가죽을 구할 수도 없는데 큰일났구나.'

그래서 미하일에게 물었다.

"여보게, 미하일. 도대체 어찌 된 일인가? 아니, 나를 아주 죽일 작정인가? 장화를 주문했는데 자네가 지금 만들고 있는 것은 슬리퍼가 아닌가?"

세몬이 너무 기가 막혀 미하일을 나무라고 있는데 밖에서 누군가가 문을 두드렸다. 두 사람이 창문으로 다가가 내다보니 조금 전에 신사와 함께 왔던 젊은 하인이었다.

"안녕하십니까?"

"예. 어서 오십시오. 또 무슨 일로?"

"실은 조금 전에 주문했던 장화 때문에 마님의 심부름을 왔습니다."

"장화에 관한 일이라고?"

"구두인지 장화인지 이제는 필요 없게 되었어요. 나으리가 갑자기 돌아가셨어요."

"뭐라고?"

"이곳을 나와 댁으로 가시는 도중에 마차 안에서 돌아가셨습니다. 마차가 집에 도착하여 내려 드리려고 가까이 가 보니 나으리 몸이 이미 굳어 었습니다. 마차에서 가까스로 끌어내렸지요. 그래서 마님께서는 나를 되돌려 보내면서 나으리가 주문하셨던 장화는 이제 필요 없으니 그 가죽으로 죽은 사람에게 신기는 슬리퍼를 만들어 오라고 말씀하셨습니다. 그래서 이렇게 왔습니다."

미하일은 탁자 위에 남은 가죽을 챙기고 다 만들어진 슬리퍼를 툭툭 털어 앞치마로 잘 닦아 하인에게 건네주었다. 하인은 슬리퍼를 받아 돌아갔다.

"안녕히 계십시오."

미하일이 세몬의 집에 온 지도 어느덧 6년이 되었다. 그래도 여전히 밖에 나가는 일도 없고 쓸데없는 말은 한 마디도 하지 않았다. 그 동안에 그가 웃었던 일은 두 번 뿐으로 처음에는 마뜨료나가 저녁 식사를 대접했을 때 서로 얼굴을 마주치는 순간이었고, 그 다음은 장화를 주문하러 왔던 신사를 보았을 때였다. 세몬은 미하일을 대견하게 여기고 만족해하고 있었다. 그는 이제 미하일에게 어디서 왔느냐고 묻지도 않았고, 혹시 미하일이 나가버리지나 않을까 걱정하고 있었다.

어느 날, 온 식구가 집 안에 모여 있었는데 마뜨료나는 냄비를 화덕에 올려놓고, 아이들은 의자를 넘어 다니며 창 밖을 내다보기도 했다. 세몬은 창가에 앉아 열심히 구두를 꿰매고, 미하일은 다른 창가에 앉아서 구두 굽을 만들고 있었다.

그 때 사내아이가 의자를 넘어 미하일에게 와서 어깨를

흔들면서 창 밖을 가리키며 말했다.

"아저씨, 저것 좀 보세요. 어떤 아주머니가 두 여자아이를 데리고 우리 집으로 오는 것 같은데, 한 아이는 절름거리고 있어요."

사내아이의 말에 미하일은 일을 멈추고 창 밖으로 돌아앉아 유심히 바라보았다.

세몬도 미하일의 태도에 놀랐다. 지금까지 밖을 내다보다가 태만한 일이 거의 없었는데 오늘은 창 밖을 내려다보며 정신없이 무엇을 바라보고 있었다. 세몬도 이상하게 생각하고 창 밖을 내다보니 정숙한 옷차림을 한 부인이 자기 집을 향해 오고 있었다. 부인은 가죽 외투를 입고 두꺼운 목도리를 두른 두 여자아이의 손을 잡고 있었다. 두 여자아이는 얼굴이 너무나 꼭 닮아 구별할 수 없었으나 한 아이는 다리를 조금 절룩거렸다.

부인은 층계를 올라와 문을 열어 두 여자아이를 먼저 들여보내고 자기도 방으로 들어왔다.

"안녕하세요!"

"어서 오십시오. 무슨 일로 오셨죠?"

부인은 탁자 옆에 앉았다. 두 여자아이는 그의 무릎에 매달리며 낯설어하는 눈치였다.

"이 아이에게 봄에 신겨 줄 구두를 맞추려고 왔습니다."

"아, 그래요? 우리는 그렇게 작은 구두를 만들어 본 일이 없으나 만들 수는 있지요. 가장자리에 무늬를 넣은 것도 있고, 안에 천을 댄 것도 있는데 어떤 것으로 할까요? 이 미하일이란 사람은 구두 만드는 솜씨가 매우 훌륭하답니다."

그렇게 말하며 세몬이 미하일을 돌아보니 미하일은 일손을 멈추고 두 여자아이의 얼굴을 바라보고 있었다.

세몬은 미하일의 태도에 깜짝 놀랐다. 두 아이들의 얼굴은 예뻤다. 새까만 눈동자에 두 뺨은 포동포동하고 불그스레했으며, 가죽 외투를 입고 목에는 비싼 목도리를 두르고 있었다. 세몬은 미하일이 어째서 두 아이들에게 관심을 갖고 바라보고 있는지 도무지 이해할 수가 없었다. 마치 오랫동안 헤어졌던 친구를 만난 것처럼 보였다.

세몬은 이상하게 생각하면서도 부인과 상담을 한 다음 값을 정하고 아이들의 발 치수를 재려고 하였다. 부인은 다리가 불편한 아이를 무릎에 올려놓으면서 말했다.

"미안하지만 이 아이의 발로 두 아이의 치수를 재어 주세요. 불편한 발을 먼저 재서 한 짝을 만들고 다른 발은 치수를 똑같이 해서 세 짝을 만들면 되겠어요. 두 아이는 쌍둥이이기 때문에 발 치수가 같거든요."

세몬은 치수를 잰 다음 다리가 불편한 아이를 가리키며 부인에게 물었다.

"어쩌다가 저렇게 되었습니까! 아주 귀엽고 예쁜 아이인데, 태어날 때부터 저랬던가요?"

"아닙니다. 아이의 어머니가 잘못해서 그만……."

이때 마뜨료나가 끼여들었다. 부인과 두 아이에 대해 알고 싶었던 것이다.

"그럼 부인은 이 아이들의 친어머니가 아니신가요?"

"나는 이 아이들과 아무런 관계가 없지만 내가 맡아서 기르고 있어요."

"그런데도 마치 친자식처럼 귀여워하시는군요."

"네, 친자식은 아니지만 키우다 보니 정이 들었어요! 나는 이 아이들에게 젖을 먹여 키웠어요. 내 아이는 별로 불쌍한 생각이 들지 않았는데 이 아이들은 정말 불쌍해서 견딜 수가 없었지요."

"그러면 이 아이들은 어느 집에서 태어났지요?"

부인은 다음과 같은 이야기를 들려주었다.

"6년 전의 일인데, 이 아이들은 태어난 지 일주일도 채 안 되어 고아가 되어 버렸습니다. 아버지는 아이들이 태어나기 3일 전에 죽고 어머니는 아이들을 낳은 후에 죽었지요. 나와 남편은 그들의 이웃에서 농사를 지으며 살고 있었는데 이 아이들의 부모와는 서로 가족처럼 지냈어요. 이 아이들 아버지는 숲 속에 들어가 혼자서 일을 하는데 하루는 큰 나무가 넘어지면서 허리를 덮치는 바람에 쓰러져 정신을 잃었지요. 간신히 집에까지 옮겼으나 곧 저 세상 사람이 되었어요. 그러나 그의 아내는 며칠 후에 쌍둥이를 낳았는데 이 아이들이 바로 그들이에요. 이 아이들의 어머니는 몹시 가난한 데다 돌보아 주는 친척도 없이 혼자서 아이를 낳고는 홀로 죽어 간 거예요. 내가 다음날 아침에 어찌 되었나 하고 그 집을 찾아가 보았더니 가엾게도 벌써 몸이 식어 있었어요. 그런데 숨이 넘어가는 순간 고통에 몸부림치다가 한 아이를 덮쳐서 한쪽 다리를 절름거리게 만들었지요. 마을 사람들이 모여 시체를 씻기고 옷을 입히고 관을 만들어 장례를 치렀지요. 모두들 친절한 사람들이에요. 그러나 갓 태어난 아이들 일이 난처한 문제였지요. 그곳에 모인 여자들 중에 젖을 먹일 엄마는 나뿐이었는데 나는 태어난 지 8주밖에 안 되는 첫아들이 있었답니다. 마을 사람들이 모여 이 아이들을 어떻게 하면 좋겠느냐고 여러 가지로 의논했으나 좋은 방법이 없어 결국 나에게 부탁을 하더군요.

"마라이 아주머니. 이 아이들을 얼마 동안만 맡아 주세요. 그러면 우리가 곧 다른 대책을 세울 테니까."

나는 두 아이들을 맡기로 하고 데려왔으나 온전한 아이

에게만 젖을 먹였답니다. 다리가 불편한 아이에게는 아예 젖을 먹일 생각을 안했지요. 왜냐하면 다리가 불편한 상태에서는 제대로 자랄 수 없다고 생각했기 때문이었지요. 그러다가 갑자기 불쌍한 생각이 들어 둘 다 젖을 먹이게 되었어요. 그래서 나는 내 아이와 두 여자아이, 이렇게 세 아이에게 젖을 먹여 키웠는데 내가 젊고 아직 건강했기 때문에 가능했던 것이죠. 두 아이에게 젖을 물리고 한 아이가 젖을 다 먹으면 기다리는 아이에게 젖을 주는 식으로 키웠어요. 그런데 하나님이 보살펴서 이 두 아이는 아주 건강하게 자랐으나, 내 아이는 2년 만에 그만 죽고 말았지요. 그 뒤로 나는 아이를 낳지 못했어요. 그 후 살림 형편은 차차 나아졌고, 남편은 이곳에서 남의 일을 맡아보고 있는데, 수입이 좋아서 불편 없이 행복하게 살고 있습니다. 그런데 나는 아이가 없잖아요. 만일 이 두 아이들이 없었다면 나 혼자서 얼마나 쓸쓸하게 살았겠어요! 그렇기 때문에 내가 이 아이들을 귀여워하는 것은 너무나 당연한 일이지요. 이 아이들은 이제 나에게는 어둠을 밝혀 주는 촛불과 같은 존재랍니다."

부인은 한 손으로 다리가 불편한 아이를 끌어안고 한 손으로는 흐르는 눈물을 닦았다.

마뜨료나는 한숨을 내쉬며 말했다.

"아이는 부모가 없이도 자랄 수 있지만 하나님이 없이

는 살아갈 수가 없다고 하더니 정말 그런 것 같아요."

세 사람이 이런 이야기를 나누고 있는데 미하일이 앉아 있는 구석에서 갑자기 섬광이 비쳐서 방 안이 환하게 밝아졌다. 미하일은 단정히 앉아 두 손을 무릎 위에 놓고 천장을 바라보면서 빙긋이 웃고 있었다.

부인이 아이들을 데리고 돌아가자 미하일은 의자에서 일어나 일감을 탁자 위에 올려놓고 세몬과 마뜨료나에게 공손히 인사를 하면서 말했다.

"이제 작별을 해야겠습니다. 하나님께서 저를 용서해 주셨으니 두 분께서도 저를 용서해 주십시오."

세몬과 마뜨료나가 무슨 말인지 몰라 의아스럽게 생각하며 미하일을 바라보고 있자 그에게서 눈부신 후광이 비치고 있었다.

"미하일, 이제 보니 보통 사람은 아닌 것 같은데 자네를 붙잡을 수도 없고 그 동안 궁금했던 것을 일일이 캐물을 수도 없네. 그러나 꼭 한 가지만은 알고 싶네. 내가 자네를 처음 만나 집으로 데리고 왔을 때에는 몹시 어두운 표정을 짓고 있었어. 그런데 내 아내가 저녁 준비를 하고 있을 때 자네는 빙긋이 웃으며 밝은 표정으로 변했는데 그것이 궁금하네. 또 어느 신사가 장화를 주문했을 때도 자네는 웃으면서 밝은 표정을 지었고, 이번에는 저 부인

이 아이들을 데리고 왔을 때에도 빙그레 웃었네. 그리고 방 안에 밝은 빛이 비쳤네. 미하일, 어째서 자네에게 후광이 있으며 왜 세 번을 빙긋이 웃었는지 그 이유를 들려주게나."

그러자 미하일은 비로소 그 이유를 설명했다.

"저에게 후광이 있었던 것은 다름이 아니라 저는 지금까지 하나님의 벌을 받고 있었는데 오늘에야 비로소 용서를 받았기 때문입니다. 그 중 또 세 번 웃었던 것은 하나님께서 말씀하신 세 가지 진리를 알았기 때문입니다. 그 중 한 가지는 아주머니께서 저를 불쌍하게 생각하시고 보살펴 줄 마음이 생겼을 때 깨달음이 있어 웃었고, 또 한 가지는 부유한 손님이 장화를 주문했을 때에 알게 되어 웃었고, 조금 전의 아이들을 보았을 때 하나님의 세 번째 말씀의 뜻을 알게 되어 웃었던 것입니다."

세몬은 다시 물었다.

"미하일, 어째서 하나님이 자네에게 벌을 내리셨는가? 그리고 하나님의 세 가지 말씀의 참 뜻은 대체 무엇이었는가?"

그러자 미하일이 대답했다.

"제가 하나님에게 벌을 받은 것은 명령에 복종하지 않았기 때문입니다. 저는 본디 천사였는데 하나님의 명령을 어겼습니다. 저는 지금 말씀드린 바와 같이 천사였습니다. 그러던 어느 날, 하나님은 저에게 한 부인의 영혼을 빼앗아 오라는 명령을 내렸습니다. 그래서 제가 인간 세상에 내려와 그 부인을 보니 몸이 몹시 쇠약해서 누워 있었습니다. 그리고 쌍둥이 딸을 낳았던 것입니다. 갓난아이는 어머니 곁에서 움직이고 있었으나 어머니는 그 아이들에게 젖을 먹일 힘도 없었습니다. 그때 저를 발견한 여인은 하나님이 자기를 데려가기 위해 사자를 보낸 줄 알고 슬프게 흐느끼며 애원하는 것이었습니다."

"천사님! 제 남편은 숲 속에서 혼자 일하다가 나무에 깔려 죽어서 며칠 전에 장례식을 치렀습니다. 저는 형제도 없고 어머니도 할머니도 없기 때문에 갓난아이를 돌볼 사람이 없습니다. 제발 제 영혼을 데려가지 마시고 이 아이들을 제 힘으로 키우게 해 주세요. 부모 없는 아이들은 살지 못합니다."

저는 그 부인의 애원하는 말을 듣고 한 아이에게는 어머니의 젖을 물려주고 다른 아이는 어머니 팔에 안겨 준 다음에 하늘나라로 돌아갔습니다. 그리고 하나님께 말씀을 드렸습니다.

"하나님! 저는 부인의 영혼을 빼앗아 올 수 없었습니다. 그 부인의 남편은 숲 속에서 나무에 깔려 목숨을 잃었고, 그의 아내는 쌍둥이 아이를 낳고 기진맥진해서 제발 자기 영혼을 데려가지 말라고 애원했습니다. 그래서 저는 부인의 영혼을 데려오지 못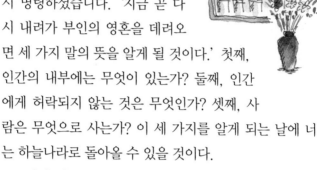
했습니다. 그러자 하나님께서 다
시 명령하셨습니다. '지금 곧 다
시 내려가 부인의 영혼을 데려오
면 세 가지 말의 뜻을 알게 될 것이다.' 첫째,
인간의 내부에는 무엇이 있는가? 둘째, 인간
에게 허락되지 않는 것은 무엇인가? 셋째, 사
람은 무엇으로 사는가? 이 세 가지를 알게 되는 날에 너
는 하늘나라로 돌아올 수 있을 것이다.

　그래서 저는 다시 세상으로 내려와 그 부인의 영혼을
데려갔습니다. 쌍둥이 딸은 어머니 품에서 떨어져 있었
으나 부인의 영혼이 떠나는 순간 시신이 침대에서 떨어
지면서 한 아이를 덮쳐 한쪽 다리를 불구로 만들었습니
다. 저는 하늘로 올라가 부인의 영혼을 하나님께 바치려
고 하는데 갑자기 돌풍이 불어 저의 두 날개를 부러뜨렸
습니다. 그래서 그 부인의 영혼만 하나님 곁으로 올라가
고 저는 지상으로 떨어져 쓰러져 있었던 것입니다."

　세몬과 마뜨료나는 자기들이 먹이고 입혀 주며 함께 살
아온 미하일이 천사임을 알자 두려움과 기쁨이 겹쳐 눈
물을 흘렸다.
　미하일이 다시 말을 이었다.

"저는 홀로 벌거벗은 채 버려졌습니다. 저는 그때까지 인간 생활의 괴로움과 추위나 굶주림 따위를 알지 못했습니다. 배가 몹시 고팠고 몸은 추위에 얼어붙어 어떻게 해야 할지를 몰랐습니다. 그때 문득 들판에 하나님을 섬기는 교회가 있는 것을 보고 그곳으로 다가갔습니다. 그러나 문이 잠겨 있어서 안으로 들어가지 못하고 바람을 피해 교회 뒤쪽에 앉아 있었습니다. 배고픔은 더욱 심해지고 몸은 점점 얼어붙어 저는 완전히 지쳐 버렸습니다. 그때 문득 사람의 발소리가 들려 왔는데 한 사람이 장화를 들고 제가 있는 쪽으로 오면서 혼자 무엇인가 중얼거렸습니다. 저는 인간이 되어서 언제인가는 반드시 죽어야 하는 인간의 모습을 처음으로 보았습니다. 그 사람의 중얼거리는 소리를 자세히 들어보니 이 추운 겨울을 어떻게 보낼 것인가, 어떻게 처자식을 먹여 살릴 것인가 하고 걱정하고 있었습니다. 그때 저는 생각했습니다. '나는 지금 추위와 굶주림 때문에 죽어 가고 있다. 마침 사람이 오고 있으나 그는 자기와 아내의 가죽 외투를 어떻게 마련하며 어떻게 살아가야 되는가 하는 문제로 걱정이 태산 같으니 이 사람은 나를 도와 줄 능력이 없다.' 그는 저를 발견했으나 얼굴을 찡그리고 아까보다 더욱 무서운 모습이 되어 그대로 지나갔습니다. 저는 조그마한 희망마저도 사라져 버렸습니다. 그런데 갑자기 그 사람이 발걸음을 멈추더니 몸을 돌려 저에게로 오는 소리가 들렸습니다. 제가 다시 그 얼굴을 쳐다보았을 때에는 방금 지나가던 사람의 얼굴이 아니라고 생각했습니다. 아까는 죽을 듯한 표정을 짓고 있었으나, 뜻밖에 밝은 표정이 되어서 그 얼굴에서 인자한 하나님의 그림자가 함께 있음을 보았습니다. 그는 제 곁으로 다가오더니 입고 있던 옷을 벗어 입혀 주고 자기 집으로 데리고 갔습니다. 그 사람의 집에 도착하니 한 여인이 우리에게 불친절한 말을 늘어놓기 시작했습니다. 여인은 그 사람보다 훨씬 무서운 표정이었습니다. 그 여인의 입에서 죽음의 독기가 뿜어져 나와 저는 그 입김에 제대로 숨을 쉴 수가 없었습니다. 그녀는 저를 추운 밖으로 쫓아내려고 했습니다. 만일 그대로 저를 쫓아냈다면 그녀는 당장 죽고 말았을 것입니다. 저는 그것을 알고 있었습니다. 그러나 그녀의 남편이 하나님에 대해 이야기를 하자 여인은 곧 태도를 바꾸고 표정이 부드러워졌습니다. 여인이 서둘러 저녁을 준비하면서 저를 쳐다보았을 때 그 얼굴에는 죽음의 그늘이 사라지고 생기에 찬 밝은 표정이되었습니다. 저는 거기서 하나님의 모습을 발견한 것입니다. 그때 나는 '인간의 내부에 무엇이 있는가를 알게 될 것이다' 라고 하신 하나님의 첫 번째 말씀의 뜻을 깨닫게 되었습니다. 저는 인간의 내부에 있는 것은 사랑임을 깨달았습니다. 하나님께서 저에게 약속하신 것을 이런 방법으로 깨닫게 하시는 것이라고 생각하니 더할 수 없이 기뻤습니다. 그러자 아직 하나님의 말씀 전부를 알 수는 없었습니다. '인간에게 허락되지 않는 것은 무엇인가?', '사람은 무엇으로 사는가?' 라는 말씀을 모르고 있었습니다.

그러던 중 두 분과 함께 생활하게 된 지 1년이 지난 때였습니다. 어느 날, 한 신사가 가게에 나타나 1년을 신어도 상하거나 찌그러지지 않는 장화를 주문했습니다. 내가 문득 그 신사를 바라보았더니 뜻밖에도 그 신사의 등 뒤에 저의 동료인 죽음의 천사가 서 있는 것을 보았습니다. 아무도 그 천사를 볼 수 없었으나 저는 그 천사를 알고 있었습니다. 그의 영혼이 해가 지기 전에 떠날 것을 알고 저는 생각했습니다.

'이 신사는 1년을 신어도 이상이 없는 신을 주문하지만 자기가 오늘 안으로 죽는다는 것은 알지 못하는구나.'

그래서 저는 '인간에게 허락되지 않는 것은 무엇인가?' 라는 하나님의 두 번째 말씀의 뜻을 알게 되었습니다.

인간의 내부에 무엇이 있는가는 이미 알았습니다. 또한 저는 인간에게 허락되지 않는 것은 무엇인가도 깨닫게 되었습니다. 그것은 자기 육체에 무엇이 필요한가를 아는 지식입니다. 그래서 저는 두 번째도 빙긋이 웃었습니다. 동료 천사를 만나는 일도 기뻤던 것입니다.

그러나 아직 전부를 알지 못하고 있었습니다. 저는 아직 사람은 무엇으로 사는가를 깨닫지 못한 것입니다. 그래서 저는 계속 두 분의 신세를 지면서 하나님께서 마지막 말씀의 뜻을 깨닫게 해 주시기를 기다리고 있었습니다. 그런데 댁에서 생활한 지 8년째 되는 오늘 쌍둥이 여자아이를 키우는 부인이 가게를 찾아왔을 때 그 아이들을 보는 순간 그들의 어머니가 죽은 후에도 두 아이들이 아무 일 없이 살아 가고 있다는 것을 비로소 알았습니다. 저는 생각했습니다.

'그 어머니가 갓난아이들을 생각해서 살려 달라고 애원했을 때 나는 그 말을 믿고 아이들은 부모가 없이는 살아가지 못한다고 생각했으나 다른 부인이 쌍둥이를 잘 키우고 있지 않느냐.'

그리고 그 부인이 무럭무럭 자라는 아이들을 보고 보람을 느껴 감동해하는 눈물을 보았을 때 그곳에 살아 계신 하나님을 발견했고 '사람은 무엇으로 사는가?' 라는 말씀도 깨닫게 되었습니다. 하나님께서 마지막 깨달음을 주시어 저를 용서하셨다는 기쁨에 세 번째로 빙긋이 웃었던 것입니다.

그러자 천사의 모습이 드러나면서 온 몸이 빛으로 둘러싸였으므로 눈으로는 똑바로 볼 수가 없었습니다. 천사

는 커다란 음성으로 말했습니다. 그것은 천사의 말이 아니라 하늘에서 울려오는 소리 같았습니다. 천사는 이렇게 말했습니다.

"나는 이와 같은 일을 깨달았다. 모든 인간은 자기만을 생각하고 걱정한다고 살 수 있는 것이 아니라 사랑에 의해서 살아가는 것이다."

아이들을 낳고 죽어 가던 어머니에게는 자기 아이들의 생명을 위해 무엇이 필요한가를 아는 것이 허락되지 않았습니다. 또 부자 신사는 자기에게 무엇이 필요한가를 깨닫지 못했습니다. 사실 어떤 사람에게도 자기에게 필요한 것이 살아 있는 사람이 신을 장화인지가 죽은 사람에게 신기는 슬리퍼인가를 아는 것이 허락되지 않았습니다.

제가 인간이었을 때에 살아갈 수 있었던 것은 자신의 일을 여러 가지로 염려했기 때문이 아니라 길을 가던 한 사람과 그 아내에게 사랑이 있어서 저를 불쌍하게 생각하고 사랑해 주었기 때문입니다. 또 두 아이들이 잘 자란 것도 모두 그들의 생활을 염려해 주고 걱정했기 때문이 아니라 전혀 다른 사람인 한 여인에게 진실한 사랑이 있어 그 아이들을 불쌍히 여겨 사랑해 주었기 때문입니다. 모든 인간이 살아가는 것은 각각 자신의 일을 염려하기 때문이 아니라 그들 가운데 사랑이 있었기 때문입니다.

그 이전부터 하나님께서 인간에게 생명을 부여하고 그

들이 잘 살아가기를 바라고 있다는 것을 깨달았지만 지금 저는 또 다른 한 가지를 알게 되었습니다. 하나님께서는 인간이 각각 흩어져 무관하게 살기를 바라지 않으신다는 것입니다. 그래서 모든 인간에게 무엇이 필요한가를 보여 주지 않으시고, 인간들이 하나가 되기를 원하셨으며, 하나님과 자신과 모든 인간을 위해 무엇이 필요한가를 깨닫게 한 것입니다.

저는 이제야 깨달았습니다. 모든 사람들은 각각 자신의 일을 걱정하고 노력함으로써 살아갈 수 있다고 생각하는 것은 인간이 그렇게 생각하는 것일 뿐, 사실은 오직 사랑에 의해서만 살아가는 것입니다. 사랑하는 마음이 가득 차 있는 사람은 하나님의 세계에 살고 있는 것입니다. 하나님은 바로 그 사람 내부에 존재하는 것입니다. 왜냐하면 하나님은 사랑이시기 때문입니다."

미하일이 하나님을 찬양하는 노래를 부르기 시작하자 그 웅장한 목소리로 인해 온 집안이 울리는 것 같았다. 이윽고 천장이 갈라지고 땅에서 하늘까지 한 줄기 불기둥이 솟았다. 세몬과 그의 아내, 아이들은 모두 땅에 엎드렸다. 그러자 미하일의 등에 날개가 돋아나서 활짝 펴지더니 하늘로 올라갔다. 세몬이 정신을 차렸을 때에는 집은 전과 다름없었고 집 안에는 가족 이외에는 아무도 없었다.

두 노인

두 노인이 예루살렘으로 성지 순례를 떠났다. 한 노인은 예핌 타라스이치 쉐베료프라는 농부로 부자였고, 다른 사람은 돈이 그렇게 많지 않은 예리세이 보드료프라는 노인이었다.

예핌은 융통성이 없는 농부로 보드카도 마시지 않았고, 담배도 피우지 않았으며 코담배조차 쓰지 않았다. 그는 태어나서 욕설을 한 적이 없었고, 모든 일에 엄격하고 깐깐한 성격이었다. 예핌은 두 번이나 마을의 반장을 지냈는데, 두 번 다 1카페이카도 틀림이 없이 완벽하게 일을 처리했다. 그에게는 식구가 많아 두 아들 외에도 장가를 든 손자까지 3대가 함께 살고 있었다. 예핌은 얼핏 보기

 만 해도 건강한 노인임을 알 수
있었다. 나이가 70세인데도 허
리가 굽지 않았고 이제야 턱수
염에 흰 수염이 나기 시작했다.

한편 예리세이는 젊어서는 목수로 살았으나 나이를 먹
은 뒤로는 집에서 꿀벌을 치면서 살고 있었다. 그에게도
역시 두 아들이 있는데 큰아들은 벌이를 하러 멀리 떠나
있었고 둘째 아들은 집안일을 돕고 있었다. 예리세이는
성품이 착하고 명랑한 노인으로 살림이 넉넉한 편은 아
니었으나 보드카도 마시고 담배도 피웠다. 예리세이는
노래 부르기를 좋아했으며 집안 식구들이나 이웃 사람들
과도 사이 좋게 지냈다.

예리세이는 작달만한 키에 얼굴이 거무스름한 농부로
곱슬한 턱수염에 자신과 같은 이름의 옛 예언자 예리세
이처럼 머리가 벗겨졌다.

두 노인은 이미 오래 전부터 함께 성지 순례를 떠날 약
속을 했으나 예핌 쪽이 언제나 바빠 약속을 지키지 못하
고 있었다. 한 가지가 끝나면 곧 다른 일이 기다리고 있
었다. 손자의 혼인 잔치가 끝나 조금 쉬는가 했더니 둘째
아들이 군대에서 돌아왔다. 그런가 하면 이번에는 새로
집을 지어야 할 형편이었다.

어느 축제일에 두 노인은 우연히 만나 통나무 위에 나

란히 걸터앉았다. 예리세이가 먼저 말을 꺼냈다.

"성지 순례를 언제 떠날 텐가?"

예핌은 얼굴을 찡그리며 대답했다.

"조금만 더 기다려야겠어. 올해는 일이 자꾸 꼬인단 말이야. 집짓는 공사를 시작했을 때는 100루블이면 될 것 같았는데 벌써 300루블이나 들였어도 아직도 끝이 보이지 않으니, 아무래도 여름까지 갈 모양이야. 주님의 뜻이라면 올 여름에는 떠나게 되겠지."

예리세이가 말했다.

"그렇게 미루기만 하는 것은 좋지 않아. 지금이 봄이라 아주 기회가 좋은데……."

"그렇지만 일을 벌여 놓고 어떻게 가나?"

"아니, 자네 집에는 그렇게 일을 맡을 만한 사람이 없나? 큰아들에게 맡기면 다 알아서 할 것 아닌가?"

"하기는 무엇을 알아서 해. 큰아들이라고 어디 믿을 수가 있어야지."

"그렇지 않아. 우리는 이제 갈 날이 멀지 않았고 뒤에 남은 자식들은 우리가 없어도 다 잘해 나갈 거야. 자네 아들도 지금부터 일을 배워야 돼."

"그렇기는 하지만, 나는 반드시 내 손으로 끝내고 싶어."

"나는 모르겠네! 이런 일 저런

일 모두 끝장을 보자면 한이 없어. 한이 없고말고. 바로 얼마 전에도 우리 할멈과 며느리들이 축제일이 다가온다고 빨래를 한다, 집 안을 치운다 하고 마치 난리라도 난 것처럼 소란을 피우더군. 그런데 영리한 우리 큰며느리가 '우리가 일을 끝낼 때까지 축제일이 우리를 기다리지 않고 빨리 다가오니까 좋군요. 아무리 애써도 일을 끝마칠 수는 없으니까요'라고 말하더군."

예핌은 생각에 잠겼다가 말했다.

"나는 집짓는 데에 여간 돈을 처넣은 게 아니야. 먼 길을 떠나는데 빈손으로 갈 수도 없고, 적어도 100루블은 가지고 가야 되지 않겠나?"

예리세이는 웃음을 터뜨렸다.

"자네, 그런 소리 하다가는 벌 받네. 내게 비하면 자네 재산은 10배는 되는데, 그래 얼마 안 되는 돈 때문에 푸념을 하다니. 그러나 저러나 언제 떠날 것인지 날짜를 정하기나 하게. 내게 돈은 없지만 떠난다면 여비 정도는 마련할 수 있어."

예핌도 웃으며 말했다.

"야, 대단한 부자로군. 어디서 어떻게 그 돈을 마련할 텐가?"

"집 안을 모두 뒤지면 얼마쯤은 나올 테고, 모자라는 것은 통나무 벌통 몇 개만 팔면 될 거야."

"팔아 버린 벌통에서 수확이 많으면 속이 상할 텐데."

"속이 상해? 자네 그런 말은 하지 말게. 이 세상에는 죄 짓는 일을 빼고 속상할 일이 하나도 없어. 영혼보다 더 소중하고 귀한 건 없으니까."

"그보다도 영혼의 질서가 잡히지 않으면 마음이 더 불편할걸. 어쨌든 약속한 것이니 되도록이면 빨리 떠나도록 하지."

예리세이는 예핌은 설득시켰으며 예핌은 밤새도록 생각한 끝에 이튿날 아침 예리세이에게 와서 말했다.

"그럼 떠나도록 하세. 자네 말대로 인간이 살고 죽는 것은 모두가 주님의 뜻이니 아직 살아서 기운이 있는 동안에 갔다 오도록 하지."

그로부터 일주일 후 두 노인은 떠날 준비를 끝냈다. 예핌은 돈이 많았으므로 100루블을 여비로 간직하고, 200루블은 늙은 아내에게 맡겼다. 예리세이도 준비를 갖추었는데 밖에 놓은 통나무 벌통 중에서 열 개를 옆집 주인에게 팔아 70루블을 마련했다. 나머지 30루블은 집 안 구석구석을 뒤지고 식구들에게 조금씩 거두었다. 그의 늙은 아내는 자기의 장례 비용으로 쓰게 하려고 모아 두었던 돈을 모두 내놓았고, 며느리도 자기가 가지고 있던 돈을 내놓았다.

예핌은 집안일을 모두 큰아들에게 맡겼다. 어디서 얼마만큼의 풀을 베고, 거름은 어디로 운반하며 공사는 어떻게 마치고 지붕은 어떤 모양으로 올려야 한다는 둥 하나도 빠뜨리지 않고 일렀다. 그러나 예리세이는 아내에게, 팔아 버린 통나무 벌통에서 깐 애벌레는 따로 모았다가 반드시 옆집 주인에게 건네주라고 일렀을 뿐, 집안일에 대해서는 한 마디도 하지 않았다. 예리세이는 일하는 사람이 자기 나름대로 알아서 처리하기 때문에 각자가 좋을 대로 하면 된다는 생각이었다.

두 노인은 모든 준비를 끝냈다. 식구들은 과자를 굽고 자루를 만들었으며 새 각반을 마름질하고 장화를 새로 마련했다. 떠나는 날 아침, 식구들은 동구 밖까지 나와 작별을 고했고 두 노인은 마침내 성지 순례의 길에 올랐다.

예리세이는 들뜬 마음으로 첫발을 내디디며 마을에서 점점 멀어지자 집안일 같은 것은 모두 잊어버렸다. 예리세이가 마음속으로 생각하고 있는 것은 여행하는 동안에 친구의 마음에 들도록 하고 누구에게나 언짢은 말을 하는 것은 삼가며 즐거운 마음으로 목적지에 도착하고 또 여행을 끝내고 무사히 집으로 돌아오는 것뿐이었다. 예리세이는 길을 걸으면서도 계속해서 입 속으로 기도문을 외우고, 자기가 알고 있는 성자의 이야기를 마음속으로 자꾸 생각했다.

또한 도중에 누구와 동행하게 되거나 숙소에 묵을 때는 어떻게든 살뜰하게 대하여, 하나님께서 가르쳐 주신 말씀을 전하도록 하겠다고 다짐하는 것이었다. 예리세이는 길을 걸으면서도 언제나 기쁜 마음이었는데 다만 그로서도 도저히 마음대로 안 되는 일이 한 가지 있었다. 그것은 바로 코담배를 그만 끊어 보려고 일부러 쌈지를 집에 두고 왔는데 그것이 생각나서 견딜 수가 없었던 것이다. 결국 도중에 다른 사람에게서 코담배를 얻어 친구에게 피해를 주지 않으려고 슬쩍 뒤처져서 코담배 냄새를 맡곤 했다.

예핌도 기분이 좋은 듯 힘차게 걸어갔다. 행동에도 조심했고, 쓸데없는 말도 지껄이지 않았으나 마음속은 편하지가 않았다. 자기가 아들에게 일러줄 것을 잊어버리지는 않았는지, 자기가 지시한 대로 아들이 잘하고 있을지 걱정이 되어서 그만 당장에라도 돌아가 모든 것을 자기 손으로 처리해 버리고 싶은 충동이 일어나는 것이었다.

두 노인은 5주일 동안이나 계속해서 걸었기 때문에

집에서 가지고 온 신도 다 닳아서 새 신을 사야 할 무렵 마침 우크라이나에 도착했다. 집을 떠나니 모든 것을 돈으로 해결해야 되었는데 우크라이나로 접어들자 모두 다 투어 두 노인을 자기 집으로 데려가려고 했다. 그들은 잠을 재워 주고 음식을 대접하고도 돈을 받지 않았을 뿐만 아니라 여행 도중에 먹으라고 자루 속에 빵과 과자를 넣어 주었다.

이렇게 두 노인은 가벼운 마음으로 700베르스타의 길을 걸어 흉년이 든 고장에 이르렀다. 마을 사람들의 이야기에 따르면 지난해에 곡식이 하나도 영글지 않았다고 했다. 부자도 양식을 마련하기 위해 가진 물건들을 팔아 버렸고, 중산층은 빈털터리가 되었으며 가난뱅이는 다른 지방으로 가거나 구걸을 하거나 아니면 굶은 채로 하루하루를 간신히 버티고 있는 형편이었다. 겨울 동안은 밀 기울과 명아주로 끼니를 이었다고 한다.

어느 날, 두 노인은 작은 마을에 이르러 빵을 15근 가량을 사고 하룻밤을 잔 다음, 동이 트기 전에 길을 떠났다. 햇볕이 뜨겁게 내리쬐기 전에 조금이라도 더 걷기 위해서였다. 그들은 10베르스타쯤 걸어 어떤 개울가에 다다라 그곳에서 다리를 펴고 앉아 찻잔에 물을 떠서 빵을 축여 가며 배불리 먹은 다음 신을 갈아 신었다. 이렇게 앉아서 한참을 쉬는 동안 예리세이가 담배쌈지를 꺼내자 예핌이 그것을 보고 한 마디 했다.

"아직도 그 버릇을 고치지 못했나?"

예리세이는 어쩔 수 없다는 듯 손을 내저으며 대답했다.

"나는 죄악에 빠져 버렸어. 이것만은 도저히 어쩔 수 없네."

두 노인은 일어나 다시 길을 재촉했는데 한참 동안 걸어가니 큰 마을이 있었고 그 마을을 완전히 벗어났을 때는 벌써 햇볕이 뜨거울 정도로 내리쬐고 있었다. 예리세이는 너무나 지쳐서 잠시 쉬고 물도 한 그릇 마시고 싶었으나 예핌이 걸음을 멈추려고 하지 않았으므로 예리세이는 그 뒤를 따라가는데 숨이 막힐 지경이었다.

"물 한 모금 마셨으면……."

"나는 괜찮으니 마시지 그래."

예리세이는 걸음을 멈추고 예핌에게 이렇게 말했다.

"그럼 나를 기다리지 말게, 나는 저 농가에 들어가서 물을 얻어 마신 다음 곧 뒤따라가겠네."

"그러지."

예리세이가 예핌과 헤어져 농가가 있는 쪽으로 다가가니 석회를 바른 작은 집이 있었다. 아래쪽은 까맣게 되고 윗부분만 하얀데 오랫동안 내버려 두었는지 여기저기 석회가 벗겨지고, 지붕마저 한쪽이 내려앉아 있었다. 예리세이가 뒷문으로 들어가다 얼핏 보니 담장 밑에 사나이가 드러누워 있었다. 그 사나이는 마른 몸집에 턱수염도 없었으며 외투 자락은 우크라이나 식으로 바지 속에 넣고 있었다. 아마도 시원한 그늘을 찾아서 누워 있었던 모양이었으나 지금은 햇볕이 온통 그에게 내리쬐고 있었다. 그런데 사나이는 드러누운 채 잠자고 있지도 않았으므로 예리세이가 물을 좀 얻어 마실 수 없겠느냐고 말을 걸었으나 사나이는 아무 대답도 하지 않았다.

'천성이 꽤 무뚝뚝한 사나이인 모양이군.'

예리세이가 문가로 다가가자 집 안에서 어린아이의 울음소리가 들려 왔다. 예리세이는 가까이 다가가서 문을 두드리며 사람을 불렀다.

"실례합니다."

그러나 아무 대답이 없었다.

"여보세요, 아무도 안 계십니까?"

하지만 아무리 소리쳐 사람을 불러도 안에서는 인기척이 없었다 할 수 없이 예리세이가 돌아서려고 하는데 이때 집 안의 문 가까이에서 누군가가 신음하고 있는 듯한 소리가 들렸다.

'무슨 일이 생긴 게 아닐까? 어디 한번 들어가 보자.'

이렇게 생각한 예리세이는 일단 집 안으로 들어가기로 마음먹었다.

예리세이가 손잡이를 돌려 보니 문은 잠겨 있지 않았다. 문을 열고 복도에 들어서자 방으로 통하는 문이 열려 있었는데 오른쪽에는 난로가 있고, 정면의 한쪽 구석에는 성상과 테이블과 의자가 놓여 있었다. 의자에는 속옷 바람의 노파가 앉아 테이블 위에 머리를 올려놓고 있었고 그 옆에는 몹시 야위고 커다란 밀랍 같은 얼굴의 사내아이가 앉아서 노파의 옷소매를 잡아당기며 칭얼거리고 있었다.

방 안에서는 숨이 막힐 듯한 고약한 냄새가 풍겨서 자세히 보니 마룻바닥 위에 한 여자가 엎어진 채 쓰러져 있었는데, 이쪽을 보려고도 하지 않고 그저 목구멍에서 가래 끓는 소리만 내면서 한쪽 다리를 오므렸다 폈다 할 뿐이었다. 괴로운 듯 이러 저리 돌아눕는 여자의 몸에서는 코를 찌르는 악취가 풍기고 있었다. 여자는 틀림없이 대소변을 가리지 못하는데, 아무도 그 뒤치다꺼리를 해 주지 않는 모양이었다. 노파가 문득 눈을 들어 낯선 침입자를 바라보았다.

"누구요, 무슨 볼일이 있어서 들어왔소? 누군지 모르지만 여기에는 아무것도 없으니……."

예리세이는 가까이 다가가서 말했다.

"할머니, 물 좀 얻어 마실 수 있을까요?"

"아무것도 없다고 그랬잖소. 물을 떠 올 사람도 없으니 가서 떠 마셔요."

"어떻게 된 겁니까? 할머니, 당신네 집에 성한 사람은 하나도 없나요? 이 아주머니를 돌봐 줄 사람도 없어요?"

예리세이가 물었다.

"아무도, 아무도 없어요. 뒷문에서는 사람이 하나 죽어 가고 있지. 우린 여기서 이렇게……."

사내아이는 낯선 사람을 보고 잠시 울음을 그쳤으나 할머니가 말하는 것을 보자 다시 소매를 잡아당기며 '빵 줘. 할머니 빵!' 하면서 울기 시작했다.

예리세이가 할머니에게 다시 물어 보려고 하는데 밖에 누워 있었던 사나이가 비틀거리며 방 안으로 들어왔다. 사나이는 벽을 의지하며 걸음을 옮겨 의자에 앉으려고 했으나 그러지도 못하고 출입문 어귀의 한쪽 구석에 기대듯 쓰러졌다. 그리고는 일어나려고도 하지 않고 말을 했는데 한 마디 하고는 말을 끊었다가 숨을 몰아쉬면서 다음 말을 이어갔다.

"우리 모두 전염병에 걸린 데다가 흉년까지 겹쳐 저놈도 굶어 죽게 되었소."

사나이는 턱으로 사내아이를 가리키며 울기 시작했다. 예리세이는 등에 짊어진 자루를 벗어 바닥에 내려놓았다가 다시 의자 위에 올려놓은 후 자루를 열어 빵을 꺼내

나이프로 한 조각 잘라 농부에게 주
었다. 농부는 그것을 받으려 하지
않고 사내아이와 여자를 가리켰
다. 사내아이는 빵 냄새를 맡자 손을
뻗어 두 손으로 움켜쥐더니 입과 코를 거
기에 처박았다. 그러자 이번에는 다른 쪽 구석
에서 여자아이가 기어 나와 물끄러미 빵을 바라보았다.
예리세이는 그 아이에게도 한 조각을 잘라서 주었다. 그
리고 또 한 조각을 잘라서 노파에게도 주었더니 노파는
그것을 받아 우물우물 먹기 시작했다.

"물을 마셨으면 좋겠는데……."

예리세이는 우물이 어디 있는지 물어 보았고 노파가 가
르쳐 준 곳에 가 보니 두레박이 있었다. 예리세이는 물을
떠다 이들에게 먹였다. 아이들과 노파는 물을 마셔 가며
빵을 먹었으나 사나이는 위장이 나쁜지 아예 입에 대려
고 하지 않았다. 여자는 일어나려고도 하지 않고, 전혀
정신을 차리지 못한 채 그냥 나무 침대 위에서 몸부림만
치고 있었다.

예리세이는 곧바로 가게에 가서 옥수수와 소금, 밀가
루, 버터 등을 사 온 다음에 도끼를 찾아 장작을 패서 페
치카에 불을 지폈다. 여자아이가 거들었다. 예리세이는
수프와 죽을 만들어 온 식구들에게 먹였다.

농부와 노파도 수프와 죽을 먹었고, 아이들은 그릇 바닥까지 싹싹 핥아먹고 나서 서로 껴안은 채 잠들어 버렸다. 농부와 노파는 정신을 가다듬고 자기네들이 왜 이렇게까지 되었는지 이야기하기 시작했다.

　"우리는 그다지 넉넉한 살림살이가 아닌데다가 지난해에는 흉년으로 수확한 것이 아무것도 없어 가을부터 내내 전에 남겨 두었던 것을 꺼내어 먹었습니다. 그러다가 먹을 것이 떨어지자 이웃 사람들과 친절한 분들의 신세를 지게 되었지요. 그들도 처음에는 기꺼이 도와 주다가 점점 거절하더군요. 어떤 사람은 도와 주고 싶은 마음은 태산 같지만 아무것도 없다고 했고, 또 우리도 한두 번이 아니어서 계속해서 손을 벌리기가 여간 민망한 게 아니었습니다. 이 사람 저 사람에게서 돈과 밀가루와 빵을 꾸었으니까요."

　농부는 계속했다.

　"저는 일을 찾아 돌아다녔으나 마땅한 일이 없었습니다. 모두가 입에 풀칠하기 위해 일을 찾아다니는 형편이니, 어쩌다 하루 일을 했다 해도 그 다음 이틀은 또 일을 찾아 헤매지 않으면 안 되었습니다. 그래서 어머니와 딸이 이웃 마을로 구걸하러 떠났는데 모두들 빵이 없으니까 어디 변변한 먹을거리가 얻어지나요? 그래도 그때는 굶어 죽지는 않을 정도였습니다. 그래서 그럭저럭 햇보리가 날 때까지 연명할 수 있겠다고 생각했는데, 글쎄 금년 봄부터는 동냥을 주는 집이 하나도 없는 데다 이렇게 열병까지 퍼지지 않았겠습니까? 형편은 날로 어려워져서 하루 먹으면 이틀은 굶게 되어 마침내 이름 모를 풀까지 뜯어먹게 되어서 그 풀 때문인지 아니면 무슨 다른 이유 때문인지 아내가 병으로 쓰러지고 말았습니다. 아내는 앓아누워 있는데 저에게는 힘이 없으니 참으로 암담한 형편입니다."

할머니가 말을 이었다.

"나 혼자 정신없이 하루 종일 구걸하러 돌아다니는데 아무리 돌아다녀도 동냥을 주지 않아요. 지치고 힘도 다해서 그만 주저앉아 버렸어요. 손녀도 몸이 잔뜩 약해진 데다가 이젠 겁까지 먹고 근처에 심부름을 보내도 가려고 하지를 않고 구석에 처박혀서 꼼짝도 않고 있어요. 어제는 이웃집 아주머니가 무슨 볼일 때문에 왔다가 온통 굶어서 쓰러져 있는 것을 보고는 깜짝 놀라 돌아서서 나가 버리지 뭡니까? 그 아주머니도 남편은 집을 나가고 어린아이들과 굶주리는 형편이라 그럴 만도 하죠. 그래서 마냥 이렇게 드러누워 하나님의 부르심만 기다리고 있었습니다."

두 사람의 이야기를 들은 예리세이는 그 날로 친구를

따라 성지 순례를 한다는 생각을 버리고 그 집에 머물렀다.

이튿날 아침, 예리세이는 일어나자마자 마치 자기가 이 집의 주인이라도 된 듯이 서둘러 일하기 시작했다. 할머니와 둘이서 밀가루를 반죽하고 페치카에 불을 지피고 여자아이와 같이 쓸 만한 물건을 찾아 근처를 돌아다녔지만 아무것도 없었다. 모조리 먹을 것과 바꾸었던 것이다. 연장도 없고 입을 옷가지도 없는 형편이어서 예리세이는 꼭 있어야 할 물건을 마련하기 시작했다. 손수 만들기도 하고 밖에 나가서 사 오기도 했다.

이렇게 하여 예리세이는 그곳에서 사흘을 묵게 되었다. 어느새 사내아이는 기운을 찾아 가게에 심부름도 가고 예리세이를 잘 따랐으며 여자아이는 아주 명랑해져서 무슨 일이든 거들려고 나섰다. 줄곧 '아저씨, 아저씨!' 하며 예리세이의 꽁무니를 졸졸 따라 다녔다. 할머니도 일어나 이웃집에도 드나들게 되었다. 주인 남자도 벽을 짚고 걷게 되었고, 드러누워 있는 사람은 그의 아내뿐이었으나 그녀도 사흘째 되는 날에는 정신을 차리고 무엇을 좀 먹었으면 좋겠다고 했다. 예리세이는 생각했다.

'이렇게 오래 묵으려고 생각하지 않았는데…… 이제 그만 떠나야지.'

나흘째 되는 날은 바로 축제일 전날이었다. 예리세이는

혼자 마음속으로 생각했
다.

　'이 집 식구들과 다
같이 축제 전야를 축하
하고 축제의 선물로
무엇을 좀 사다 준 다음에 저녁때 떠나야지.'

　예리세이는 또다시 마을에 내려가 우유와 밀가루와 식
용유를 사다가 노파와 둘이서 음식을 장만했다.

　이튿날 아침에는 교회 기도식에 참례하고 집으로 돌아
와서 식구들과 같이 맛있는 요리를 먹었다. 이 날은 농부
의 아내도 자리를 털고 일어나 집 안을 슬슬 거닐었고,
농부는 수염을 깎고 깨끗한 외투를 입은 다음 마을에서
부자 소리를 듣는 사람을 찾아갔다. 왜냐하면 그 부잣집
주인에게 농사지을 밭과 풀밭을 저당 잡혔기 때문에 햇
보리가 나기까지 그 밭들을 좀 쓰게 해 달라고 청하기 위
해서였다. 그러나 저녁때 농부는 어깨를 늘어뜨리고 돌
아와 눈물을 흘렸다. 부잣집 주인이 인정사정도 없이 돈
을 갖고 오라고 했다는 것이다. 예리세이는 다시 생각에
잠겼다.

　'이 사람들은 장차 어떻게 살아가야 할까? 다른 사람들
은 모두 풀을 베러 가는데, 이 사람들은 풀밭이 저당 잡
혀 있어 그대로 앉아 있어야 한다. 쌀보리가 익으면 남들

은 추수를 할 텐데 이 사람들에게는 아무런 희망이 없다. 밭은 이미 부잣집에 넘겼다고 했으니까 내가 가 버리면 이 사람들은 전처럼 또 길에서 헤매야 한다.'

예리세이는 이런 여러 가지 생각에 그 날 저녁에도 출발하지 못하고 이튿날 아침으로 미루게 되었다. 그는 마당에 나가 기도를 마친 다음 들어와 잠을 청했으나 좀처럼 잠이 들지 않았다. 돈도 많이 써 버렸고 시간도 많이 허비했기 때문에 한시라도 빨리 떠나야 했지만 가엾은 가족들을 두고 차마 떠날 수 없었기 때문이었다.

처음부터 끝까지 도와준다는 것은 불가능한 일이었다. 처음에는 물이나 길어다 주고 빵이나 한 조각씩 먹일 생각이었는데 이렇게까지 되었다. 만일 밭을 찾아 주고 나면 다음에는 아이들에게 우유를 먹이도록 젖소도 사 주어야 되고 농부에게는 보릿단을 운반할 말도 사 주어야 될 것이다.

"야, 예리세이. 너 제대로 걸려들었구나."

예리세이는 일어나 베개로 삼았던 긴 외투를 더듬어 담배쌈지를 꺼내고 담배를 한 줌 쥐어 머리를 개운하게 해 보려 했으나 어찌 된 일인지 아무리 생각에 생각을 거듭해도 이렇다 할 묘안이 떠오르지 않았다. 출발하지 않으면 안 되었지만 농부 가족들이 불쌍해서 견딜 수 없으니 도리가 없었다. 그는 다시 외투를 둘둘 말아 베개로 삼고 벌렁 드러누웠는데 조용히 누워 있는 동안 어느새 닭이 울고 이윽고 깊은 잠에 빠져 버렸다. 그때 갑자기 누군가 부르는 것 같은 기분이 들어서 일어나 보니 떠날 채비를 한 자신이 등에 자루를 짊어지고 손에는 지팡이를 든 채 문을 나서려는 참이었다. 문은 활짝 열려 있으므로 그냥 걸어서 나가기만 하면 되는 것이다. 그런데 이게 웬일인가. 여자아이가 붙잡고 '아저씨, 아저씨, 빵 좀 주세요!' 하고 애원하는 것이 아닌가. 창문으로는 할머니와 주인 남자가 자기를 바라보고 있었다. 예리세이는 잠에서 깨어 중얼거렸다.

"내일은 쌀보리밭과 풀밭을 찾아 주자. 그리고 말도 사고, 햇보리가 나기까지 먹을 밀가루와 아이들에게 우유를 먹일 젖소도 사 주어야겠다. 그렇지 않으면 고생하며 주님을 찾아간다 해도 자신 안에 있는 주님을 잃어버리게 된다. 어려운 사람을 도와야지."

예리세이는 이렇게 마음을 다지고 아침까지 단잠을 잤다. 그는 아침에 일찍 일어나자마자 곧장 부자 농부를 찾아가서 살보리밭과 풀밭 대금을 치렀다. 돌아가는 길에 낫을 사서 농부에게 풀을 베도록 하고, 자기는 마을을 돌아다니다가 주막집 주인이 수레와 함께 말을 판다는 말을 듣고 값을 흥정하여 샀다. 예리세이는 밀가루도 한 부대 사서 짐수레에 실은 다음에 이번에는 젖소를 사러 갔다. 이때 두 사람의 우크라이나 여인이 예리세이의 뒤를 따르게 되었는데 이 여인들은 걸으면서 열심히 이야기를 주고 받았다. 우크라이나어로 말하고 있었으나 예리세이는 그것을 대강 알아들을 수 있었으므로 귀를 기울여 보니 바로 자기의 이야기를 하는 것이 아닌가.

"처음에는 어떤 사람인지 전혀 몰랐다는 거예요. 그냥 성지 순례자라고 생각했대요. 그런데 물을 얻어 마시러 들어왔다가 그대로 눌러앉아 버렸다지 뭐예요. 오늘도 주막집에서 짐수레하고 말을 샀다니 요즘 세상에 그런 사람이 어디 있어요? 우리 그 집에 가서 구경하지 않을래요?"

예리세이는 여자들이 자기를 칭찬하고 있다는 것을 알고는 젖소를 사는 일을 포기하고 주막으로 들어가 말값을 치렀다. 그리고는 말에 수레를 맨 다음 밀가루를 싣고 농부의 집으로 돌아왔다. 문 앞에 이르러 말을 세우고 마차에서 내리자 농부네 식구들은 모두 깜짝 놀랐다. 농부가 문을 열면서 물었다.

"아니 그 말은 어떻게 된 겁니까?"

"샀지. 마침 값이 쌌거든. 오늘 밤 여물을 주어 잘 먹여요. 이 자루 좀 내려 주겠나?"

농부는 예리세이의 말에 밀가루 부대를 내려 광에 갖다 놓은 후 풀을 한 아름 베어다가 말구유에 넣어 주었다.

이윽고 농부네 식구들은 방 안에서 자고 예리세이는 밖에서 자기로 했는데 그것은 저녁이 되기 전에 자신의 물건을 내다 놓았기 때문이었다. 그리하여 모두가 깊이 잠에 빠지자 예리세이는 자루를 짊어지고 긴 외투를 걸친 다음에 성지 순례의 길을 떠났다.

예리세이가 얼마쯤 갔을 때 날이 밝았다. 예리세이는 나무 밑에 앉아 자루를 열고 남은 돈을 세어 보았더니 17루블 20카페이카가 남아 있었다.

'이 돈으로는 바다를 건너 긴 여행을 할 수 없다. 성지 순례를 핑계대고 공연히 구걸하다 자칫 잘못이라도 저지르면 큰일 아닌가. 예핌 영감이 내 대신 촛불을 밝혀 주겠지. 아무래도 나는 성지 순례를 못할 모양이군. 하지만 감사하게도 주님께서도 모든 것을 굽어 살피시니까 나를 용서해 주시겠지.'

예리세이는 일어나서 자루를 짊어지고 성지 순례를 포기하고 되돌아섰다. 그는 농부가 살고 있는 마을 사람들의 눈을 피하려고 멀리 돌아서 지나갔다. 이렇게 하여 예리세이는 얼마 후 무사히 집에 도착했다. 목적지를 향해 걸을 때는 힘이 들어 예핌을 뒤쫓아 가는 것이 고작이었는데, 집을 향해 가기 시작하니 마치 하나님께서 도와 주시기라도 하는것처럼 아무리 걸어도 피곤하지 않아서 나들이를 가는 기분으로 지팡이를 휘두르며 하루에 70베르스타씩 걸을 정도였다. 예리세이가 집에 돌아왔을 때 식구들은 농사일을 마치고 돌아온 참이었다. 모든 가족들은 예리세이의 귀가를 기뻐하며 여행은 어땠는지, 어쩌다가 예핌과 떨어졌는지, 왜 목적지까지 가지 않고 돌아왔는가 등 여러 가지를 물었으나 예리세이는 그에 대해서는 자세히 말하지 않았다.

"아마도 주님의 보살핌이 없었던 모양이야. 가는 도중에 돈은 잃어버렸고 예핌 영감도 놓쳐 버렸지. 그래서 끝까지 갈 수가 없었어. 아무래도 내 잘못인 모양이니 너무 상심하지 마라."

그리고 나서 아내에게 남은 돈을 건네주었다. 예리세이가 집안일에 대해 여러 가지를 물어 보니 모든 것이 순조로웠고 사고도 없었으며 식구들도 아무런 불평이 없이 오순도순 잘 지내고 있었다.

한편, 예핌네 집에서도 예리세이가 돌아왔다는 소식을 듣고 그에게서 예핌의 소식을 들으려고 찾아왔다. 예리세이는 그들에게도 비슷한 말을 들려주었다.

"그 영감은 아무 탈 없이 잘 갔어. 나하고는 베드로 축제일 사흘 전에 헤어졌지. 나는 바로 뒤쫓아 가려고 했는데 그때 그만 돈을 잃어버려 돌아오게 된 거야."

예핌네 가족들은 깜짝 놀랐다. 어리석지도 않은 노인이 성지 순례를 떠났다가 목적지에 닿기도 전에 돈을 잃어

버리고 돌아오다니, 어쩌다가 그런 봉변을 당했을까 하고 고개를 갸우뚱했으나 차차 그 일을 잊어버렸다. 예리세이도 그 일을 잊어버리고 다시 일을 시작했다. 아들과 함께 겨울에 쓸 땔나무를 준비했으며 아낙네들과 함께 밀을 빻았다. 또 곳간 지붕을 새로 얹고 꿀벌의 월동 준비를 했으며 열 개의 벌통을 새로 깐 애벌레와 함께 옆집에 넘겨주었다. 그의 아내는 돈을 받고 판 벌통에서 깐 애벌레라 속이려고 했으나 예리세이는 어느 통은 소용없게 되고 어느 통에서는 애벌레를 얼마나 깠는지 모두 알고 있어서 열 무더기가 아닌 열일곱 무더기를 옆집에 주었다. 가을걷이가 모두 끝나자 예리세이는 아들을 내보내 돈을 벌게 하고 자신은 계속 집에 있으면서 신을 만들고 벌통으로 쓸 통나무 속을 파냈다.

예리세이가 병자가 있는 농가에서 묵던 날, 예핌은 하루 종일 친구를 기다렸다. 그는 혼자서 너무 많이 가지 않고 길가에서 한참 기다린 끝에 한참 자고 깨어나 다시 우두커니 기다렸으나 예리세이는 오지 않았다. 눈을 크게 뜨고 주위를 둘러보았으나 해는 이미 저물었고 예리세이는 끝내 나타나지 않았다.

'내가 잠자는 사이에 모르고 그대로 지나쳐간 것이 아닐까? 혹시 다리가 아파서 남의 짐수레를 얻어 타고 자나

가면서 나를 보지 못한 것이 아닐까? 하지만 보이지 않았을 리가 없는데……. 여기는 허허벌판이어서 눈앞이 다 보이는걸. 내가 다시 되돌아가면 길이 더 크게 어긋날지도 몰라. 그냥 계속 가는 것이 좋겠군. 여관에서는 만나게 되겠지.'

다음 마을에 다다르자 예핌은 반장에게 혹시 이러이러한 노인이 오거든 자기가 있는 여관으로 데려다 달라고 부탁해 놓았다. 그러나 예리세이는 그 여관에도 모습을 나타내지 않았다. 예핌은 다시 길을 떠나 한 사람 한 사람에게 이러이러한 대머리 영감을 보지 못했느냐고 물어보았으나 보았다는 사람은 아무도 없었으므로 예리세이에게 아무 일이 없기를 바라며 혼자 계속 걸어갔다.

'그렇지, 오데사 근처가 아니면 배 안에서 만나게 될 거야.'

그는 예리세이를 더 이상 생각하지 않기로 했다. 예핌은 도중에 한 순례자와 동행하게 되었는데 그 순례자는 사제복에 모자까지 쓰고 머리를 길게 기르고 있었다. 그는 아토스에도 간 일이 있고 지금 두 번째로 예루살렘에 간다고 했다. 예핌은 여관에 묵으며 그와 여러 가지 이야기를 나눈 끝에 동행하게 되었다.

그들은 무사히 오데사에 도착했다. 두 사람이 사흘 동안 배를 기다리는 사이에 예핌은 예리세이에 대해 물어보았으나 역시 보았다는 사람이 아무도 없었다.

예핌은 외국 여행 허가증을 받았는데 그 값은 5루블이었으며 왕복 뱃삯으로 20루블을 치른 다음 빵과 청어 등을 샀다. 이윽고 배의 선적도 끝나서 성지 순례자들은 본선으로 옮겨 탔으므로 예핌은 그 순례자와 함께 배에 올랐다.

닻이 올려지고 배는 부두에서 출발하여 큰 바다로 나갔다. 그 날은 무사히 향해했는데 저녁때가 되자 바람이 일고 비가 쏟아지면서 배가 흔들리기 시작하더니 바닷물이 갑판을 휘저었다. 배에 탄 사람들이 수군거리고 여자들 중에는 큰 소리로 울부짖는 사람도 있었으며 남자들 중에서도 겁이 많은 사람은 안전한 장소를 찾아 배 안을 이리저리 헤맸다. 예핌도 겁이 나지 않는 것은 아니었으나 겉으로 나타내지는 않았다. 배에 오르자 곧 탐보프의 농부들과 함께 마룻바닥에 앉아 그 자세대로 그 날 밤과 다음날 하루 종일 앉아 있었다.

사흘째가 되자 겨우 바람이 자고, 닷새째에 콘스탄티노플에 도착했다. 순례자들 중에는 그곳에서 잠깐 내려 터키에 점령되어 있는 성 소피아 대성당을 구경하러 가는 순례자도 있었으나 예핌은 배 안에 남아 있었다. 다만 흰 빵을 조금 샀을 뿐이었다. 배는 꼬박 하루 밤낮을 머무른 뒤에야 다시 큰 바다로 나와 스미르나항에 기항한 다음에 알렉산드리아 항구에 들렀다가 마침내 목적지인 야파에 정박했다. 야파에서는 순례자들이 모조리 상륙했는데 성지 예루살렘까지는 70베르스타의 길을 걸었다. 뭍에 오를 때에도 사람들은 아찔함을 겪어야 했다. 그것은 기선의 높은 갑판에서 밑에 있는 보트로 뛰어내려야 했는데 보트가 계속 흔들려서 잘못하면 바다에 빠질 위험이 있었기 때문이며 그 중 두 사람은 물에 빠졌으나 어쨌든 모두 무사히 뭍에 올랐다.

예핌은 사흘째 걸어서 점심때쯤 예루살렘에 도착하여 변두리의 러시아인 숙소에 여장을 풀고 여행 허가증 뒷면에 사인을 받은 다음 식사를 끝낸 후 여관에서 만났던 순례자와 둘이서 성지 순례의 길을 떠났다. 가장 중요한 그리스도 무덤의 참배는 아직 허가가 나지 않았기 때문에 총주교 수도원을 참배했는데 안내하는 사람이 모든 참배자들을 안으로 데리고 들어갔으며 수도원 안에는 남자와 여자 자리가 따로 구분되어 있었다. 순례자들이 신을 벗고 둥그렇게 둘러앉자 한 신부가 수건을 들고 나와서 사람들의 발을 닦아 준 다음 입을 맞추며 빙 한 바퀴 돌았다. 그 신부는 예핌의 발도 닦아 주고 입도 맞추었다. 예핌은 정성껏 밤 기도와 아침 기도를 드리고 촛불을 올려 돌아가신 부모님께 공양을 드리고 나서 성찬 후에 포도주를 마셨다.

이튿날 날이 새자 이집트의 마리아가 칩거했다는 암실로 가서 촛불을 바치고 기도를 드렸으며 아브라함 수도원으로 돌아가 아브라함이 신을 위해 자식을 찔러 죽이려고 한 사베크의 동산도 구경하였다. 그리고 막달라 마리아에게 그리스도가 모습을 나타냈다는 성지를 참배하고 주님의 형제 야곱의 교회에도 들렀다.

예핌과 동행하는 순례자는 장소를 하나하나 안내하며 여기서는 얼마, 저기서는 얼마라고 희사하는 돈의 액수를 가르쳐 주었다. 숙소로 돌아와서 식사를 하고 잠자리에 들려고 했을 때 갑자기 순례자가 놀라며 자기 옷을 이리저리 뒤지기 시작했다.

"지갑을 도둑맞았어요. 지갑 속에는 10루블짜리 두 장에 잔돈이 3루블 있었는데……."

순례자는 속이 상해서 푸념을 늘어놓았지만, 어쩔 수 없는 일이었다.

예핌은 잠자리에 들었으나 문득 마음속에 의심이 생겼다.

'저 순례자는 돈을 도둑맞은 게 아닐 거야. 처음부터 돈이 없었어. 왜냐하면 돈을 희사하는 것을 한 번도 보지 못했으니까. 나에게만 내라고 하면서 자기는 한 푼도 내지 않았어. 그런데다가 내게서 1루블까지 빌려 갔지!'

그러나 예핌은 그렇게 생각하는 자신을 스스로 꾸짖었다.

'내가 왜 사람을 의심하는지 모르겠군. 남을 의심한다는 것은 죄악이지. 다시는 이런 쓸데없는 생각을 하지 말아야지.'

겨우 마음을 가라앉혔다고 생각한 순간 순례자가 돈에만 눈독을 들이고 있는 것과 지갑을 도둑맞았다고 떠들어 대던 모습이 자꾸만 머리 속에 떠오른 것이었다.

'정말로 저 사람은 가진 돈이 없었어. 사람들의 눈을 속이기 위해 연극을 하는 거야.'

다음날, 순례자들은 부활 대성당에서 거행되는 기도식에 참배하러 갔다. 그곳은 그리스도의 관을 모신 곳이었다. 순례자는 예핌 곁을 떠나지 않고 계속해서 졸졸 따라다녔다.

성지 순례자들은 러시아인 외에 그리스인, 아르메니아인, 터키인, 시리아인 등 여러 나라에서 온 사람들이었다. 성당에 도착했을 때 예핌도 다른 사람들과 같이 안으로 들어갔다. 한 신부가 안내를 맡고 있었는데 터키인이 파수 보는 곁을 지나 그리스도를 십자가에서 내려 기름을 칠했다는 아홉 개의 큰 촛대에 불을 밝히는 곳으로 안

내했다. 신부는 일일이 설명하며 보여 주었고 예핌은 촛불을 바쳤다.

그 다음 오른쪽 층계를 올라가 그리스도가 못 박혔던 십자가가 세워졌었다는 골고다로 안내되었고, 예핌은 거기서 잠시 기도를 드렸다. 그리고 대지가 지옥까지 갈라진 자리를 구경하고 그리스도의 손발에 못이 박혀졌다는 장소와 그리스도의 피가 아담의 뼈에 뿌려졌다는 아담의 관을 보았다. 또 그리스도가 가시관을 쓸 때에 걸터앉았다는 돌과 그리스도가 채찍질을 당할 때 묶였던 기둥도 보았다. 예핌은 그리스도의 발에 채워졌다는 두 개의 구멍 뚫린 돌도 구경했는데 안내하던 신부는 그 밖의 다른 것도 보여 주려고 했으나 순례자들이 길을 재촉하는 바람에 그리스도의 관이 있는 동굴 쪽으로 따라갔다. 그곳에서는 다른 종파의 의식이 끝나고 러시아 정교의 기도 의식이 시작되고 있었다.

예핌은 어떻게든 순례자에게서 떨어지려고 했다. 자꾸만 순례자를 의심하는 죄스러운 마음이 치솟았기 때문이다. 그러나 순례자는 잠시도 예핌의 곁에 서 떠나려 하지 않았고 그리스도 관 앞에서의 기도 의식에도 같이 참여했다. 두 사람은 되도록이면 관 가까이 섰으면 좋겠다고 생각했으나 수많은 군중이 몰려들었기 때문에 앞으로 나아가지도 뒤로 물러서지도 못할 형편이 되고 말았다.

예핌은 가만히 서서 안을 바라보며 기도를 드렸는데 때때로 자기의 지갑이 무사한지 더듬게 되었다. 예핌의 마음은 두 갈래로 나누어지고 있었다. 하나는 순례자가 자기를 속이고 있다는 마음이고 다른 하나는 만약 정말로 순례자가 지갑을 도둑맞은 것이라면 자기는 제발 그런 봉변을 당하지 않기를 바라는 마음이었다.

예핌은 기도를 드리면서 주님의 관이 놓인 회당 앞쪽에 36개의 성화가 타고 있는 곳을 바라보고 있었다. 그는 꼼짝하지도 않고 사람들 너머로 바라보고 있는데, 성화가 타고 있는 등잔걸이 바로 아래의 맨 앞자리에 농부들이 입는 값싼 작업용 외투를 걸친 조그만 노인이 보였다. 그 노인은 머리가 홀딱 벗겨진 것이 예리세이를 꼭 닮았다.

'아니, 예리세이와 똑같잖아. 하지만 예리세이는 아닐 거야. 예리세이가 나보다 먼저 도착했을 리는 없어. 앞의 여객선은 일주일 먼저 떠났다니까 예리세이가 나를 앞지를 수는 없지. 그리고 나는 순례자들을 하나하나 모두 살펴보았는데 그는 내가 탔던 배에는 없었어.'

예핌이 그렇게 생각하고 있는 동안 노인은 기도를 시작

했고 세 번 머리를 조아렸다. 한 번은 정면의 신을 향해서, 다음에는 양쪽에 있는 러시아 정교인들을 향해서 각각 한 번씩 절했다. 노인이 오른쪽으로 얼굴을 돌렸을 때 예핌은 그 얼굴을 뚜렷이 알아볼 수 있었는데 틀림없이 예리세이였다. 거무스레하고 곱슬곱슬한 턱수염, 서리가 내리기 시작한 구렛나룻, 게다가 눈썹도 눈도 코도 하나에서 열까지 예리세이였다. 예핌은 친구를 찾게 되어 반가운 기분이 들었지만 어떻게 자기보다 먼저 도착했는지 궁금해서 견딜 수가 없었다.

'저 사람, 어떻게 잘도 앞으로 나아갔네! 아마도 누군가 그럴 만한 사람과 친해져서 안내를 받았겠지. 가만 있자, 출구에서 저 영감을 붙잡아 이제부터는 같이 다녀야겠군. 그러면 나도 앞쪽으로 갈 수 있을지도 몰라.'

그래서 혹시라도 예리세이를 놓치면 큰일이라고 생각한 예핌은 계속 그쪽에만 시선을 두고 있었다. 이윽고 기도식이 끝나 군중이 술렁거리기 시작했고, 십자가에 입맞춤이 시작되어서 밀고 당기고 하다가 예핌은 그만 옆으로 밀려나게 되었다. 예핌은 잘못하다가는 지갑을 도둑맞을지도 모른다는 생각이 들어서 한쪽 손으로 지갑을 움켜잡고 조금이라도 덜 붐비는 자리로 나아가려고 사람들을 헤치기 시작했다.

혼잡한 데를 빠져나온 예핌은 그 근처를 돌아다니며 예

리세이를 찾았다. 대성당 안에 있는 여러 암실에서 여러 나라 사람들을 보았는데 도시락을 먹고 음료수를 마시며 책을 읽는 사람도 있었다. 그러나 예리세이는 어느 곳에도 없었고 숙소로 돌아가 보았는데 역시 없었다. 그날 밤 순례자는 돌아오지 않고 어디론가 자취를 감추었는데 1루블도 끝내 돌려주지 않았다. 예핌은 이제 외톨이가 되었다.

이튿날, 예핌은 다시 그리스도의 관을 배례하려고 배 안에서 동행했던 탐보프에서 온 노인과 함께 갔다. 그곳에서도 예핌은 역시 앞쪽으로 나아가려고 해보았으나 조금도 나아가지 못하고 기둥 옆에 남아서 기도를 드리다 문득 앞을 바라보니 또다시 제일 성화 아래의 그리스도 관 옆에 예리세이가 서 있었다. 예리세이는 제단 앞에 신부처럼 두 팔을 벌리고 머리 위에 빛을 받고 서 있었다.

'좋아, 이번에는 절대로 놓치지 않는다.'

예핌은 사람들을 마구 헤치고 앞쪽으로 다가갔다. 겨우 앞으로 나섰다고 생각했지만 예리세이의 모습은 보이지 않았다. 그 사이에 어디론가 가 버린 모양이었다.

사흘째 되는 날, 예핌이 그리스도 관 옆을 보았더니 가장 눈에 잘 띄는 특별 상좌에 예리세이가 서서 두 팔을 벌린 채 무엇이 보이기라도 하는 듯이 위를 우러러보고 있었다. 이번에도 그의 머리는 빛을 듬뿍 받고 있었다.

'됐어! 이번에는 절대로 놓치지 않는다. 미리 출구에 가서 기다리자. 거기라면 어긋날 리가 없겠지.'

예핌은 밖으로 나가서 오랫동안 우두커니 서 있었다. 반나절을 지키고 서 있었으나 흩어지는 군중 속에서도 예리세이의 모습은 보이지 않았다.

예핌은 예루살렘에서 6주일을 묵으면서 베들레헴과 베다니, 요단강을 비롯해 여러 곳을 가 보았다. 또 그리스도의 관 옆에서는 새 외투에 도장을 찍어 받기도 하고(그것은 죽어서 수의로 입게 된다) 요단강의 물을 작은 병에 담기도 하고, 예루살렘의 흙을 조금 떠서 간수하고 성화가 타고 있던 초를 얻기도 했으며, 여덟 군데의 연미사에 이름을 써넣고 하느라고 돈을 모조리 써 버려 겨우 집으로 돌아갈 여비만 남게 되었다. 거기서 예핌은 귀로에 올라 야파에 도착한 후 여객선을 타고 오데사까지 와서 그 다음부터는 걸어서 집으로 향했다.

예핌은 혼자서 걸어 돌아오는데, 집이 가까워짐에 따라 또 다시 자신이 집을 비운 사이에 가족들이 어떻게 살고 있는지 걱정이 되기 시작했다.

'1년이나 지났으니 많이 달라졌겠지. 집안을 살 만하게 만드는 것은 평생이 걸리지만, 재산을 없애는 것은 눈 깜짝이지. 내가 없는 동안 아들놈은 어떻게 집안일을 처리했을까? 봄에 농사일은 시작했을까? 소와 말은 겨울을 무사히 넘겼을까? 새로 지은 집은 내 지시대로 완공되었을까?'

이윽고 예핌은 1년 전에 예리세이와 헤어진 마을 근처에 이르렀다. 그 근처 사람들은 몰라 볼 만큼 달라져 있었는데 모두들 아무런 불편 없이 살아가고 있었다. 밭의 곡식도 풍성했고 사람들은 넉넉한 생활을 하며 이전의 어려웠던 일 같은 것은 잊어버리고 있는 것 같았다. 저녁이 되자 예리세이가 물을 마시러 들어갔던 마을에 이르렀다. 마을에 발을 들여놓자 흰 외투를 입은 소녀가 어떤 집에서 뛰어나왔다.

"할아버지, 할아버지! 우리 집에 들렀다 가세요!"

예핌이 그냥 지나치려고 하자 소녀는 생글거리며 옷자락을 붙잡고 마구 집 쪽으로 끌었고 입구 층계에서는 사내아이를 데리고 나온 여인이 역시 손짓해 부르고 있었다.

"할아버지, 집에 들르셔서 저녁이나 드시고 가세요. 주무셔도 좋아요."

예핌은 안으로 들어갔다.

'들어온 김에 예리세이 영감의 일이나 물어 볼까? 그때 그 영감이 물을 마시려고 들른 집이 아마 이쯤 될 거야.'

예핌이 방 안으로 들어가자 여인은 예핌이 어깨에 멘

자루를 내려 주고, 손 씻을 물까지 따라
주며 테이블로 안내했다. 그리고는 죽과
우유, 보리 단지를 내놓았다. 예핌은 순례
자를 이렇게 대접하니 정말 고마운 일이
라고 그 가족들을 칭찬했다. 그러자 여
인은 고개를 저으며 이렇게 말했다.

"우리는 순례하시는 분들을 대접하지 않을 수 없습니
다. 오래 전에 어떤 순례자께서 우리들에게 세상이라는
것을 가르쳐 주셨으니까요. 우리는 예전에 하나님을 잊은
채 멋대로 살았기 때문에 벌을 받아서 모두가 죽을 날만
을 기다리고 있었습니다. 마침내 지난 여름에는 모두 병
들었고 먹을 것조차 없게 되었지요. 우리 식구들은 다 죽
을 형편이었는데 하나님께서 할아버지와 비슷한 분을 저
희 집으로 보내 주셨어요. 낮에 물을 얻어 마시려고 들어
오셨다가 우리들을 가엾게 생각하시고 집에 머무르셨습
니다. 굶고 병들어 드러누운 우리에게 먹고 마실 것을 마
련해 주어 마침내 우리들이 기운을 차리게 만드신 후 밭
과 짐수레와 말을 사 주신 다음 훌쩍 떠나 버리셨답니다."

이때 노파가 들어오면서 여인의 말을 가로챘다.

"우리들은 그분이 인간이었는지 천사였는지 모를 정도
입니다. 우리 식구들을 불쌍히 여겨 정성껏 보살피다가
아무 말 없이 떠나 버렸으니 도대체 누구를 위해 하나님

께 기도를 드려야 할지 모르겠습니다. 지금도 눈에 선합니다. 나는 드리누운 채 무작정 하나님의 부르심만을 기다리고 있었는데, 어느 날 지극히 평범한 대머리 할아버지가 물을 마시러 들어오지 않겠습니까? 그런데 이 죄 많은 늙은이는 어떤 사람이 저렇게 남의 집에 들어와서 어물거리나 의아하게 생각했었죠. 그런데 그분은 지금 말한 일을 기꺼이 해 주셨던 것입니다. 우리들의 모습을 보자 조금도 망설이지 않고 등에 짊어졌던 자루를 바로 여기에다 내려 놓고 끄르지 않겠습니까?"

이때 소녀도 말참견을 했다.

"아이, 할머니도, 처음에는 방 한가운데에 자루를 내려 놓았다가 다시 의자 위에 올려놓았는데……."

이렇게 식구들은 서로의 말을 가로채면서 예리세이에 대한 것들을 자세히 들려주었다. 어디에 앉았는지 어디서 잤는지 무엇을 어떻게 했는지, 누구에게 무슨 말을 했는지, 그들의 말은 끝이 없었다. 날이 저물자 말을 타고 돌아온 주인 남자도 역시 예리세이에 대한 말을 꺼내고, 자기 집에서 어떻게 도와주면서 지냈는지 이야기했다.

"만약 그분이 오시지 않았더라면 우리는 모두 죄를 지은 채 죽어 버렸을 겁니다. 모두가 아무 소망도 없이 하나님과 인간들을 원망하면서 죽음을 기다리고 있었는데 그분이 오셔서 우리 가족들을 살려 주셨기 때문에 비로소 하나님도 알게 되고 친절한 사람을 믿게 되었습니다.

하늘에 계신 우리 주 예수 그리스도여, 원하옵건대 부디 그분을 지켜 주시옵소서! 짐승과 다름없는 생활을 하고 있던 우리를 인간으로 만들어 주셨으니까요."

그들은 예픰에게 먹고 마실 것을 대접한 다음 잠자리를 마련해 주었다. 예픰은 자리에 드러눕기는 했으나 잠이 오지 않았다. 예리세이의 일과 예루살렘에서 세 번씩이나 예리세이를 특별 상좌에서 보았던 일이 머리 속에서 떠나지 않았던 것이다.

'그렇구나, 그 영감은 여기서 나를 앞질렀던 것이다. 내 정성을 하나님께서 받아들이셨는지는 알 수 없지만, 그 친구는 하나님께서 기꺼이 받아들이신 것이다.'

이튿날 아침, 식구들은 예픰과 작별을 하면서 도중에 먹으라고 자루 속에 고기 만두를 넣어 준 뒤 일을 하러 나갔다. 그리고 예픰은 집을 향해서 길을 떠났다.

예픰은 꼭 1년이 지나 봄에 집으로 돌아왔다. 집에 다다른 것은 저녁때였다. 아들은 집에 있지 않고 술집에 가 있었다. 예픰은 거나하게 취해서 돌아온 아들에게 여러 가지를 물어 보았는데, 그가 집을 비운 사이 아들이 돈을 헤프게 썼다는 것이 어느 모로 보나 확실했다. 돈을 모두 나쁜 데에 써 버리고 일도 엉망으로 만들어 놓았다. 예픰이 나무라자 아들은 도리어 반항했다.

"아버지께서 아무 데도 가시지 않았으면 좋았을 거예요. 아버지는 성지 순례를 한답시고 돈을 잔뜩 가지고 가셨으면서 내가 조금 쓴 걸 가지고 그러세요?"

예핌은 화가 나서 그만 아들의 뺨을 때렸다. 이튿날 아침, 예핌은 아들의 일을 의논하기 위해 반장에게 가던 중에 예리세이의 집 앞을 지나게 되었다. 그러자 예리세이의 아내가 입구 층계에 서서 인사를 했다.

"안녕하세요, 영감님. 무사히 돌아오셨군요!"

예핌은 발길을 멈추고 말했다.

"덕분에 무사히 다녀왔습니다. 도중에 댁의 영감님과 헤어졌는데 듣자하니 벌써 돌아왔다구요?"

그러자 예리세이의 아내는 수다스럽게 이야기를 시작했다.

"돌아오고말고요. 영감님, 벌써 옛날에 돌아왔는걸요. 성모 승천제가 지난 뒤 바로 왔지 뭡니까? 하나님 덕택으로 무사히 돌아와서 온 식구가 경사가 난 듯이 좋아했었죠. 그이가 없으면 온 집안이 쓸쓸해서요. 이제는 나이가 나이인지라 대단한 일은 하지 못하지만 한 집안의 주인이니까 모두가 의지하는 거죠. 글쎄 아들이 어찌나 반가워하는지 원! 아버지가 안 계시니까 빛이 꺼진 것 같다면서 말이에요. 그이가 어디 가면 정말 쓸쓸해요. 우리는 모두 그이를 의지하고 소중하게 생각하니까요."

"그래, 지금 집에 있나요?"

"있지요. 그이는 벌통에서 애벌레를 나누고 있어요. 올해는 아주 썩 좋은 애벌레를 깠대요. 모두가 하나님 덕택이지요. 그이도 그렇게 기운이 좋은 애벌레는 아직 한 번도 보지 못하셨다나 봐요. 영감님, 들어오셨다가 가세요. 퍽 반가워하실 텐데요."

예핌은 복도를 지나 뒷문으로 나가서 벌통을 돌보고 있는 예리세이에게로 갔다. 예리세이는 머리에 그물도 쓰지 않고 장갑도 끼지 않은 채 긴 회색 외투를 입고 자작나무 밑에 서서 양팔을 벌리고 위를 쳐다보고 있었는데, 마치 예루살렘의 그리스도 관 곁에서와 마찬가지로 대머리 전체가 온통 빛나고 있었다. 그 머리 위에서는 역시 예루살렘에서처럼 햇빛이 자작나무 잎사귀 너머로 비쳐 꼭 불타고 있는 것 같았다. 머리 둘레에는 꿀벌이 관 모양으로 떼를 지어 날아다니고 있었으나 쏘려고 하지 않았다. 예리세이 아내는 남편을 불렀다.

"예핌 영감님이 오셨어요!"

돌아온 예리세이가 예핌을 보자 반가워서 달려오며 턱수염 속에 기어든 꿀벌을 살그머니 끄집어냈다.

"어서 오게나, 그래 무사히 잘 다녀왔나?"

"몸만 갔다 왔지. 자네에게 줄 선물로 요단강 물을 가지고 왔네. 이따가 우리 집에 와서 가져가게나. 그런데 하나님께서 내 정성을 받아들이셨는지 어떤지 알 수가 없구만."

"아무튼 경사스러운 일이야. 하나님의 가호가 있기를!"

예핌은 한참 동안 잠자코 있다가 말했다.

"몸은 갔다 왔지만 영혼이 갔다 왔는지 누가 알겠나. 정작 다른 사람이 갔다 왔는지도 알 수 없는 일이야."

"무슨 일이든 모두가 하나님의 뜻이네. 예핌, 하나님의 뜻이라니까."

"그리고 돌아오다가 자네가 물 마시러 들어갔던 그 집에 들렀었지."

예리세이는 그 말을 듣더니 허둥지둥 손을 내저었다.

"모든 일이 하나님의 뜻이야. 예핌, 하나님의 뜻이고말고. 자, 꿀을 가지고 갈 테니 안으로 들어가세나."

예리세이는 그 이야기를 더 이상 못 하게 하고 살림 이야기로 말머리를 돌렸다. 예핌은 한숨을 내쉬고 그 농가 식구들의 이야기도 예루살렘에서 보았던 이야기도 하지 않았다.

그는 깨달았던 것이다. 이 세상에서는 한 사람 한 사람이 죽는 날까지 자기의 의무를 사랑과 선행으로 다하지 않으면 안 되며 그것이 하나님의 분부라는 것을.

포

(Poe Edgar Allan 1809 ~ 1849)

부모를 일찍 여의고 대부인 존 앨런 (John Allan)의 양육을 받았다(포의 가운데 이름 Allan 은 여기에서 온 것). 어렸을 때 영국으로 건너가 몇 년 동안 고전 교육을 받은 뒤, 나중에 미국의 버지니아 대학에 다녔다. 그러나 도박에 빠져 대학을 그만두었다. 18세에 시집 〈태머레인 외〉를 출간. 그는 육군사관학교에 입학했으나 말썽을 부려 퇴학당했다. 그 뒤 〈시집〉을 내고 단편소설을 쓰기 시작하였으며, 한편으로는 평론을 발표하기도 했다. 1836년 27세였던, 사랑에 빠진 13세의 사촌 동생 버지니아 클램과 결혼했다.

빈곤에 찌들렸던 포는 술에 의지하여 살았고 그 때문에 직장에서 해고되기도 했다.

1839년 필라델피아의 〈버튼스 젠틀맨스 매거진〉의 공동 편집자가 되었다. 그 사이 시와 단편소설을 꾸준히 발표하여 〈그로테스크와 아라베스크에 관한 이야기들〉을 출간하고 이어 그의 이름을 드높인 탐정소설 〈모르그가의 살인사건〉, 〈황금벌레〉 등을 잇따라 발표했다. 그 뒤 〈뉴욕 미러〉지에서 부주필로 일하면서 1845년 시집 〈갈가마귀 외〉와 〈이야기〉 선집을 내어 명성을 얻었다. 1847년 아내 버지니아가 죽은 뒤 그는 술에 빠져 살다가 볼티모어의 한 부인의 생일 파티에서 술을 마신 뒤 세상을 떠났다.

검은 고양이

지금부터 내가 써 내려가는 거짓이라고는 전혀 없는 이 기괴한 이야기에 대하여 나는 다른 사람이 믿어주기를 바라지도 않을 뿐더러 애원하지도 않는다. 사실 나 자신도 믿지 못하고 있는 일을 남에게 믿어달라고 한다면 그것은 미치광이의 허튼소리일 것이다.

그러나 나는 미친 것도 아니고 꿈을 꾸고 있는 것도 아니다. 그러나 내일이면 나는 죽음을 맞이하게 된다. 그래서 오늘이 가기 전에 내 마음의 무거운 짐을 모두 없애버리고 싶다. 아무튼 나는 지금부터 이 집에서 일어난 일련의 사건을 솔직히, 그리고 아무런 설명도 덧붙이지 않고 세상 사람들 앞에 솔직하게 이야기하고 싶은 것이다.

그 사건은 결과적으로 나를 공포에 빠뜨리고, 마침내 나를 파멸로 몰아넣었다. 그러나 나는 그것에 대해 결코 시시껄렁한 것까지 그 이유를 설명하고 싶지는 않다. 그 사건이 나에겐 공포감을 주었을 뿐이지만, 세상의 사람들에게는 그저 터무니없는 괴담으로 여겨질지도 모른다.

그리하여 마침내는 내 악몽조차도 흔히 있는 시시한 일로 넘겨 버리는 지성의 소유자가 나타날 것이 틀림없다. 나 같은 사람보다는 냉정하고 논리적이고 훨씬 침착한 그 지성의 소유자는 내가 지금 두려움에 떨며 얽혀 있는 이 사건 속에서도 아주 당연하게 여겨지는 인과 관계를 찾아 낼 수 있을 것이다.

어렸을 때부터 나는 성질이 온순하고 인정이 많았다. 이런 유약한 점은 친구들의 놀림거리가 될 정도였다. 특히 나는 애완동물들을 무척 좋아했고, 그런 까닭에 부모님은 여러 애완동물을 나에게 사다 주곤 했다. 나는 날마다 이러한 짐승들과 함께 시간을 보냈으며, 그들에게 먹을 것을 주거나 머리를 쓰다듬어 줄 때 가장 큰 즐거움을 느꼈다. 이러한 독특한 성격은 계속되어 내가 어른이 되었을 때에는 오직 동물을 사랑하는 것만이 유일한 즐거움이었다.

주인에게 충실하고 영리한 개에게 애정을 품어 본 적이 없는 사람들에게는, 이렇게 하여 얻어지는 기쁨이 얼마

나 큰 것인지 애써 설명할 필요가 없을 것이다. 인간의 천박한 우정과 경박한 신의를 여러 번 겪은 사람이라면 동물의 헌신적인 애정 속에서 가슴 뭉클한 그 무엇인가를 느낄 것이다.

나는 일찍 결혼하였는데, 다행히 내 아내의 성품도 나와 비슷했다. 내가 동물을 좋아하는 것을 보고 아내는 기회만 있으면 귀여운 애완동물들을 사들였다. 우리는 작은 새를 비롯하여 금붕어, 개, 토끼, 조그마한 원숭이, 그리고 고양이와 함께 살게 되었다.

그 중에서는 고양이는 몸집이 무척 크고 아름답고 멋진 녀석으로 온몸이 새까맣고 매우 영리한 녀석이었다. 이 고양이의 영리함이 화제에 오를 때면 미신을 믿는 아내는 검은 고양이는 모두 마녀의 화신이라고 예부터 전해오는 말을 곧잘 입에 올리곤 했다. 그러나 아내가 정말로 그렇게 생각하고 있었던 것은 아니며 나 또한 지금 그 말이 우연히 떠올라서 쓰고 있는 데 지나지 않은 것이다.

플루토(염라대왕)—이것이 고양이의 이름이었다.—는 내 마음에 드는 장난꾸러기 동무였다. 내가 먹이를 늘 주었으며, 그는 집 안 어디든지 내 뒤를 졸졸 쫓아다녔다. 그래서 외출할 때면 고양이가 거리로 따라나서지 않게 하려고 막는 것은 여간 힘든 일이 아니었다.

우리의 우정은 이와 같이 여러 해 동안 친밀하게 계속

되었는데, 그 동안 내 성격은 폭음 때문에(고백하기에 부끄러운 일이지만)—은 극도로 악화되었다.

나는 날이 갈수록 침울해졌고, 아무것도 아닌 일에 공연히 화를 잘 내고 다른 사람의 감정 같은 것은 염두에도 두지 않게 되었다. 마침내 아내에게 욕설까지 퍼붓고, 폭력을 휘두르기에 이르렀다.

물론 이러한 내 성품의 변화는 동물들에게까지 미쳤다. 나는 그것들을 돌보는 일을 게을리했을 뿐만 아니라 학대하기 시작했다. 그러나 플루토에 대해선 아직까지 손길을 뻗치지 않았다. 토끼, 원숭이, 개들이 우연히 혹은 반가워하며 내 곁에 다가왔을 때 그들을 못살게 굴었다. 그러나 내 병벽은 점점 악화되었고—아, 술마시는 것보다 더한 병이 또 아디 있으랴!—마침내는 악화되어 이제 나는 괜히 조금만 뭣해도 발끈하여 플루토에게까지 손을 대게 되었다.

어느 날 밤, 늘 다니던 선술집에서 만취가 되어 집에 돌아오니, 플루토가 내 앞에서 슬금슬금 피하는 것 같았다. 나는 고양이를 붙잡았다. 그러자 그놈은 나의 난폭한 태도에 깜짝 놀라 날카로운 발톱으로 내 손을 할퀴어 손 위에 가벼운 상처를 냈다. 순간 나는 분노의 포로가 되어 나 자신을 잊어버렸다. 내 순수한 영혼은 단숨에 사라지고, 악마도 못 당할 중독된 구겨진 사악한 증오가 내 온

몸을 떨게 하였다. 나는 조끼 주머니에서 주머니칼을 꺼내 불쌍한 고양이의 목을 움켜 한쪽 눈을 도려냈다. 이 무섭고 잔인한 폭행을 써 내려 가노라니 얼굴이 화끈거리고 온몸이 달아오르고 소름이 끼친다.

그 이튿날 아침에 어느 정도 술이 깨고 온전히 이성적인 상태가 되었을 때 나는 내 행위에 대하여 공포와 참회가 반반 섞인 감정을 금할 수가 없었다. 그러나 그 감정도 결국은 일시적인 것에 지나지 않았을 뿐, 내 마음의 뿌리를 흔들 만한 것은 되지 못했다. 나는 여전히 폭음으로 세월을 보냈고, 그 행동에 대한 모든 기억을 술에 파묻어 버렸다.

한편 이러는 동안에 고양이는 조금씩 상처가 회복되어 갔다. 도려낸 눈구멍은 무서운 끔찍한 몰골이었지만, 이제는 그다지 고통을 느끼지 않게 된 듯했다. 고양이는 전과 다름없이 집 안을 이리저리 돌아다녔지만, 내가 가까이 가면 몹시 무서워하며 도망치곤 했다. 전에 그렇게도 나를 따르던 동물이 이렇게 변한 것에 처음에는 조금 슬프게 느껴지기도 했으나, 이 감정마저 곧 분노로 바뀌고, 마침내는 구원받을 수 없는 파멸의 구렁텅이로 나를 빠뜨리려는 것 같은 짓궂은 감정이 복받쳐 올랐다.

이러한 인간의 근성에 내해서 철학은 아직 어떤 설명도 없다. 그러나 이런 근성이야말로 인간 마음에 내재하고 있는 원시적인 충동의 하나이며, 인간성을 지배하는 근원적 기능 또는 감정이라고 나는 그것을 내 영혼이 실제로 존재하듯 믿어 의심치 않았다. 우리가 몇 번이고 죄악과 어리석음을 범하고 있는 것은 해서는 안 된다는 것을 알면서도 일을 저지르는 사람이 얼마나 많은가. 우리가 최선의 판단을 저촉하면서까지, 단지 법률이 그렇다는 것을 알고 있는 까닭에 우리들은 늘상 법률이라는 것을 범하고 싶은 충동을 갖게 되는 것이 아닐까?

이 짓궂은 감정이 나를 파멸로 끌여들였던 것이다. 아무 죄도 없는 고양이를 계속 학대하여 결국은 자신을 파멸로까지 이르게 한 것은, 나 자신을 나무라며 자신의 본성을 학대하고, 악업으로 인해 악업을 낳는 헤아리기 어려운 영혼의 욕구이었다.

어느 날 아침, 나는 태연히 고양이의 목을 붙잡은 다음 밧줄을 걸어 나뭇가지에 매달았다. 볼에 눈물을 흘리면서, 마음 한구석으로 무척이나 후회를 하면서 그것을 매단 것이다.

내가 가슴 아팠던 것은 그 고양이가 나를 사랑하고 있다는 것을 알고 있었기 때문에, 고양이가 나에게 분노를 일으킬 만한 아무런 일을 저지르지 않았으므로 이렇게 하는 것이 죄를 짓는 것임을 알기 때문이었으며 결국 내 불멸의 영혼을, 만일 그런 것이 있다면 신의 무한한 자비심으로도 구해낼 수 없는 깊은 구렁텅이 속에 빠뜨리게 되리라는 것도 알고 있기 때문이다.

이 참혹한 짓을 한 그날 밤, "불이야!" 하고 외치는 소리에 나는 잠을 깼다. 순식간에 내 침대 커튼에 불이 붙었고, 집은 온통 불길에 휩싸였다. 아내와 하녀와 나는 가까스로 이 화염 속으로부터 빠져나왔다.

모든 것이 철저하게 파괴되었고, 전 재산은 단숨에 재가 되었으며 나는 그 후부터는 절망의 수렁 속에서 헤어나지 못했다.

나는 이 재난과 나의 잔인한 행위 사이에서 어떤 인과관계의 연관성을 찾아보려고 할 만큼 마음이 약한 위인은 아니다. 그러나 나는 사실 그대로 자세히 얘기하는 것이고, 비록 밀접한 관계가 있더라도 마음에 거리끼게 하고 싶지 않은 것이다.

나는 이튿날 불탄 자리에 가 보았다. 담은 한쪽만 남은 채 모두 허물어져 있었다. 그 한쪽이라는 것은 집 한복판에 있는 내 침대의 머리쪽에 놓여 있던 그리 두껍지 않은 방의 벽이었다. 회를 바른 것이 상당히 화력에 강했던 모양인데 나는 얼마 전에 새로 발랐기 때문에 그러리라 추측하였다. 많은 사람들이 그 벽쪽으로 모여들어 벽의 어느 한 부분을 매우 세밀하고도 열심히 살펴보고 있었다.

"신기한데!"

"이상한 일도 다 있군!"

이런 소리가 내 호기심을 자극했으므로 가까이 가 보니, 흰 벽에 얕게 새긴 듯한 거대한 큰 고양이의 모습이 나타나 있었다. 그것은 실로 놀라울 만큼 정확했고 고양이의 목에는 밧줄이 감겨 있었다.

이 요괴—라고밖에 볼 수 없었다—를 힐끗 보았을 때, 나는 내 눈을 의심했다. 그러나 가까스로 냉정을 되찾았다. 내 기억에 고양이는 집에서 좀 떨어진 뜰에 목을 매달았다. "불이야!" 하는 외침에 사람들이 뜰로 몰려와 법석거렸고 그들 중 한 사람이 그 고양이의 시체를 나무에서 내려 열려진 창을 통해 내 침실 안으로 던져 넣은 것이 틀림없다. 그것은 아마도 나를 깨우기 위한 행위였을 것이다. 다른 쪽 벽들이 무너지면서 고양이의 시체가 새로 바른 회벽에 짓눌린 것이다. 따라서 벽의 석회분과 화염과 시체가 발산하는 암모니아의 작용에 의해 이 같은 형체를 만들어 놓았을 것이다.

여기까지 생각이 미치자 양심이야 어떻든 나의 이성에

는 납득할 만한 설명이 되었으나 아무튼 그 사실은 내게 강한 인상을 남겼다. 여러 달 동안 나는 벽에 찍힌 고양이의 모습을 지울 수가 없었다. 그러는 동안 내 마음에는 회한과는 달랐지만, 회한 비슷한 모호한 기분이 싹트기 시작했다. 그 고양이를 잃은 것이 섭섭하여 뻔질나게 드나들던 싸구려 술집 같은 데를 기웃거리며 대신 기를 만한 털빛이 비슷한 고양이는 없나 하고 찾아보게 되었다.

어느 날 밤, 술집에서 술이 만취되어 멍청하게 앉아 있던 나는 문득 술통 위에 웅크리고 있는 것이 눈에 띄었다. 아까부터 그 술통 위를 줄곧 바라보고 있었는데, 좀 더 빨리 눈에 띄지 않았다는 것이 참 이상한 일이었다. 나는 가까이 다가가서 확인해 보았다. 그것은 검은 고양이였는데—아주 큰 고양이였다—한 군데만 빼고는 플루토와 비슷한 놈이었다. 플루토는 온몸이 검정이었으나, 이 고양이는 가슴팍에 희미하나마 큰 백색 반점이 있었다.

내가 손을 대자 고양이는 목을 쭉 빼고 내 손에 몸을 비비고 아양을 떨었다.

나는 곧 주인에게 그 고양이를 사겠노라고 말했더니 그러자 주인은 자기 것이 아니고 어디서 왔는지도 모르며 전에 본 일조차 없다는 대답이었다.

나는 잠시 고양이를 쓰다듬어 주다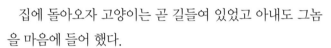
가 이윽고 집으로 돌아가려고
일어서자 고양이도 역시 따라가
고 싶은 눈치를 보였으므로 나는
그냥 내버려 두었다. 집에 오는
도중에도 여러 번 허리를 굽혀 가볍
게 고양이의 등을 쓰다듬어 주었다.

집에 돌아오자 고양이는 곧 길들여 있었고 아내도 그놈
을 마음에 들어 했다.

그런데 얼마 안 가 나는 고양이에 대한 혐오가 마음 깊
은 곳에서부터 싹터오는 것을 느꼈다. 이것은 참으로 뜻
밖의 일이었다. 왜 그런지는 몰랐으나 고양이가 나를 따
른다고 여기자 그것만으로도 성가시고 마음이 초조하여
견딜 수가 없었다. 그리하여 혐오와 곤혹스러움이 점점
더해져서 증오로 변해 버렸다.

나는 고양이를 피했다. 일종의 치욕감과 전에 저지른
잔혹한 행위 때문인지 고양이를 못살게 굴지는 않았다.
그 후 여러 주일 동안 나는 그놈을 때리지도 않고 학대하
지도 않았다. 그러나 서서히—정말 점점—나는 고양이에
대해 이루 말할 수 없는 증오감을 느끼게 되었고, 마치 전
염병 환자를 피하듯이 고양이를 슬슬 피하게 되었다.

고양이를 집에 데리고 온 다음날 아침에 보니 그 고양

이도 플루토와 같이 눈 하나가 멀어 있다는 것을 알게 된 것도 이 고양이에 대해 내 증오감을 부추기게 한 이유 중의 하나였다.

그러나 눈 하나가 없다는 것 때문에 대단히 인정이 많은 내 아내는 한층 더 고양이를 측은히 여겼다. 그리고 이런 성격이야말로 예전의 나와 같았으며, 동시에 나의 가장 단순하고 순수한 쾌락의 근원이었던 것이다.

그러나 내가 고양이를 미워하고 피할수록 고양이는 나를 더욱 따르는 것 같았다. 내가 어디에 앉아 있든지 으레 쫓아와서 내 의자 아래 웅크리거나 무릎 위에 뛰어올라, 징글맞게 핥거나 제 몸을 비벼대는 것이었다. 내가 일어나서 걸어가려고 하면 어느새 두 다리 사이로 기어들어와 나를 하마터면 넘어질 뻔하게 하고, 그렇지 않으면 길고 뾰족한 발톱으로 옷에 매달려 가슴까지 기어오르곤 하였다. 그럴 때는 단번에 죽이고 싶은 충동이 들지만 참곤 하였다. 전에 저지른 죄악이 머리에 떠오르기도 했지만 솔직히 고백하면 아무런 이유 없이 고양이가 너무 무서워서 감히 손을 대지 못했던 것이다.

이 공포감은 확실히 육체적 위해에 대한 것은 아니었다. 그러나 달리 부를 수도 없었다. 고백하기도 좀 부끄러운 일이지만—실상 이 중죄수의 감방에서조차도 고백하기에는 좀 부끄러운 일이지만.

고양이가 나에게 불어넣은 전율은 실로 어리석기 그지없는 망상에 의한 것이다.

전에 내가 죽인 고양이와 지금의 이 얄미운 고양이 사이에 단 하나 다른 점인 가슴에 있는 흰 반점에 대하여 아내는 여러 번 내게 주의를 환기시켰다. 이 반점이 크기는 했지만 아주 희미했다. 그런데 거의 눈에 띄지 않을 정도로 윤곽이 뚜렷해졌다.

그것을 볼 때마다 나는 진저리를 쳤다. 그 때문에 무엇보다도 그 고양이가 미웠고 무서웠으며 할 수 있다면 그 고양이를 죽이고 싶었던 것이다. 그 반점은 등골이 오싹할 정도로 무서운 교수대의 모습을 나타내고 있었다.

나는 이제 보통 인간의 비참한 꼴 이상으로 전락해 버렸다. 더욱이 고작 한 마리의 짐승이 내가 그 동류를 진심으로 경멸하여 죽인 짐승이 하나님의 모습과 똑같이 창조된 인간인 나에게 헤어날 길 없는 괴로움을 주다니! 아, 이미 나는 밤낮으로 안식의 기쁨을 찾지 못했다. 낮 동안에도 잠시도 그 고양이가 내 곁을 떠나지 않았으며 밤이면 밤대로 이루 말할 수 없는 공포의 꿈에 시달려 거의 한 시간마다 잠에서 깨어나야 했다. 깨어 보면 그 고양이의 입김이 내 얼굴에 덮쳐 왔으며 묵직한 무게가 나로서는 뿌리칠 힘이 없는 악마의 화신이 내 가슴 위에 얹혀 있는 것을 느꼈다.

이러한 고통에 짓눌려 내 마음속에 남아 있던 아주 작은 선심조차 없어졌다. 사악한 생각, 몹시 시커멓고 흉악한 생각이 나에게 오직 하나의 유일한 친구가 되었다. 이러한 성격은 점점 심해져 주위에 있는 모든 것, 모든 사람들을 미워하기에 이르렀다. 그리하여 이제는 맹목적으로 돌발적이고 잦은, 억누를 수 없는 격노의 발작에 누구보다도 괴로워하고 참을성 있게 견디어 줄 피해자는 불평 한마디 하지 않는 나의 아내였다.

어느 날 집의 지하실에 볼 일이 있어 아내와 함께 내려갔다. 고양이도 나를 따라 가파른 층계를 내려왔는데 그 때문에 하마터면 나뒹굴 뻔했던 나는 갑자기 흥분하게 되었다. 나도 모르게 손도끼를 집어든 나는 너무나 격분한 나머지 그때까지 나를 억누르고 있던 공포도 잊고 고양이를 향해 내리찍으려 했다. 만일 생각대로 했더라면 고양이는 물론 그 자리에서 숨이 끊어져 버렸을 것이다. 그러나 아내의 말리는 손길에 의해 멈추어졌다. 나는 아내에게 화가 치솟아서 도끼를 휘둘렀다. 아내는 비명 소리도 지르지 못하고 그 자리에 푹 쓰러졌다.

이 무서운 살인이 끝나자 나는 곧 이 시체를 신중하게 감출 방법에 대해 골몰하였다. 이웃 사람의 눈에 띄지 않게 시체를 집 밖으로 끌어낼 수 있다는 것은 도저히 불가능했다.

여러 가지 방법이 머리에 떠올랐다. 또한 시체를 잘게 썰어 불에 태워 버리려고도 생각하였다. 또한 지하실 바닥을 파고 그곳에 파묻어 버릴까 생각해 보았다. 아니면 뜰에 있는 우물 속에 던져 버릴까, 마치 상품처럼 보이도록 상자에 담아 그럴 듯하게 포장하여 인부를 시켜 집 밖으로 운반해 나가도록 할까 하는 궁리도 해보았지만, 마침내 그 어떤 것보다도 굉장한 방법이 머리에 떠올랐다. 시체를 지하실 벽 속에 넣어 발라 버리기로 결심했다. 중세의 사제들이 희생자를 벽 속에 넣고 발라 버렸다는 기록이 있듯이.

이러한 목적에는 지하실이 최고였다. 벽은 아무렇게나 쌓아올린 채, 최근 회로 슬쩍 한 번 발라 버린 것인데 그것이 습기로 아직 굳어 있지 않았다. 쇠망치로 그곳의 벽돌을 들어내고 집어넣은 다음 누가 보아도 의심스럽지 않도록 벽을 완전히 바르는 것은 쉬운 일임이 틀림없었다.

이 계획은 빈틈없었다. 쇠지렛대로 아주 쉽게 벽돌을 떼어 내고 시체를 살짝 안쪽 벽에 기대 세워 그대로 버티어 놓은 다음, 그리 힘들이지 않고 벽돌을 쌓아올렸다. 그 다음에는 모르타르와 모래와 머리카락들을 조심스럽게 손에 넣어 전과 다름없이 회를 반죽한 다음 새로 쌓아올린 벽돌 위에 골고루 발랐다. 일을 끝마치자 나는 비로소 안도감을 느꼈다. 벽은 조금도 손을 댄 흔적이 없는 듯했다. 나는 바닥에 떨어진 티끌을 낱낱이 주운 다음 주위를 둘러보면서,

"그래도 헛수고는 아니었군."

하고 혼자 중얼거렸다.

그 다음에 할 일은 이 참극의 원인이 된 그 고양이를 찾는 일이었다. 내가 그 고양이를 죽이기로 굳게 결심하였기 때문이다. 만일 그때 고양이가 곁에 있었다면 고양이의 운명은 끝났을 것이다. 그러나 이 교활한 고양이는 능글맞게도 슬며시 없어진 채 내가 이런 기분으로 있는 동안 내 앞에 얼씬거리지도 않았다. 얄미운 고양이가 없어져서 마음이 홀가분해진 그 통쾌한 감정은 도저히 글로는 표현할 수 없다.

고양이는 며칠 동안 모습을 나타내지 않았으므로 나는 하룻밤 내내 편안히 잠을 잘 수 있었다.

사흘이 지나도 고양이는 나타나지 않았으므로 나는 다시금 자유로운 몸이 되었다는 안도감을 느꼈다. 두려움을 주던 이 괴물은 무서워서 영원히 이 집에서 사라진 것이었다. 고양이는 이제 더 이상 나타나지 않을 것이다라고 생각하자 나의 행복은 더할 나위 없었다.

나는 내가 저지른 그 무서운 범죄에 대해 그다지 양심의 가책을 느끼지 않았다. 두세 차례에 걸친 심문을 받았

지만 문제
없이 대답할 수
있었고, 한 차례의 가택
조사까지 있었지만 물론
아무것도 발견되지 않았다.
미래의 행복은 확보된 것이라
고 나는 생각하였다.

　아내를 죽인 지 나흘째 되는
날, 뜻밖에도 한 무리의 경관들
이 달려들어 샅샅이 가택 조사를 시작하였다. 그러나 시
체를 감춘 곳을 아무리 면밀하게 조사하더라도 탄로날
리 만무하다는 확신이 있었기 때문에 나는 조금도 당황

히지 않았다.

경관의 명으로 나도 함께 집안 구석구석을 샅샅이 조사했다. 드디어 그들이 지하실로 내려갔지만 나는 얼굴빛 하나 달라지지 않았고, 내 심장은 마치 천진 난만한 아이처럼 뛰고 있었다. 나는 팔짱을 끼고 이리저리 유유히 돌아다녔다.

경관들은 이제 더 이상 의심할 여지가 없었다. 따라서 나는 기쁨을 억누를 수 없을 만큼 강렬해졌다. 나는 단지 한 마디 말로 나의 무죄를 그들에게 한층 더 확신시켜 주고 싶은 마음으로 견딜 수 없었다.

경관들이 조사를 마치고 돌아가기 위해 계단을 올라갈 때 마침내 나는 입을 열었다.

"여러분들의 의심이 풀려 무엇보다 기쁩니다. 여러분들의 건강을 빌며 경의를 표합니다. 그와 더불어 앞으로는 좀 예의바르게 행동해 주기를 바랍니다. 그런데 여러분 어떻습니까. 이 집은 구조가 썩 잘 되어 있답니다."

아무 이야기나 마구 지껄여대고 싶은 격렬한 욕망에 싸여 나는 무엇을 말하고 있는지조차 몰랐다.

"참으로 잘 지어진 집이지요. 무엇보다도 벽 말인데 아니, 여러분들 그만 돌아가시렵니까? 어떻습니까, 이 벽의 견고함은……."

이렇게 말한 나는 몹시 흥분하여 미치광이처럼 들고 있던 막대기로 아내의 시체가 들어 있는 바로 그 부분을 힘껏 후려갈겼다.

그러자, 순간 벽 속에서 내리친 소리의 메아리가 채 가시기도 전에 그 벽 속에서 어떤 소리가 들려 왔다. 처음에는 어린아이의 울음소리처럼 짓눌린 채 간간이 끊어지는 소리였는데, 곧 사람의 소리라고는 도저히 믿을 수 없는 길고 높으며 계속적으로, 아주 이상하고도 잔인한 비명으로 변했다. 그것은 지옥에 떨어진 죽은 사람과 그 파멸에 기뻐 날뛰는 악마들의 입으로부터 동시에 흘러나온 지옥에서만 들을 수 있는 고함 소리이며, 공포와 승리가 반반씩 섞인 울부짖는 비명이었다.

순간 나는 정신이 아뜩해져서 비틀거리며 저쪽 벽으로 넘어질 뻔했다. 계단 위의 경관들도 그 순간 깜짝 놀라 잠시 우두커니 서 있더니, 다음 순간 대여섯 명의 억센 손이 달려들어 벽을 허물기 시작했다.

벽은 한꺼번에 떨어져 나가, 이미 대부분 썩고 핏덩어리가 말라붙은 시체가 여러 사람들 눈앞에 우뚝 나타났

126

다. 그리고 그 머리 위에는 시뻘건, 입을 크게 벌린 채 외눈을 부릅뜬 그 무서운 고양이가 앉아 있었다. 나로 하여금 살인하도록 감쪽같이 꾀어들이고 지금은 그 비명 소리로 나를 교수대로 이끈 고양이가 앉아 있었다. 나는 이 괴물을 무덤 구멍 속에 시체와 함께 벽 속에 넣고 발라 버렸던 것이다.

절름발이 개구리

그 임금님처럼 농담을 몹시 좋아하는 사람도 드물었다. 마치 임금님은 농담을 위해서 이 세상에 태어나 농담을 위해 사는 사람 같았다. 임금님에게 신임을 받는 데는 그럴 듯한 농담을 잘하는 것이 가장 확실한 지름길이었다. 조정에 있는 일곱 명의 대신들은 모두가 이름난 익살꾼으로서 그 방면에 재주가 뛰어난 나라 안에서 손꼽히는 사람들이었다. 그들은 농담에 있어서 나라 안에서 제일가는 인물들일 뿐만 아니라 몸이 무척 뚱뚱하고 투실투실하게 살찐 점도 임금님과 꼭 닮았다. 농담하면 저절로 뚱뚱해지는지 혹은 뚱뚱해지기만 하면 저절로 농담을 잘하게 되는지, 그 점은 아직 단정할 수 없지만,

여하튼 깡마른 농담꾼은 그다지 많지 않은 것만은 확실하다.

임금님은 품위, 즉 임금님 자신의 말을 인용하면 '기지의 정신'은 전혀 염두에 두지 않고 농담도 내용이 풍부하고 짧은 것을 특히 즐겼다. 임금님은 내용만 풍부하다면 비록 농담이 길다고 해도 별로 싫어하지 않았다. 그리고 미묘하다든가 복잡한 것은 몹시 싫어하였다. 그는 볼테에르의 자디그(주인공 자디그를 내세워 그 시대를 풍자한 소설)보다도 라블레의 가르강튀아(전5권으로 된 풍자소설 중 제1권의 제목이며 주인공 이름)를 좋아하는 편이었고 대체로 농담보다는 장난이 그의 취미에 맞았다.

이 이야기가 펼쳐지는 시대는 농담을 직업으로 삼아 살고 있는 사람들이 궁정에 있을 때였다. 유럽 대륙의 열강제국에서는 '광대'들을 두었다. 그들은 알록달록한 옷을 입고 방울 달린 모자를 쓰고 임금님의 식탁에서 굴러 떨어진 빵 부스러기들을 소재로 언제든지 날카로운 익살이 즉석에서 술술 나올 준비가 항상 되어 있어야만 했다.

이 임금님도 광대를 여러 명 두었다. 임금님은 무엇이든지 익살맞은 것을 그의 대신들인 일곱 대신의 아둔한 지혜에 알맞기만 하면 자기 자신에 관한 일이 아닌 한 요구했다.

그러나 이 임금님의 광대, 익살꾼들은 주위에서 흔히 볼 수 있는 그러한 광대가 아니었다. 그들은 모두 난쟁이며 절름발이라는 사실만으로도 임금님에게는 높은 가치가 있었다. 그 당시 궁정에는 광대가 있으면 으레 난쟁이도 있었다. 그리고 임금님들은 함께 웃어댈 광대와 난쟁이가 없으면 어떻게 해서 하루를 보내야 할지 걱정이었다.

앞에서 말한 바와 같이 익살꾼이라는 사람들은 모두 하나같이 뚱뚱하고 뻔뻔스러운 위인들이었다. 그러므로 그 중 하나인 '절름발이 개구리(광대의 이름)'가 한 몸에 이 세 가지의 조건을 모두 갖추고 있다는 것은 임금님에게 있어서 큰 만족이었다.

'절름발이 개구리'라는 이름은 이 난쟁이가 세례를 받은 이름이 아니라, 그가 걷지 못하는 탓으로 일곱 대신이 모인 자리에서 그에게 내린 이름이었다.

'절름발이 개구리'의 걷는 모습은 그가 뛰는지 뒹구는지 알 수 없을 정도이어서 머뭇머뭇하다가 한 걸음 떼어 놓는 꼴인데, 그는 그러한 걸음걸이로 겨우 움직일 수 있었다. 그리고 이 움직이는 모습이 무한한 흥미를 불러일으켰으므로 임금님에게 기쁨을 준 것은 사실이었다. 왜냐하면 임금님은 배가 툭 튀어나왔고 태어날 때부터 심술꾸러기이었음에도 불구하고 그는 조정의 모든 신하들로부터 훌륭한 몸을 가졌다고 칭찬을 받고 있었기 때문이다.

그러나 절름발이 개구리는 두 다리가 뒤틀려 길과 마루 위를 걸을 때는 겨우 걸을 수는 있었지만, 하느님은 하체의 결점 대신으로 비상한 재주를 그에게 주었는데 말하자면 나무타기라든지, 줄타기라든지 그 밖에 올라가는 것에 있어선 무엇이나 놀랄 만한 재주를 가지고 있었다. 이러한 재주를 보일 때 그는 개구리라고 불리우는 것보다 오히려 다람쥐 또는 조그마한 원숭이라고 불리우는 것이 더 잘 어울렸다.

이 절름발이 개구리가 본디 어느 곳에서 이곳에 왔는지는 잘 알 수 없지만 아무도 그 이름을 듣지 못한 어느 시골 왕궁으로부터 멀리 떨어져 있는 곳에서 온 것만은 확실했다. 절름발이 개구리와 그에 못지않게 키는 작았지만 몸매가 몹시 날씬하고 훌륭한 무용수인 젊은 처녀는 임금님의 밑에 있는 어떤 장군이 이웃 나라에 있는 그들의 고향에서 강제로 끌고 와 임금님에게 바친 것이었다.

이러한 일은 이 두 난쟁이들에게 애정이 생기게 하는 자연스런 역할을 했다.

그들은 곧 장래를 약속한 사이가 되었다. 절름발이 개구리는 여러 가지 재주를 부렸지만 인기가 있는 편은 아니이서 트리페타에게 별로 도움이 되지는 않았다. 그러나 비록 난쟁이였지만 그녀는 몹시 아름다웠기 때문에 모든 사람들에게 존경과 사랑을 받고 있었다. 그녀의 인기는 대단해서 기회가 있을 때마다 그녀는 절름발이 개구리를 위해 언제나 자신의 인기를 이용하는 걸 잊지 않았다.

어느 큰 잔치 때 임금은 가장 무도회를 열 계획을 세웠다. 가장 무도회, 또는 잔치가 궁중에서 벌어질 때에는 언제나 절름발이 개구리와 트리페타의 재주에 많은 것이 기대되었다. 특히 절름발이 개구리는 야외극을 꾸미거나 재미있는 배역을 연출하고 그리고 배우들이 입을 옷을 준비하는 데 재주가 뛰어났으므로 그의 도움이 없이는 아무것도 되는 일이 없을 정도였다.

드디어 잔칫날로 정해 놓은 밤이 찾아왔다. 트리페타의 연출에 의해 화려한 대청은 가장 무도회를 빛나게 해 줄 갖은 색깔들로 장식되었다. 궁정 안은 지위 고하를 막론하고 온통 가장 무도회에 대한 저마다 기대로 들끓고 있었다. 의상과 배역에 관해선 각자가 벌써부터 나름대로 결정하고 있었다.

사람들은 그가 어떤 가장을 할 것인가 하는 것을 일주일, 아니 한 달 전부터 저마다 이미 정해 놓고 있었다. 그리고 임금님과 일곱 대신들을 제외하고는 모든 것이 결

정되지 않은 것이라곤 하나도 없었
다. 왜 그들만이 꾸물거리고 있는지,
그것 역시 익살과 배짱에서 나온 것
이 아니라면 그 외에 무슨 까닭으로
그러는 것인지 알 수 없었다. 어쩌
면 그가 너무 뚱뚱해서 어떤 모양으로 가
장을 해야 좋을지 결정할 수 없어서 그러는지도 모
른다.

시간은 빨리 흘러갔다. 그래서 그들은 최후의 수단으로
절름발이 개구리와 트리페타를 불러들였다.

이 조그마한 그들이 임금님의 부름을 받고 왔을 때, 임
금님은 대신들과 함께 술을 마시고 있었다.

그러나 웬일인지 이 날은 임금님의 기분이 썩 좋아 보
이지 않았다. 임금님은 절름발이 개구리가 평소 술을 싫
어하는 것을 잘 알고 있었다. 술은 이 난쟁이를 흥분시켜
마치 미친 사람처럼 만들기 때문이다. 그리고 그러한 일
은 절름발이 개구리에게는 결코 유쾌한 일이 아니었지만
임금님은 장난을 하고 싶었고 절름발이 개구리에게 억지
로 술을 먹여 임금님의 말대로 그를 '쾌활하게 만들고'
싶었던 것이다.

"절름발이 개구리야 가까이 오너라."
하고 임금님은 절름발이 개구리와 트리페타가 방 안으로

들어오자 말했다.

"자, 이리 와서 이 술 한 잔을 고향에 있는 네 친구들의
건강을 위해 마셔라. 그리고 네게 준비한 특별한 일이 있
을 테니까 그걸 듣기로 하자. 우리들도 배역이 필요하단
말이다. 배역이 이제껏 하던 것과는 좀 다른 것으로. 이
제는 몹시 싫증이 났거든 자, 어서 들어라, 한 잔 들면 좋
은 생각이 나올 테니까."

절름발이 개구리는 언제나처럼 임금님의 말에 익살로
웃기려고 애를 썼지만 헛수고였다. 그날은 우연히도 이
난쟁이의 생일날이었던 것이다. 더군다나 '고향의 친구
를 위해 한 잔 하라'는 임금님의 명령은 그의 두 눈에서
눈물을 흘리게 했던 것이다. 그는 이 임금님의 손으로부
터 공손히 술잔을 받아들었을 때, 그 속으로 구슬 같은
눈물이 뚝뚝 떨어졌다.

"하!하!하!하!"

임금님은 난쟁이가 마지못해 술잔을 기울이자 껄껄대
며 웃었다.

"술은 참 좋은 놈이란 말야! 자 봐라, 네 눈
이 벌써 번쩍이는구나!"

난쟁이의 커다란 두 눈은 번쩍인다기보
다는 오히려 흐뭇해져 있었다. 왜냐하면
술은 그의 뇌를 꽉 찔렀을 뿐만 아니라 술

기운도 빨랐던 것이다. 그는 술잔을 상 위에 던지다시피 내려놓고 흐릿해진 눈으로 좌우에 있는 사람들을 휘둘러 보았다. 그들은 모두 임금님의 '장난'이 성공한 것을 보고 몹시 즐거워하고 있었다.

"자, 그러면 시작해 볼까요?"

하고 아주 뚱뚱보인 수상이 말을 꺼냈다.

"그렇게 하지."

하고 임금이 대꾸했다.

"자, 절름발이 개구리야, 도와 달란 말이다. 내가 무슨 배역을 해야 좋단 말이냐. 응? 우리들은 배역이 필요하다구. 우리들 모두. 하!하!하!"

이 말은 임금님이 익살스럽게 하는 말이라서 일곱 명의 대신들도 그 뒤를 따라 껄껄댔다. 절름발이 개구리도 따라 웃었다. 어딘지 공허감을 주는 듯한 웃음이었지만.

"자, 자!"

하고 임금님은 재촉했다.

"어떤 좋은 방법이 없느냐?"

"제가 색다른 것을 생각해내려고 지금 생각하고 있사옵니다."

하고 술이 취한 난쟁이는 약간 건방지게 대답했다.

"뭐? 생각중이라!"

하고 임금님은 버럭 소리를 질렀다.

"대체 무슨 뜻이냐? 아, 알았다. 네가 심술을 부리고 있는 게로구나. 나쁜 놈. 술을 좀더 마셔야 되겠단 말이지. 자, 그렇다면 더 마셔라, 자 어서 받아라!"

임금님은 술을 가득 따라 절름발이 개구리에게 내밀었다. 그러나 그는 숨을 몹시 헐떡거리며 술잔을 빤히 바라보고만 있었다.

"어서 빨리 마시라니까!"

하고 임금님은 소리쳤다.

"네가 마시지 않으면 내 부하들이……."

절름발이 개구리는 머뭇거렸다. 임금님은 화가 나서 얼굴색이 새파래졌다. 일곱 대신들은 얼굴에 웃음을 띠고 있었고, 트리페타는 새파랗게 질려 왕이 앉아 있는 곳으로 가서 임금님 앞에 엎드려 그의 용서를 애원했다.

임금님은 트리페타의 당돌한 행동에 어처구니가 없다는 듯이 잠깐 그녀를 내려다보았다. 임금님은 어떤 방법으로 자신의 분노를 적당히 표시할 수 있을까 망설이는 듯했다. 마침내 임금님은 그녀를 홱 떼밀더니 가득 부은 술잔의 술을 그녀의 얼굴에 뿌렸다.

이 불쌍한 여자는 겨우 몸을 일으키고 한숨 한 번 쉬지 못한 채 상 끝에 있는 제자리로 돌아갔다.

잠시 동안 방 안은 고요한 침묵이 흘렀다. 그 순간에는 한 장의 나뭇잎, 한 개의 깃털이 떨어지는 소리도 들렸을

것이다. 이 침묵은 방 끝으로부터 들려오는 것같이 얕은, 귀에 거슬리는 이를 가는 긴 소리로 인해 깨졌다.

"야, 이놈아, 그 소리는 뭐야?"

하고 임금님은 절름발이 개구리에게 물었다.

절름발이 개구리는 술이 꽤 깬 표정으로 임금님의 얼굴을 빤히 쳐다보며 이렇게 말했다.

"제가요? 천만의 말씀을요."

"그 소린 아마 밖에서부터 들려온 것 같습니다. 창에 있는 앵무새가 주둥이를 새장에 비벼대는 소리 같사옵니다."

하고 대신 하나가 나서서 말했다.

"암, 그렇겠지."

임금님은 이 대답으로 다소 마음이 풀어졌다는 듯이 말했다.

"난 이 나쁜 녀석이 이를 가는 소리인 줄 알았거든."

이 말을 듣고 난쟁이는 웃었다. 그래서 절름발이 개구리는 튼튼하고 새까만 이를 드러내고 껄껄대며, 얼마든지 마시라는 대로 술을 마시겠노라고 말했다.

임금님의 분노는 씻은 듯이 사라졌다. 이렇게 또 한 잔의 술을 쭉 들이킨 후에 절름발이 개구리는 곧장 가장 무도회 준비에 착수했다.

"갑자기 이 생각이 머리에 떠올랐는지는 모르겠습니다 만."

하고 그는 태연스럽게, 생전 한 방울의 술도 입에 댄 적이 없었다는 듯이 말했다.

"폐하께서 트리페타를 때리시고, 그의 얼굴에다 술을 뿌리셨을 때 폐하가 그런 일을 하신 바로 그 순간 그리고 앵무새가 창 밖에서 이상한 소리를 내고 있었을 때 갑자기 제 머리에 굉장한 생각이 하나가 떠올랐습니다. 소인의 고향에서 하는 놀이입니다. 제 고향에서는 가장 무도회 때 흔히들 하는 것이지만 이곳에선 몹시도 신기할 것입니다. 그러나 사람 수가 여덟 명이나 더 필요하다는 것이 좀 뭐하긴 합니다만, 그리고……."

"됐다, 됐어!"

하고 임금님은 자기가 그 사람 수를 찾아낸 것에 만족하듯 웃음을 터뜨리며 소리를 질렀다.

"꼭 여덟 명이로구나. 나와 대신 일곱 명 하고. 자! 그런데 그 놀이가 대체 어떤 것이냐?"

"저희들은 그것을 '쇠사슬로 맨 여덟 마리의 성성이' 라고 부릅니다. 아주 재미있습니다."

하고 절름발이 개구리가 대답했다.

"그것을 하기로 하자!"

하고 임금은 앞으로 한 걸음 다가앉아 눈을 가늘게 뜨며 몹시 좋아했다.

"이 놀이의 묘미는……."

하고 절름발이 개구리는 계속했다.

"귀부인들 사이를 돌아다니면서 그들을 놀래주는 데 있사옵니다."

"그것 참 재미있겠는걸!"

하고 임금님과 일곱 명의 대신들은 일제히 외쳤다.

"소인이 폐하와 대신들을 성성이로 가장해 드리겠습니다."

하고 절름발이 개구리가 말했다.

"소인에게 모든 걸 맡기십시오. 가장 무도회에 오신 손님들이 폐하와 대신을 진짜 성성이가 온 줄 알게 감쪽같이 가장해 드리겠습니다. 이렇게 되면 손님들은 놀라 질겁을 할 겁니다."

"오, 그것 참 몹시 훌륭하구나!"

하고 임금님은 경탄했다.

"절름발이 개구리! 너도 한몫 단단히 하도록 하여라."

"굳이 쇠사슬로 묶는 것은 쩔꺼덕하는 소리로 한층 더 혼잡하게 만들기 위해서입니다. 폐하와 대신들께서는 모두 방금 우리에서 도망쳐 나온 것처럼 보여야 합니다. 쇠사슬로 묶인 성성이 떼가 일으킨 소동은 폐하께서도 상상하시기 어려우실 겁니다. 모든 손님들에겐 진짜 성성이처럼 보일 것이고 그것들이 무서운 고함 소리를 마구

질러대며 곱게 차려 입고 온 남녀 손님들 사이를 헤집고 다닙니다. 그 재미야말로 뭐라 할 수 없을 만큼 대단할 것입니다."

"그렇겠군!"

하고 임금님이 말을 마쳤을 때는 어느덧 어둠이 깊어가고 있었기 때문에 임금님은 회의를 서둘러 끝내고 절름발이 개구리가 마련한 계획을 실천에 옮기기 위해 준비에 들어갔다.

절름발이 개구리는 간단한 분장으로 임금님과 대신들을 성성이로 가장시켰지만 그의 목적을 위해선 몹시 효과적이었다. 문제의 동물은 이 이야기의 시대에 있어 문명국에서는 거의 찾아볼 수 없는 것이었다. 그리고 절름발이 개구리가 만들어 낸 가장은 그들을 진짜 성성이처럼 보이게 하는 데 충분했고, 그 모습은 몹시도 무서웠으므로 그들의 가장은 대성공이었다.

임금님과 대신들은 몸에 꼭 맞는 셔츠와 바지를 입고 그 위를 타르로 새까맣게 칠했다. 대신 중의 한 명이 깃을 사용하면 어떻겠느냐고 제의했지만 절름발이 개구리는 그 제안을 받아들이지 않았다. 그는 성성이의 겉모습을 흉내내기에는 깃보다는 삼이 더 적당하다는 것을 실례로 보여주며 그들을 납득시켰다.

그렇게 해서 타르를 바른 몸 위에 삼을 두툼하게 붙이고, 그 다음에는 쇠사슬을 구해 우선 임금님의 허리에 감고, 이런 순서로 남은 일곱 사람도 똑같이 잡아맸다.

　이윽고 분장을 마쳤을 때, 그들이 간격을 두고 서자 하나의 원이 되었다. 그리고 모든 것을 자연스럽게 보이도록 하기 위해서 절름발이 개구리는 나머지 쇠사슬을 그 원 내부에 십자형으로 비끄러맸다. 이러한 것은 현재 인도네시아의 보르네오에서 침팬지나 원숭이들을 잡는 방법을 그대로 흉내낸 것이었다.

　가장 무도회가 열릴 대무도장은 천장이 몹시 높은 둥근 방이었고, 그리고 천장에 달린 단 하나밖에 없는 창으로부터 햇빛이 흘러들어왔다.

　밤에는 주로 천장에 달린 큰 여러 개의 촛대에 불이 켜졌다. 이 촛대는 창의 한복판으로부터 쇠사슬로 매달려 있었고, 이러한 곳에 항상 사용되는 평형추를 이용하여 아래 위를 오르내릴 수 있도록 마련되어 있었다. 그러나 오늘은 거추장스럽게 보이지 않게 하기 위해서 이 촛대는 천장 밖 지붕 위로 치워져 있었다.

방 안의 준비는 트리페타가 맡아서 진행하고 있었다. 그러나 그녀는 몇 가지는 친구인 절름발이 개구리의 제안을 받아들인 것 같다. 절름발이 개구리의 제안에 따라 이번 가장 무도회에서는 그 촛대를 치워 버렸던 것이다. 날씨가 몹시 더워 초가 녹아내리기 때문에 촛농이 귀빈들의 훌륭한 옷을 더럽힐 것 같았던 것이다. 왜냐하면 무도장이 사람들로 혼잡을 이루었을 때 연출자의 뜻과는 상관없이 무도장 가운데의 촛대 밑으로 사람들이 밀려갈 수 있기 때문이었다.

나머지 벽촛대가 사람들에게 방해가 되지 않을 정도로 방의 이곳 저곳에 설치되었다. 그리고 벽을 등지고 서 있는 약 5, 60개 정도의 여자들이 조각된 기둥에는 향내가 나는 횃불대가 놓여 있었다.

여덟 마리의 성성이들은 절름발이 개구리의 명령에 따라 밤이 으슥할 때까지 시간이 되기만 기다리고 있었다. 이제 방 안은 가장을 한 사람들로 가득 찼다. 이윽고 시계의 종소리가 나자 여덟 마리의 성성이들은 일제히 달려나왔다. 아니 굴러들어왔다고 표현하는 것이 나았다. 왜냐하면 들어올 때, 그들은 쇠사슬에 걸려서 대부분 넘어졌기 때문이었다. 그리고 넘어지지 않는 사람은 모두 비틀거렸다.

무도회장에 있던 가장자들의 놀라움은 대단했다. 그래

서 임금님은 마음이 몹시도 흡족했다. 예상했던 것처럼 손님들 대다수가 이 끔찍한 짐승들을 진짜 짐승이라고 생각했던 것이다.

많은 부인들은 너무 놀란 나머지 기절하는 소동을 벌였다. 그리고 임금님이 미리 무도장 안으로 무기를 들여오는 것을 일체 엄금시키지 않았더라면, 임금님 일행은 자신들의 장난으로 자신들의 몸을 피로 물들였을지도 모른다. 이런 까닭에 모든 사람들은 문쪽으로 밀려갔다. 그러나 임금님은 그가 방 안으로 들어가자마자 곧 방문을 잠가 버리라고 명령해 두었다. 그리고 절름발이 개구리의 뜻에 따라 그 열쇠는 그가 맡게 되어 있었다.

방 안은 순간적으로 아수라장이 되었고, 모든 가장자들은 다른 사람이야 어찌되든 자신의 안전만을 찾았다.

그때 평소에 여러 갈래의 촛대가 달려 있고 그렇지 않을 때는 치워져 있던 쇠사슬이 서서히 내려오는 것이 보였다. 그리고 그 쇠사슬의 갈퀴 끝이 이윽고 마루 위 3피트까지 내려왔다.

잠시 후 방 안을 이리저리 헤집고 돌아다니던 임금님과 일곱 명의 대신들은 마침내 방 한가운데로, 쇠사슬의 끝이 그들의 몸에 닿는 곳에까지 오게 되었을 때, 그때까지 그들의 뒤를 소리도 없이 쫓아다니며 소동을 선동하고 있던 절름발이 개구리가 십자형으로 비끄러맨 쇠사슬의 한가운데를 붙잡아 순식간에 땅의 촛대를 걸어두는 쇠갈고리에 걸어 넣었다.

이때 눈 깜짝할 사이에 땅의 촛대의 쇠사슬 갈고리는 손이 닿지 않을 만한 높이까지 끌려 올라갔다. 그러자 성성이들은 얼굴을 서로 맞댄 채 한 덩어리가 되어 끌려 올라갔다.

가장자들의 놀라움은 잠시 가라앉는 듯했다. 그리고 모든 것이 잘 계획된 장난인 것으로 알고 있었으므로 이 곤궁에 처한 성성이들의 모습을 보고서 그들 사이에서는 한바탕 큰 웃음소리가 터져나왔다.

"그녀석들은 내게 맡겨 두시오!"

하고 절름발이 개구리가 외쳤다.

그의 날카로운 목소리는 소란한 가운데서도 뚜렷이 들렸다.

"그녀석들이 누구인지 알 것 같습니다. 잠시 후에 그녀석들이 누군지 알려드리겠습니다."

절름발이 개구리는 이와 같이 말을 하며 군중들의 머리 위를 스치고 지나 벽으로 가서는 기둥에 있는 횃불을 하나 집어 들고 다시 방 한가운데로 돌아와서 원숭이처럼 날쌔게 임

금님의 머리 위로 뛰어오르더니 또다시 쇠사슬 위로 2, 3 피트쯤 기어 올라갔다. 그리고 횃불을 높이 쳐들고 성성 이들을 조사하는 척하며 더욱 크고 날카로운 소리로 외 쳤다.

"나는 곧 이녀석들이 누군지 알아낼 것입니다."

성성이를 포함한 방 안의 사람들은 이 말을 듣고 배를 움켜잡은 채 한바탕 웃어댔다. 그때 절름발이 개구리의 휘파람 소리가 사람들의 귓가로 날카롭게 파고들었다. 그 순간 쇠사슬이 갑자기 맹렬한 기세로 약 30피트 위로 올라가자 동시에 놀라 기를 쓰는 성성이들도 위로 끌려 올라가 창과 마루 사이 한복판에 대롱대롱 매달려 있게 되었다.

절름발이 개구리는 쇠사슬이 올라갈 때 쇠사슬에 몸을 밀착시킨 채 마치 아무 일도 없다는 듯 전과 같은 위치를 유지하고 있었다. 그리고 그들이 누군지 알아내려는 듯 한 태도로 횃불을 그쪽으로 쑥 내밀었다.

무도장에 있던 사람들은 성성이들이 매달린 광경에 놀라 잠깐 침묵을 지켰다. 이 침묵은 전날 임금님이 트리페타의 얼굴에 술잔을 내던졌을 때 임금님과 일곱 명의 대신들의 주의를 끌었던 것과 같은, 귀에 거슬리는 소리로 인해 깨졌다. 그러나 이번엔 누가 내는 소리인지 의심할 여지가 없었다. 그것은 절름발이 개구리의 이 사이에서 나온 소리였다. 그가 거품을 내뿜으려 이를 뿌득뿌득 간 것이었다. 그리고 화가 나서 벌겋게 타오른 얼굴로 임금님과 일곱 명의 대신들의 얼굴을 훑어보고 있었다.

"아하! 이제야 알겠군!"

하고 노여움으로 마치 불덩어리가 된 듯한 절름발이 개구리가 말했다. 그는 임금님을 더 자세히 바라보려는 듯이 횃불을 쳐들어 임금님의 몸을 싸고 있는 삼옷에 갖다 대자 온몸은 삽시간에 불덩어리가 되어 타올랐다. 30초도 채 못 되어 여덟 마리의 성성이들은, 온통 불덩어리가 되어 맹렬한 기세로 타올랐고 군중들은 두려움에 떨며 멍하니 위만 쳐다보고 있었다.

순식간에 불길이 활활 타올랐으므로 난쟁이는 불길이 닿지 않는 위까지 재빨리 쇠사슬을 타고 기어 올라갔다. 그 동안 또 방 안에 잠시 침묵이 흘렀다. 이때 절름발이 개구리는 그 기회를 놓치지 않고 또다시 말을 이었다.

"이 사람들이 누군지 이제는 확실히 알겠어."

하고 난쟁이는 말했다.

"이녀석들은 임금님과 일곱 명의 대신이다. 허약한 여자를 때리고도 조금도 양심의 가책을 느끼지 않는 임금님과 그 임금님을 부추긴 일곱 명의 대신들이다. 자, 그리고. 나는 다른 사람이 아니라 익살꾼 절름발이 개구리이다. 그리고 이것이 내 마지막 익살이다."

타르에 바싹 달라붙은 삼은 불이 붙기에 아주 쉬웠으므로 절름발이 개구리의 이 짧은 연설이 채 끝나기도 전에 복수는 끝이 났다.

여덟 구의 시체는 심한 악취를 뿜었고 한 덩어리가 되어 쇠사슬 끝에 매달린 채 흔들리고 있었다. 절름발이 개구리는 횃불을 그쪽으로 던지고 천장으로 기어 올라가 창 밖으로 사라져 버렸다. 트리페타가 무도장 지붕 위에서 이 복수극을 지원하였던 것 같으나 확실치는 않았다. 그리고 그들은 자신들의 고국으로 도망쳐 버렸는지, 그 후 그들의 모습은 이 나라 안에서 다시는 찾아볼 수 없었다.

도데

(Daudet, Alphonse, 1840~1897)

리옹의 고등중학교에 들어갔으나 가업이 파산하여 중퇴하고, 알레스에 있는 중학교 사환으로 일하면서 청소년 시절을 보냈다. 1857년 형이 있는 파리에 가서 문학에 전념하였다. 시집인 〈연인들〉(1858)을 발표, 이것이 당시의 입법의회 의장 모르니 공작에게 인정받아 그의 비서가 되었고, 이를 계기로 문학에 더욱 정진하게 되었다. 그 후 시인 미스트라르를 비롯하여 플로베르, 졸라, E.콩쿠르, 투르게네프 등과 친교를 맺었으며, 아내 쥐릴의 도움으로 행복한 57년의 생애를 파리에서 보냈다.

풍부한 서정과 잔잔한 묘사로 쓰여진 소설 〈별〉과 이 소설이 실린 단편집 〈방앗간 소식〉(1886)으로 문명(文名)을 떨쳤다. 소설로는 〈프티 쇼즈〉(1868), 〈쾌활한 타르타랭〉(1872), 〈월요 이야기〉(1873), 〈젊은 프로몽과 형 리슬레르〉(1874), 〈자크〉(1876), 〈니바브〉(1877), 〈뉘마 루메스탕〉(1881), 〈전도사〉(1883), 〈사포〉(1884), 〈알프스의 타르타랭〉(1885), 〈불후(不朽)의 사람〉(1888), 〈타라스콩 항구〉(1890) 등이 있고, 수상집으로 〈파리의 30년〉(1889), 〈한 문학자의 추억〉(1889) 등이 있다. 희곡으로는 〈아를의 여인〉(1872)이 있다.

마지막 수업

그 날 아침 나는 학교에 가는 시간이 몹시 늦었다. 게다가 아멜 선생님은 내게 그 전날 동사에 대해 질문하겠다고 하셨는데 친구들과 노느라 전혀 공부를 하지 않아 꾸중을 들을 것 같아 두려웠다. 문득 수업을 빼먹고 들판을 쏘다니고 싶은 생각이 들었다.

너무나도 좋은 날씨였다. 숲에서는 티티새가 지저귀고 제재소 뒤쪽의 리뻬르 들판에서는 프로이센 병사들이 발맞추어 걷는 군화 소리가 들려왔다. 문법을 공부하는 것보다 들판 쪽이 훨씬 재미있을 것 같았다. 하지만, 나는 아멜 선생님의 무서운 얼굴이 떠올라 급히 학교로 달리기 시작했다.

학교로 가는 길에는 면사무소가 있었는데, 게시판 앞에 사람들이 모여 웅성거리고 있었다. 요즈음 2년 동안 게시판 앞에 사람들이 모여 있으면 좋지 않은 소식만 들려오곤 했다. 그것은 패전이라든가 징용, 철수 명령 따위의 나쁜 소식만 게시판에 붙어 있었으니까. 나는 뛰면서 생각했다.

'또 무슨 일일까?'

그리고 광장을 가로질러 급히 뛰는데 게시판을 보고 있던 대장장이 와슈테 영감님이 나에게 소리쳤다.

"꼬마야, 뛸 것 없어. 학교는 지금 가도 늦지 않았어."

나는 속으로 농담하지 마시라고 중얼거리고는 학교로 헐레벌떡 뛰어들었다.

그런데 오늘은 이상하였다. 여느 때 같으면 수업이 시작되기 전에는 아이들의 떠드는 소리, 책상을 쿵쾅거리며 옮기는 소리, 조용히 하라고 소리치는 선생님의 소리 등이 학교 안을 가득 메우곤 했는데 오늘은 전혀 그렇지 않았다. 마치 일요일 아침처럼 고요했다. 아이들이 떠드는 틈을 타 살짝 내 자리로 들어가려던 생각이 깨어졌다. 창문 너머로 이미 자리에 앉아 있는 친구들의 얼굴이 보였다.

여느 때와 마찬가지로 아멜 선생님은 커다란 자막대기를 옆구리에 끼고 책상 사이를 왔다갔다하고 계셨다.

이렇게 쥐 죽은 듯 고요한 교실로 들어가지 않으면 안 된다니!

그런데 그 날은 다른 날과 전혀 달랐다. 아멜 선생님은 슬픈 눈으로 나를 바라보시더니 가라앉은 목소리로 말씀하셨다.

"프란츠, 괜찮다. 어서 자리로 가 앉거라. 지금 막 수업을 시작하려는 참이었다."

나는 얼른 자리로 가서 앉았다. 부끄러움이 조금 가라앉자 주위를 둘러보았다.

선생님은 장학관이 오는 날이나 졸업식 말고는 입지 않는 옷을 입고 계셨다. 감색 프록 코트에 가슴에는 주름이 잡힌 가슴 장식을 달고 머리에는 자수가 놓여진 고급 모자를 쓰고 계셨다.

교실 안에는 다른 때와는 달리 엄숙하고 침착한 분위기가 무겁게 흐르고 있었다. 놀라운 것은 교실 뒤쪽 의자에 마을 사람들이 조용히 앉아 있는 것이었다. 모자를 손에 쥔 오젤 영감님, 예전의 면장, 집배원 아저씨, 그리고 마을의 여러 어른들. 모두 조용히 앉아 있었지만 어딘가 슬픈 표정들이었다. 오젤 영감님은 낡은 초급 프랑스어 독본을 무릎 위에 올려놓고 큼지막한 안경을 쓰고는 들여다보고 있었다.

내가 놀라고 있는 사이에 아멜 선생님은 교단 위에 올

라가 부드럽고 엄숙한 소리로 말씀하셨다.

"여러분, 오늘은 마지막 프랑스어 수업 시간입니다. 베를린에서 명령이 내려왔는데 앞으로 알사스와 로렌 지방의 학교에서는 독일어만을 가르치라는 것입니다. 내일 독일어를 가르칠 새 선생님이 오십니다. 그러니까 오늘은 여러분뿐만이 아니라 나에게도 마지막 프랑스어 수업인 것입니다."

나는 선생님의 말씀에 깜짝 놀랐다. 지독한 프로이센 놈들 같으니, 면사무소 게시판에 붙어 있었던 것은 바로 이 내용이었던 것이다.

나의 마지막 프랑스어 수업, 그런데 이때 나는 아직 프랑스어를 제대로 쓸 줄도 읽을 줄도 모르지 않는가.

그런데 이제 프랑스어를 배울 수 없다니.

지금 와서 생각해 보니 새를 잡겠다고 수업을 빼먹은 일이나 강가에서 얼음지치기를 하며 보내 버린 시간이 너무나 후회스러웠다. 바로 조금 전까지도 그렇게 지겹고 재미없던 교과서나 문법책, 그리고 성경 등이 이제는 헤어져야 하는 친한 친구처럼 느껴졌다.

아멜 선생님은 보통 때에는 자막대기로 아프게 매를 때리시고 무서운 얼굴로 꾸짖던 선생님이셨는데 이제 다시는 만날 수 없다는 생각이 들자 마음이 서글펐다.

가여운 선생님, 선생님은 마지막으로 정장을 입으시고

마지막 프랑스어 수업에 경의를 표하고 계셨다. 마을 사람들도 다시는 프랑스어를 배울 수 없다는 생각에 교실 뒤에 와서 수업을 듣고 있는 것이었다. 그들은 지금까지 학교에 자주 찾아오지 않았던 것을 후회하는 것 같았다. 오젤 영감님은 몇십 년이나 프랑스어를 익히지 못한 것이 못내 아쉬운 듯했다. 그것은 또한 40년 동안이나 프랑스어를 가르친 선생님에게 경의를 표하는 것일 뿐만 아니라 마침내 사라져 버릴 조국에 사랑을 바치는 것이었다.

그러는 동안 갑자기 선생님이 내 이름을 불렀다. 내가 암송할 차례가 된 것이다.

이 어려운 동사 규칙을 하나도 틀리지 않고 욀 수 있다면 얼마나 좋을까. 하지만 시작부터 기억이 안나 나는 얼굴이 빨갛게 상기된 채 몸을 비비 꼬고만 있을 뿐이었다. 나는 얼굴을 들 수가 없었다.

앞에서 아멜 선생님의 말씀이 들려왔다.

"프란츠, 너를 꾸중하는 게 아니다. 너는 이것으로 충분히 벌을 받았다. 너뿐만 아니라 우리도 날마다 이렇게 생각했지. '시간은 충분해. 내일이 있는데 뭐. 내일 공부하지.' 그 결과가 이것이다. 교육을 다음 날로 미룬 것이 우리들의 가장 큰 잘못이었다. 프로이센 사람들은 우리에게 이렇게 말할 것이다. '자기 나라 말도 제대로 하지

못하면서 무슨 프랑스 사람이라고 우겨대느냐.' 프란츠, 그러니까 너 혼자만의 잘못이 아니다. 우리 모두 책임이 있는 것이다. 부모님들도 되도록 한 푼이라도 더 벌기 위해 밭이나 공장에 아이들을 보내 왔다. 나조차도 공부를 시키는 대신 정원의 풀을 뽑게 한 적이 있었다. 내가 피곤할 때면 너희들에게 자습을 시킨 적도 있었지. 오늘의 결과가 있기까지는 어른들의 잘못이 더 크다."

잠깐 침묵이 흐른 후 아멜 선생님은 프랑스어에 대한 이야기를 시작하셨다. 프랑스어는 세계에서 가장 아름답고 분명하고 과학적인 언어라고 말씀하셨다. 그렇기 때문에 우리들은 프랑스어를 결코 잊어서는 안 된다고. 왜냐하면 어떤 민족이 다른 민족의 노예가 되었다 해도 자신들의 언어를 확실히 지키고 있으면 언제든지 그 노예 상태에서 벗어날 수 있다고.

그런 다음 선생님은 문법책을 읽기 시작하셨다. 나는 떠듬떠듬 따라 읽기도 하고 머리 속에 선생님의 말씀을 다시 한 번 새겨 보기도 하였다.

내가 이토록 잘 이해할 수 있다는 사실이 놀라웠다. 선생님의 말씀 하나하나가 아주 쉽게 생각되었다. 선생님의 목소리는 높았고, 조금이라도 더 쉽게 더 많이 가르치고 싶은 듯이 열정적으로 들렸다. 선생님은 떠나가기 전에 자신의 머리 속에 있는 모든 지식을 우리에게 전해 주고 싶어 하시는 것 같았다.

문법 시간이 끝나고 자습 시간이 되었다. 아멜 선생님은 모두에게 나누어 줄 새 글씨본을 보여 주셨다. 거기에는 예쁜 글씨로, '프랑스, 알사스. 프랑스, 알사스' 라고 쓰여 있었다.

선생님은 그것을 교탁 위에 가로로 세워 교실 안의 모든 사람들이 볼 수 있도록 했다. 그 글자들은 마치 프랑스 국기가 휘날리는 것처럼 보였다.

모두들 얼마나 열심이었는지 숨소리조차 들리지 않았다. 들리는 것이라고는 종이 위를 사각사각 스치는 펜 소리뿐이었다. 창문으로 갑자기 풍뎅이 한 마리가 날아 들어왔지만 아무도 그 쪽을 쳐다보지 않았다. 일학년 학생들조차도 조심스럽게 정성껏 선 긋는 연습을 했다. 마치 그 선도 프랑스어인 것처럼 신중하게 말이다.

학교 지붕에는 비둘기 몇 마리가 내려앉아 '구구구구' 울었다. 그 소리를 들은 나는 생각했다. 내일부터는 저 비둘기들도 독일말로 울어야만 하는 걸까? 이따금 선생님을 바라보면 선생님은 교단 위에서 주변의 사물들을 뚫어지게 바라보고 계셨다. 마치 눈에 보이는 모든 것을 눈 속에 새겨 넣으려는 모습처럼 보였다. 선생님은 지난 40년 동안 이 교실에서 매일같이 프랑스어를 가르쳐 왔으니까. 운동장을 마주하고 있는 교실도 여전하고 창문으로 비쳐드는 햇살도 40년 동안 여전했을 테니까. 다만 걸상과 책상이 오래 되어 검게 빛나고 운동장의 나무는 더욱 크게 자랐고, 선생님이 손수 가꾼 꽃들은 더욱 만발해진 것만이 그 동안의 세월을 말해 줄 뿐이었다.

이 모든 것들과 이별을 해야 한다는 것이 선생님에게는 얼마나 힘들고 어려운 일일까. 선생님의 여동생이 이층에서 왔다갔다 발소리를 내며 짐을 챙기는 소리가 들렸다. 이들은 내일이면 이 고장을 떠나게 된다. 그리고는 언제 돌아올지 기약할 수 없게 된다.

선생님은 끝까지 침착하게 수업을 이끌어 나갔다. 자습 시간 다음은 역사 시간이었다. 역사 시간이 끝난 후 저학년 학생들은 목소리를 맞추어 일제히 발음 연습을 했다. 교실 뒤쪽에 있던 오젤 영감님도 안경을 끼고 두 손으로 책을 들고 아이들과 함께 더듬더듬 읽어 내려갔다. 영감님의 목소리는 너무나 감동한 나머지 떨리고 있었다. 그 소리를 들으니 어쩐지 우습기도 하고 슬프기도 해서 모두들 웃어야 할지 울어야 할지 모를 정도였다.

나는 이 모든 광경을 결코 잊을 수 없을 것 같았다.

그때 교회의 종소리가 정오를 알렸다. 그와 동시에 프로이센 병사의 나팔 소리가 창문 밖에서 울려 퍼지기 시작했다. 아멜 선생님은 굳은 얼굴로 교단에 올라섰다. 내 눈에 선생님은 칠판을 다 가리고 서 있는 커다란 나무처럼 보였다.

선생님은 말씀하셨다.

"여 러 분, 나 는……."

하지만 선생님은 말을 잇지 못하였다.

거기까지밖에 말씀하시지 못하고는 칠판을
향해 돌아섰다. 선생님은 분필을 하나 집어 들고 커다랗
게 팔을 뻗어 될 수 있는 한 큰 글씨로 쓰셨다.

프랑스 만세!

선생님은 그대로 칠판에 얼굴을 기대셨다. 그리고는 우
리 쪽은 보지도 못하시고 손짓하셨다.

"이제 수업은 끝났다……. 다들 돌아가거라."

별

내가 뤼브롱 산에서 양을 치고 있을 때의
일이다. 산 속에서 양을 치고 있노라면 몇 주일 동안이나
단 한 사람도 구경도 하지 못한 채 양치는 개와 단둘이서
하루하루를 보내야 했다.

눈앞에 보이는 것은 산자락의 초록빛 풀밭과 널따랗게
펼쳐진 푸른 하늘, 그리고 유유히 흘러가는 흰 구름뿐이
었다. 그리고 들리는 소리라고는 양의 울음소리와 양의
목에 달린 방울 소리, 내 곁을 항상 든든히 지켜주는 양
치기 개가 가끔 짖는 소리뿐이었다.

때때로 몽 드 뤼르 산 위에서 살고 있는 사람들이 약초
를 찾아 이곳을 지나가기도 하고, 숯을 굽는 남자들이 나

무를 구하러 가끔 피에몽 마을로부터 찾아오기도 했다. 하지만 그들은 오랫동안 혼자서 살아온 것이 습관이 되어서 내가 먼저 말을 걸기 전에는 아무 말도 하지 않았다. 내가 그들에게 산 아래 마을이나 도시에서 무슨 일이 일어나고 있는지 물어 보아도 도리어 나에게 무슨 일이 있는지 다시 되묻는, 말하자면 세상의 물정에 몹시도 어두운 사람들이었다. 그래서 그들이 지나가고 나면 나는 세상과 떨어진 듯한 고립감을 더욱 심하게 느꼈다.

그러므로 이곳에 보름마다 식량을 가져다 주는 농장의 귀여운 꼬마 머슴 마이로의 웃는 얼굴이나 나이가 든 노라드 아주머니의 얼굴을 보는 것이 나에게는 유일한 큰 기쁨이었다.

식량을 싣고 온 농장 노새의 방울 소리가 산비탈 아래에서부터 들려오면 내 마음은 조금씩 들뜨고, 뒤이어 아주머니의 다갈색 모자나 미아로의 얼굴이 산등성이 위로 약간씩 떠오를 때면 나는 기뻐서 어쩔 줄 모르곤 했다.

나는 식량을 내리기도 전에 그들에게 산 아래 마을에서 무슨 일이 있었는지 바쁘게 묻곤 했다. 누가 세례를 받았고 누가 결혼을 했으며, 누가 마을을 떠났는지 등의 여러 가지 소식을 시시

콜콜 물어 보았다. 그러나 내가 무엇보다도 알고 싶었던 것은 바로 우리 수인 집 아가씨에 관한 소식이었다. 주인 집 아가씨 스테파네트는 이 세상에서 가장 아름답고, 이 세상에서 내가 제일 좋아하는 사람이었다.

하지만, 나는 꼬마 미아로나 노라드 아주머니에게 내 마음을 드러내지 않으려고 애쓰면서 아가씨의 소식을 조심스럽게 물어 보곤 했다. 아가씨가 요즘에도 자주 파티에 참석하는지, 그리고 밤에도 나들이를 다니는지, 또 여전히 아름다운지……. 그렇게 여러 가지를 묻는 내 마음 속에는 언젠가 한 번 보았던 아가씨의 활짝 웃는 모습이 자리잡고 있었다. 그때 누군가 내 마음을 읽은 사람이 '너는 가난한 양치기에 지나지 않는데 어째서 아가씨에 대해 궁금해하느냐'고 묻는다면 나는 이렇게 말했을 것이다. 나도 이제 스무 살이 되었으며, 스테파네트 아가씨는 이 세상에서 가장 아름다운 사람이라고,

어느 일요일이었다. 산에서 며칠을 보내노라면 금요일인지 토요일인지 잘 분간할 수 없지만 그날은 보름치의 식량이 이곳에 오는 날이었기 때문에 정확하게 요일을 기억할 수 있었다. 나는 식량이 오는 날은 며칠 전부터 손꼽아 기다리곤 했으니까.

그러나 그날 따라 웬일인지 식량을 실은 마차가 오후가 되어도 도착하지 않았다. 아침 나절에는 '미사 때문에 늦

는 것이겠지' 하고 생각했다. 그러다 정오가 되자 갑자기 소나기가 세차게 내렸다. 이번에는 '비 때문에 마차가 오는 데 시간이 걸릴 테지' 하고 나 자신 스스로를 위안했다.

세 시쯤 되자 하늘은 물에 씻은 유리처럼 깨끗해지고 비에 젖은 산은 햇빛을 받아 선명하게 빛났다. 정오 무렵에 내린 소나기로 인해 세상은 다시 태어난 듯 반짝이고 있었다.

그때였다. 나뭇잎에 대롱대롱 매달려 있던 물방울이 톡톡 떨어지는 소리, 그리고 불어난 시냇물이 즐거운 듯이 넘쳐 흐르는 소리에 섞여 노새의 방울 소리가 내 귀에 들려왔다. 마치 그것은 부활절에 울려 퍼지는 종소리처럼 경쾌하고 명랑한 소리였다.

그런데 막상 산등성이 위로 나타난 사람은 꼬마 미아로도, 노라드 아주머니도 아니었다. 그 사람은 아가씨, 바로 스테파네트 아가씨였다. 산의 신선한 공기와 아름다운 풍경 속에서 아가씨는 두 볼이 사과처럼 빨갛게 상기되어 있었다. 그때 내 눈에는 아가씨는 숲의 요정처럼 보였다. 아름다운 스테파네트 아가씨는 노새에서 내리면서 연방 나이팅게일처럼 지저귀었다. 미아로는 갑자기 배탈이 나서 누워 있고 노라드 아주머니는 휴가를 얻어 집에 다니러 갔기 때문에 자기가 이곳에 직접 오게 되었느라고 말했다. 아가씨는 아침 일찍 출발했지만 오는 도중에 길을 잃어 늦게 도착했다는 이야기도 덧붙였다.

내 마음은 나이팅게일처럼 기저귀는 아가씨의 귀여운 입을 보느라고 아무런 생각도 할 수 없었다. 꽃 모양의 화려한 리본을 머리에 달고, 레이스가 눈부신 드레스를 아름답게 차려 입은 아가씨의 모습은 길을 잃고 하루 종일 숲을 헤매 다녔다는 말을 그 누구도 믿을 수 없게 했다. 내 눈에는 아가씨가 무도회장에서 춤을 추다가 바삐 빠져나온 모습으로 보였다. 아무리 바라보고 있어도 싫증이 나지 않았고, 지금까지 그렇게 가까이서 아가씨를 본 적은 처음이었다. 나는 겨울이 되면 산에 눈이 내리기 전에 양떼를 몰고 마을로 내려가 지내곤 했다. 그때 저녁 식사를 하러 주인집의 식당으로 들어가곤 했는데 가끔 아가씨가 거실을 가로질러 가는 것을 볼 수 있었다. 아가씨는 하인들과는 거의 말을 하지 않았고 눈도 잘 마주치지 않았지만 항상 멋있게 차려 입고 웃는 얼굴을 하고 있었기 때문에 집에 있는 하인들은 누구나 아가씨를 좋아했다.

그 아가씨가 바로 지금 내 앞에 있는 것이다. 마치 오직 나 하나만을 위해서 이곳에 와 있는 것이다. 방긋방긋 웃는 얼굴로 산 속의 풍경이 신기한 듯 눈을 두리번거리며 내 앞에 서 있었다. 그런데 어떻게 내가 넋을 잃지 않을 수 있을까?

스테파네트 아가씨는 바구니에서 식량을 꺼내어 내게 주었다. 내가 식량을 안으로 나르는 동안 아가씨는 주위를 돌아다녔다.

아름다운 나들이옷이 더럽혀질까 봐 치맛자락을 살짝 추켜들었기 때문에 아가씨의 작은 발이 보였다. 아가씨는 울타리가 쳐진 목장 안으로 들어갔다가, 꼬리를 흔드는 개의 머리를 쓰다듬어 주었다가 내가 사는 방 앞을 기웃거렸다. 그러다가 방문을 열고 방 안을 유심히 들여다보았다. 양털가죽과 짚단으로 만든 잠자리며 벽에 걸린 커다란 비옷, 구식 엽총 등을 아가씨는 신기한 듯 빤히 바라보았다.

"그러니까 여기가 네 방이란 말이지? 여기서 혼자 밥도 먹고 잠도 잔다는 말이야? 아아, 얼마나 외로울까. 그래, 너는 도대체 무슨 생각을 하면서 살고, 밤마다 무슨 꿈을 꾸면서 잠이 드니?"

'오직 아가씨만을 생각하며 하루하루를 보낸답니다.'

나는 그렇게 대답하고 싶었다. 그렇게 말한다고 하더라도 거짓말은 아니었다. 그러나 나는 부끄러워서 차마 그렇게 말할 수가 없었다.

사실은 그 말은커녕 너무나 당황한 나머지 아가씨에게

단 한 마디도 대답하지 못했다.

아가씨는 나를 어찌할 바를 모르게 만들어 놓고 그것이 재미있는지 나에게 한층 더 짓궂은 질문을 던졌다.

"그래, 네 여자 친구는 가끔 너를 만나러 오니? 물론 예쁜 여자 친구일 테지? 분명히 예쁜 황금 산양일 거야. 아니면 산봉우리 위로 노래를 부르며 뛰어다닌다는 요정이든지……."

아가씨는 나를 놀리면서 약간 고개를 젖히고 하얀 이가 드러나도록 웃었다. 그 모습이야말로 내게는 갑자기 나타났다가 산 너머로 사라지는 요정처럼 보였다. 아가씨는 여기저기 한참 동안 둘러보더니 내려갈 준비를 했다.

"잘 있어, 목동아."

"조심해서 가세요, 아가씨."

아가씨는 빈 바구니를 싣고 노새 잔등에 올라타고 돌아갔다. 경사진 오솔길로 아가씨가 사라지는 모습을 나는 오랫동안 지켜보았다.

아가씨의 모습이 내 시야에서 사리진 뒤에도 내 귓가에는 노새가 발밑의 돌멩이를 톡톡 차는 소리가 들리는 듯했다. 마치 그 소리는 돌멩이가 내 마음을 차는 소리처럼 들리는 것 같았다.

그리고도 오랫동안 나는 그 소리에 귀

를 기울이고 있었다. 해가 산 너머로 질 때까지.

나는 아가씨의 아름다운 모습이 한낮의 꿈처럼 사라질까 두려워 그 꿈을 지키고 서 있었던 것이다.

저녁이 되자 산골짜기가 비취색으로 물들기 시작하고 양 떼들이 '메에에' 하고 처량하게 울면서 저마다 우리 안으로 다투어 들어갈 때였다. 어두워진 비탈길 저 아래에서 누군가 나를 부르는 소리가 들렸다. 나는 곧장 누군가 하고 나가 보았다. 그랬더니 내 눈앞에는 아름다운 스테파네트 아가씨가 꿈처럼 서 있는 것이 아닌가!

좀전의 명랑하던 아가씨의 모습은 온데간데 없고 물에 흠뻑 젖어 추위에 오들오들 떨고 있었다. 아마도 산 아래 강을 건너다가 빠질 뻔한 모양이었다. 올 때는 물이 불어 있지 않아 쉽게 건넜지만 돌아갈 때는 정오 무렵에 내린 소나기로 계곡의 물이 불어 있었던 것이다. 그 강을 무리하게 건너려다 빠졌었나 보다.

이제 무엇보다도 곧 날이 어두워져 혼자서 산을 내려간다는 것은 불가능했다. 내가 아는 지름길이 있었지만 몹시 험하기 때문에 아가씨 혼자서는 도저히 찾아갈 수 없을 것이며, 그렇다고 양 떼를 이곳에 두고 아가씨를 데려다 주러 산을 내려갈 수도 없는 노릇이었다.

아가씨는 추위와 두려움 때문에 몹시 힘들어했다. 그렇지만 그것보다도 이곳에서 밤을 새우면 산 아래에 있는 가족들이 걱정할까 봐 몹시 괴로워하는 것이었다.

나는 아가씨를 안심시키려고 노력했다. 7월의 밤은 짧고 곧 아침이 온다고 말해 주었다.

나는 아가씨의 머리와 옷을 말리기 위해 서둘러 모닥불을 피웠다. 그리고는 저녁으로 양젖을 정성들여 듬뿍 짜서 치즈와 빵과 함께 아가씨에게 주었다.

그러나 아가씨는 모닥불 근처에 오려고 하지도 않았고 음식을 먹으려고도 하지 않았다. 아가씨의 맑은 두 눈에는 눈물이 맺혔다. 이런 아가씨의 모습을 지켜보는 나도 그만 울고 싶었다.

그러는 동안 날이 완전히 저물었고 서쪽 하늘에는 옅은 안개 같은 빛이 조금 남아 있을 뿐, 해는 완전히 자취를 감추었다.

나는 아가씨를 내 방으로 안내했다. 짚단을 새로 깔고 제일 좋은 모피를 새로 깔아 놓고 아가씨에게 인사를 하고 나왔다. 그리고는 모닥불 옆에 앉자, 양치기개가 따라와 내 신발에 코를 비볐다.

내 가슴은 아가씨에 대한 열정으로 터질 것 같았지만 조금도 나쁜 생각은 들지 않았다. 아가씨가 목장 한 구석에 있는 내 방에서, 내가 지켜주는 양떼들 바로 곁에서, 가장 순결하고 가장 소중한 양이 되어 쉬고 있다고 생각하니 가슴이 벅차올랐다.

나는 이제껏 밤하늘을 바라보며 살아왔다. 그러나 그날 밤에 본 하늘처럼 그토록 깊고 푸르며 별들이 아름답게 떠 있는 것을 본 적이 없었다. 나를 둘러싸고 있는 산과 내 머리 위에 있는 하늘이 어제의 것과는 달라 보였다. 그렇게 내가 멍하니 별들을 바라보고 있는데 갑자기 방문이 열리더니 아가씨가 걸어 나왔다.

아마도 아가씨는 낯선 곳에서 잠을 이룰 수 없었나 보다. 양들이 잠자면서 바스락거리는 소리를 내고, 간혹 '메에에' 하고 우는 소리가 바로 귓가에 들렸을 것이다. 그래서 양들처럼 잠을 못 이루고 뒤척이다가 차라리 따뜻한 모닥불 곁으로 오고 싶다고 생각했을 것이다.

아가씨는 내 옆에 앉아 모닥불을 가만히 들여다보더니 내 얼굴은 쳐다보지 않고 불 속에 무엇이 타고 있는지 보려는 듯했다. 이때 나는 양털 가죽을 벗어 아가씨의 어깨 위에 걸쳐 주었다. 그리고 우리는 아무 말 없이 나란히 앉아 있었다.

밤이 되면 또 다른 하나의 세계가 펼쳐진다. 누구든 단한 번만이라도 모두가 잠든 한밤중에 아름다운 별빛 아래에서 어둠을 응시해 본 적이 있다면 알 것이다. 낮과는 전혀 다른 시간과 공간이 고요한 밤의 정적 속에서 눈을 뜬다는 것을.

살아 있는 것들은 더욱 깊고 맑은 소리를 내며 연못에

서는 작은 불꽃들이 춤을 추고, 나무들은 더욱 신선한 공기를 내뿜는다. 산의 요정들이 이 산에서 저 산으로 뛰어다니고 낮에는 전혀 들리지 않았던 작은 소리도 생생하게 들린다.

나뭇잎 하나가 가지에서 떨어져 땅 위를 스치는 소리, 잎에 매달린 물방울이 풀잎 위로 떨어지는 소리, 밤에만 우는 이름 없는 새의 울음소리. 그런 것들은 마치 나뭇가지가 더욱 힘차게 자라고, 풀잎이 더욱 새롭게 돋고, 물방울이 더욱 넓은 곳을 찾아 떠나는 것 같은 소리이다. 이런 밤의 세계를 처음 맞닥뜨린 사람이라면 혹시 무서울지도 모른다. 하지만 내게 들려오는 모든 소리는 친근한 것이었다. 하지만 아가씨는 바스락거리는 소리만 들려도 깜짝 놀라 내게 바싹 다가앉았다.

한 번은 연못가에서 애처롭고 긴 소리가 우리 두 사람 쪽으로 울려 퍼졌다. '그 소리가 뭘까?' 하고 생각하는 순간, 아름다운 유성 하나가 방금 소리가 난 쪽으로 흘러갔다. 그래서 소리가 마치 유성을 이끌고 사라진 것처럼 느껴졌다.

"저게 뭘까?"

"천국으로 들어가는 영혼이랍니다."

나는 그 유성이 떨어진 곳을 향해 성호를 그었다. 아가씨도 내가 하는 것을 보더니 따라서 성호를 그었다. 그리고는 별들이 있는 하늘을 잠시 올려다보고는 내게 다시 물었다.

"목동들은 모두 점성가라던데, 사실이야?"

"점성가라니요. 하지만 여기서 이렇게 오랫동안 별들을 바라보고 있으면 별들의 속삭임을 듣는 것 같을 때가 있지요. 그러니 산 아래에 살고 있는 사람들보다 별들에 대해 더 많이 알게 된답니다."

아가씨는 한 손을 턱을 괸 채 금발의 곱슬머리를 양털 가죽 위로 늘어뜨리고 하늘을 올려다보고 있었다. 그 천진난만한 모습은 마치 하늘나라에서 온 귀여운 천사 같았다.

"참 많네! 저렇게 아름다운 별들이 빛나고 있다니. 저 별들의 이름은 뭘까? 너는 알고 있니?"

"그럼요, 아가씨. 우리들 바로 위에 있는 저 별들이 성자크의 길(은하수)입니다. 옛날에 용감한 샤를마뉴 왕이 사라센을 정복하러 갈 때 갈리스(스페인의 옛 지명)의 성자크가 왕에게 길을 가르쳐 주기 위해 그려 놓은 것입니다. 프랑스에서 스페인까지 쭉 뻗어 있지요. 저쪽으로 멀리 보이는 것은 '영혼의 수레(큰곰자리)입니다. 바퀴 네 개가 반짝여서 마치 수레처럼 보이지요. 뒤에 있는 세 개의 별은 수레를 끄는 세 마리의 짐승이고 맨 앞에 반짝이는 작은 별이 마부랍니다. 그리고 그 주위에 흩어져 있는 별들은 하나님께서 하늘나라에 들이고 싶어하지 않는 영혼들이랍니다. 좀더 아래에 있는 별은 갈퀴라고 부르기도 하고 세 사람의 왕(오리온)이라고도 부르지요. 우리들 목동들에게는 시계 구실을 하는 별이랍니다. 저 별이 지금 하늘 중간을 지나는 걸 보면 지금이 자정이 지난 시간이라는 것을 알 수 있습니다. 좀더 아래 남쪽에 장 드 밀랑(시리우스)이 빛나고 있지요. 횃불 모양의 저 별은 재미있는 이야기를 갖고 있습니다. 어느 날 밤, 장 드 밀랑이 세 명의 왕과 병아리 장(북극성)과 함께 친구별의 결혼식에 초대를 받았습니다. 병아리 장이 제일 먼저 도착하고 싶어서 곧장 위로 높이 솟아 올라가고 있었지요. 저 하늘 꼭대기에서 세 명의 왕은 병아리 장을 뒤쫓아 갔습니다. 그런데 게으름쟁이 장 드 밀랑은 잠이 너무 많아서 늦게 일어났지요. 친구들이 먼저 가 버린 걸 알고 화가 난 장 드 밀랑은 그들을 멈추게 하려고 지팡이를 냅다 집어 던졌지 뭡니까. 그래서 지팡이에 맞은 세 명의 왕을 장 드 밀랑의 지팡이라고도 부른답니다. 그렇지만 뭐니 뭐니해도 세상의 모든 별 중에서 가장 아름다운 별은 우리들의 별입니다. 저 목동의 별말입니다. 새벽에 양 떼를 몰고 나갈 때에도 떠 있고, 저녁 무렵 양 떼를 몰고 목장에 돌아올 때도 우리를 지켜보는 별이지요. 우리는 마그론느라고도 부른답니다. 아름다운 마그론느는 프로방스의 피에르(토성)를 쫓아가서 7년마다 한 번씩 피에르와 결혼하지요."

"어머, 별들도 결혼을 하니?"

"그럼요, 아가씨."

내가 별들의 결혼에 대해 설명하려고 할 때였다. 무엇인가 따뜻하고 보드라운 것이 내 어깨를 살짝 눌렀다. 졸음에 겨운 아가씨가 그 작은 머리를 내 어깨에 기댄 것이다. 리본과 레이스로 묶은 곱슬곱슬한 머리카락이 내 얼굴을 간지럽혔다.

나는 설레는 가슴으로 꼼짝도 하지 않고 앉아 있었다. 조금이라도 몸을 움직이면 아가씨가 깨어날 것 같아서. 아가씨는 하늘 한 쪽이 밝아오고 별이 그 빛을 잃을 때까지 내 어깨에 기대어 잠들어 있었다.

우리들 주위를 돌고 있는 별들은 순한 양 떼처럼 제 갈 길을 찾아서 가고 있었다. 나는 밤의 성스러운 비호를 받으며 순결한 마음을 잃지 않았다.

나는 몇 번이나 마음속으로 중얼거렸다.

저 수많은 별들 중에서 가장 귀하고 가장 빛나는 별 하나가 길을 잃었노라고. 그리고 그 별은 내 어깨 위에 살며시 내려 앉아 고이 잠들어 있노라고.

모파상

(Maupassant, Guy de 1850~1893)

노르망디 지방의 미로메닐 출생. 12세 때 부모가 별거하자, 어머니에게 문학적 감화를 받으면서 성장하였다. 1869년부터 파리에서 법률공부를 시작하였으나, 1870년에 프로이센-프랑스 전쟁이 일어나자 군에 지원입대하였다. 전후에 심한 염전사상(厭戰思想)에 사로잡혔고 이것이 문학지망의 결의를 굳히는 동기가 되었다.

1872년 해군성·문부성에 취직, 어머니의 친구인 G.플로베르에게서 문학지도를 받았다. 1874년 플로베르의 소개로 E.졸라를 알게 되었고, 또 파리 교외에 있는 졸라의 집에 자주 모여 문학을 논하던 당시의 젊은 문학가들과도 사귀었다. 1880년 졸라는 모파상을 포함한 6명의 젊은 작가들이 쓴, 프로이센-프랑스 전쟁에서 취재한 단편집 〈메당 야화(夜話)〉를 간행하였는데, 모파상은 여기에 〈비곗덩어리〉를 실었다.

그 후 〈메종 텔리에〉(1881), 〈피피양〉(1882) 등의 단편집을 내어 문단에서의 지위를 굳혔다. 1883년에는 장편소설 〈여자의 일생〉을 발표하였는데, 이 소설은 플로베르의 〈보봐리 부인〉과 함께 프랑스 사실주의 문학이 낳은 걸작으로 평가된다. 모파상은 이미 27세경부터 신경질환을 자각하고 있었으나, 이러한 증세로 고통을 겪으면서도 불과 10년간의 문단생활에서 단편소설 약 300편, 기행문 3권, 시집 1권, 희곡 몇 편 외에 〈벨아미〉(1885), 〈몽토리올〉(1887), 〈피에르와 장〉(1888), 〈죽음처럼 강하다〉(1889), 〈우리들의 마음〉(1890) 등의 장편소설을 썼다. 1892년 1월 2일 니스에게 자살을 기도, 파리 교외의 정신병원에 수용되었으나, 이듬해 7월 6일 43세의 나이로 세상을 떠났다.

보석

사무실의 차장 집에서 있은 야회에서, 랑탱 씨는 한 소녀를 만나자마자 곧 사랑에 빠져버렸다. 그녀는 수년 전에 세상을 떠난 지방 세무공무원의 딸이었다. 그 뒤 그녀는 어머니와 함께 파리로 이사 왔는데, 어머니는 딸을 시집보내려는 생각으로 자기가 사는 구역의 중류 가정을 자주 방문했다.

모녀는 비록 가난했지만 성품이 조용했으며 또한 온순했다. 딸은, 성실한 젊은이를 만나 자신의 인생을 맡길 만한 그런 전형적인 정숙한 여자처럼 보였다. 그녀의 아름다움은 마치 천사처럼 신비한 매력을 지니고 있었고, 항상 입가에서 떠날 줄 모르는 잔잔한 미소는 그녀의 마음을 잘 드러내고 있는 것 같았다. 사람들마다 그녀를 매우 칭찬했고, 그녀를 알고 있는 사람이라면 누구나 이런 말을 되풀이했다.

"저 아가씨와 결혼하는 사람은 행복한 사람이야. 요즈음 저런 아가씨는 찾기 힘들지."

그때 랑탱 씨는 연봉 3천5백 프랑을 받는 내무성의 주사였는데, 그녀에게 청혼하여 마침내 결혼했다. 그는 그녀와 함께 무척 행복했다. 그녀는 능숙한 살림 솜씨로 가정을 잘 관리했기 때문에, 남들이 보기에는 그들이 사치스러운 생활을 하고 있는 것처럼 보였다. 그녀는 남편을 위해서 갖은 애교를 다 떨었다. 그리고 그녀의 매력은 대단해서, 그들이 만난 지 6년이 지났는데도 남편은 신혼 때보다도 더욱 그녀를 사랑했다.

그런데 그는, 아내의 두 가지 취미만은 몹시 언짢게 생각했다. 그것은 아내가 극장에 가는 것과 가짜 보석을 모으는 일이었다. 아내의 친구들이 계속해서 인기가 있는 연극이나 처음 상연하는 것까지도 특등석 표를 그녀에게 얻어다 주는 것이었다. 그럴 때 그녀는 온종일 일하느라 몹시 지쳐 있는 남편을 억지로 데리고 가는 것이었다.

그는 아내가 아는 어떤 부인과 연극 구경을 함께 가게되면 그 다음에는 그 부인이 아내와 함께 가기를 제의해 올 것이 아니냐고 하면서, 그렇게 해 주기를 간곡히 부탁했다. 그러나 그녀는 그런 행동이 어울리지 않는 듯해 오랫동안 따르지 않았다. 그러다 어느 날 그녀의 남편의 환심을 사려는 마음으로 그렇게 하기로 결심을 했다. 그래서 그는 아내에게 몹시 감사해했다.

그런데 극장에 가는 취미가 얼마 안 가서 그녀의 마음속에 몸치장에 대한 욕구를 불러일으켰다. 이제까지 그녀의 몸치장은 매우 소박했었다. 항상 멋이 있었고 수수했었다. 그녀의 부드러운 맵시, 매혹적인 우아함은 소박한 옷에서 새로운 멋을 풍기는 것 같았다. 그런데 그런 그녀가 어느 날 다이아몬드처럼 보이는 두 개의 큼직한 색수정의 귀걸이를 달고, 가짜 진주 목걸이, 가짜 금팔찌, 보석과 비슷한 여러 가지의 유리 세공품으로 장식된 머리빗으로 꾸미는 습관이 생겼다. 아내가 그런 싸구려 장식품을 좋아하는 것에 대해 마음이 언짢은 남편은 자주 이런 말을 되풀이했다.

"여보, 진짜 보석을 살 수 없으면 자신이 지닌 아름다움과 우아함으로 꾸며봐요. 그것이야말로 가장 진귀한 보석이야."

그녀는 남편의 말을 듣고 상냥한 미소를 지으면서 이렇게 말했다.

"난 이게 좋은데. 이건 내 좋지 않은 성품이에요. 당신 말이 옳아요. 그러나 난 고칠 수가 없어요. 난 보석을 몹시 좋아하거든요."

그러고는 손가락으로 진주 목걸이를 굴리면서, 수정의 번쩍거리는 결정면을 들여다보며 이런 말을 되풀이했다.

"여보, 이게 얼마나 정교하게 만들어졌는지 한번 봐요. 사람들은 분명히 진짜라고 여길 거예요."

그는 미소를 지으면서 말했다.

"당신은 집시 취미를 가졌군."

가끔 저녁때 그들이 난롯가에 마주 앉으면, 그녀는 랑탱 씨가 말하는 '싸구려'가 들어 있는 가죽 상자를 차를 마시는 테이블 위에 올려놓고, 그 모조 보석들을 매우 조심스럽게 들여다보았다. 그녀는 마치 진짜 보석인 듯 은밀하고도 심오한 기쁨을 맛보고 있는 것 같았다. 그러고는 남편의 목에다 목걸이를 걸어놓고는 한바탕 웃으면서 이렇게 소리쳤다.

"여보, 너무 웃겨요!"

그녀는 남편의 품으로 뛰어들어 정신없이 입을 맞추는 것이었다.

어느 겨울밤, 그녀는 오페라 극장에 갔었는데 추위로 몹시 떨면서 집에 돌아왔다. 다음날은 기침을 했다. 그러다가 일주일 동안 앓은 뒤에 그녀는 폐렴으로 세상을 떠났다.

랑탱은 그녀를 따라가려고 했다, 그의 절망은 너무도 깊어 한 달 사이에 머리가 하얗게 세었다. 그는 견딜 수 없는 고통으로 가슴은 찢어지고, 죽은 아내의 모든 매력, 목소리, 미소, 그녀와 함께 했던 추억이 머리에서 떠나지 않아 그는 하루 종일 울었다.

시간이 흘러가도 그의 고통은 가라앉지 않았다. 사무실에 있을 때 종종 동료들이 찾아와서 그날의 일을 조금 이야기하면, 갑자기 그의 뺨이 부풀어 오르고, 눈에 눈물이 가득 고여 무섭게 얼굴을 찡그리며 흐느껴 우는 것이었다.

그는 아내의 침실을 예전 그대로 두었고, 날마다 그 안에 틀어박혀 아내를 생각했다. 모든 가구들과 그녀가 입었던 옷까지도 마지막 날에 있었던 그 자리에 그대로 있었다.

그는 생활하기가 몹시 힘들었다. 그의 봉급으로 아내가 모든 살림을 꾸려 가는데 풍족했었는데, 지금은 오히려 혼자 몸인데도 부족했다. 그는 아내가 예전에 무슨 돈으로 자기에게 고급 포도주를 마시게 하고 맛좋은 음식을 먹게 해 주었는지 도저히 납득이 가지 않았다. 이제는 더 이상 그런 것들은 자기의 보잘것없는 수입으로는 어림도 없었던 것이다. 마침내 그는 빚을 지고, 돈을 꾸러 다니기에 바빴다.

그러던 어느 날 아침, 돈이 다 떨어지자 월말까지는 아직도 일주일이나 남아 있어서 그는 집에 팔 게 뭐 없나 하고 생각했다. 그러다가 얼른 아내의 '싸구려 보석'을 팔아야겠다는 생각을 하게 되었다. 그것은 전에 자신을 몹시 화나게 했던 아내의 그 '겉치레'에 대해서 일종의 원한 같은 것이 마음 한구석에 자리잡고 있었기 때문이었다. 매일 그것을 보는 것조차 자기가 사랑했던 사람의 추억을 약간 손상시키는 것이었다.

그는 아내가 남긴 가짜 귀금속 더미를 오랫동안 찾았다. 죽는 날 마지막 날까지 그녀는 계속 귀금속을 사서, 거의 매일 저녁 새 물건을 가져왔기 때문이다. 그는 아내가 가장 좋아하던 커다란 목걸이를 골랐다. 그것은 가짜치고는 아주 정교하게 만든 것이어서 아마도 6, 7프랑은 받을 수 있을 것 같았다.

그는 목걸이를 보자기에 싸서 보석상을 찾아 큰길을 따라 직장이 있는 쪽으로 가다가 한 가게가 눈에 띄어 안으로 들어갔는데, 자기의 가난을 드러내면서 값도 안 나가는 물건을 팔려고 애쓰는 데에 약간 부끄러움을 느꼈다.

그는 상인에게 말했다.

"이거 값이 얼마쯤 됩니까?"

그 남자는 목걸이를 받아 들고, 한참 동안 살펴보고 손으로 무게를 재고, 확대경으로 자세히 살펴보았다. 그러고는 점원을 불러 아주 낮은 소리로 뭐라고 말하고는, 다시 그 목걸이를 판매대 위에 올려놓고 더 잘 감정하기 위해서 좀 떨어져서 바라보았다.

랑탱 씨는 이런 일들이 몹시 거북해서 입을 열었다.

"아, 나는 이 목걸이가 값진 물건이 아니라는 건 잘 알고 있어요."

그러자 보석상의 주인이 이렇게 말했다.

"이 목걸이는 1만2천 프랑에서 1만5천 프랑의 값어치가 있습니다. 그러나 어디서 샀는지 확실히 알아야만 살 수 있겠는데요."

랑탱 씨는 이 말을 듣고 눈을 크게 뜨고 한동안 멍청하게 서 있었다. 도무지 이해가 가지 않았던 것이다. 그는 마침내 더듬거리며 말했다.

"정말입니까?"

보석상 주인은 그가 놀라는 표정을 짓자 퉁명스럽게

"더 받으실 수 있으면 다른 데를 찾아가세요. 저로서는 잘해야 1만5천 프랑밖에 드릴 수가 없으니까요. 더 많이 받을 수 있는 곳을 찾지 못하시면 다시 오십시오."

랑탱 씨는 얼이 빠져서 목걸이를 집어 들고 보석상을 나왔다. 혼자서 곰곰이 생각해 볼 필요를 어렴풋이 느꼈던 것이다. 그러나 그는 거리로 나오자 웃음이 터져나올 것 같았다. 그는 이렇게 생각했다. 오, 멍청이 같으니라고! 진짜인지 가짜인지도 분별할 줄 모르는 보석상이 있다니! 그러고 나서 그는 패 가 입구에 있는 다른 보석상으로 들어갔다. 보석을 보자, 금은 세공사가 큰 소리로 외쳤다.

"아, 이 목걸이를 잘 알고 있지요. 우리 가게에서 판 것이거든요."

랑탱 씨는 너무도 놀라서 이렇게 물었다.

"그럼 얼마쯤 될까요?"

"이건 2만5천 프랑에 팔았지요. 우리는 규칙은 지켜야하니까, 이것을 어떻게 해서 당신이 갖고 계시는지 말씀해 주시면 1만8천 프랑에 다시 살 용의가 있습니다."

랑탱 씨는 놀라움으로 몸이 굳어 의자에 털썩 주저앉았다. 그가 다시 말했다.

"하지만……. 그걸 확실하게 잘 감정해 보세요. 여태까지 난 그 목걸이를 가짜로 알고 있었는데……."

"이름을 말씀해 주시겠습니까?"

"예, 랑탱이라고 합니다. 내무성에서 일하고 있어요. 마르티르 가 16번지에 살고 있습니다."

보석상인은 장부를 펼치고 한참 동안 살펴보다가 이렇게 말했다.

"이 목걸이는 1876년 7월 21일, 마르티르 가 16번지,

랑탱 부인에게 보냈던 것이군요."

두 사람은 서로 마주 보았다. 랑탱 씨는 영문을 몰라 얼떨떨해했고, 보석상인은 그가 도둑이 아닌가 의심했다. 보석상인이 말했다.

"손님, 이 물건을 24시간 동안만 제게 맡겨주시겠습니까? 제가 보관증은 드릴 테니까요."

랑탱 씨는 더듬거리며 말했다.

"예, 그렇게 하겠습니다."

그는 보관증을 보석상인으로부터 받아서 주머니 속에 넣고 밖으로 나왔다. 그러고 나서 길을 가로질러 계속 올라가다가, 길을 잘못 들어선 것을 깨닫고는 튈리로 다시 내려와 센 강을 지났다. 그런데 또 길을 잘못 든 것을 알자 샹젤리제로 다시 나왔다. 그는 한참 동안 생각해 보고, 이해해 보려고 노력했다. 그러나 도저히 자신의 아내가 그런 값비싼 물건을 살 수는 없었다. 그렇다면 그것은 선물이다. 선물! 그런데 누가 선물한 것이지? 무엇 때문에?

그는 걸음을 멈추고 길 한가운데에 한참을 서 있었다. 의심이 그를 스쳐갔다. 아내가? 그렇다면 다른 보석들도 모두 역시 선물이다! 그는 땅이 흔들리는 것 같았다. 자기 앞에 서 있는 나무가 쓰러지는 것 같았다. 마침내 그는 두 팔을 펴고 털썩 땅바닥에 주저앉아 정신을 잃고 쓰러졌다.

그는 어떤 지나가던 사람이 데려다 준 어느 약국에서 의식을 되찾았다. 그는 집으로 돌아와서 오랫동안 정신 없이 울었다. 소리를 내지 않으려고 손수건을 물어뜯었 다. 그러다가 피로와 슬픔에 빠져 잠에 곯아떨어졌다.

그는 잠에서 깨어났다. 그리고 직장에 나가기 위해 천 천히 일어났다. 큰 충격을 받은 뒤에 직장에 나간다는 것 은 힘든 일이었다. 그래서 상사에게 변명할 거리를 한참 동안 곰곰이 생각한 뒤 그에게 편지를 썼다. 그리고 나서 는 보석상에 다시 가 보아야겠다고 마음먹었다. 부끄러 움으로 얼굴이 달아올랐다. 그는 한참 동안 생각에 잠겨 있었다. 그래도 목걸이를 그 보석상에 맡겨 둘 수는 없어 서 옷을 입고 밖으로 나왔다.

날씨는 쾌청했다. 푸른 하늘이 미소를 짓고 있는 것 같 았다. 사람들이 주머니에 양손을 찌르고 앞서서 유유히 걸어가고 있었다. 랑탱 씨는 거리의 사람들을 쳐다보며 생각했다.

'재산이 있다는 것은 얼마나 행복한 일인가! 돈만 있으 면 슬픔까지도 떨쳐버릴 수가 있다. 가고 싶은 데 마음껏 가고, 여행도 하고, 기분 전환도 할 수 있다! 아, 돈만 있 다면!'

그는 배가 몹시 고픈 것을 느꼈다. 그제부터 굶었던 것 이다. 그러나 그의 주머니는 텅 비어 있었다. 목걸이 생

각이 났다. 1만8천 프랑! 1만8천 프랑! 그것은 자신에게는 큰돈이다!

그는 패 가의 보석상 앞 보도 위에서 한참 동안 서성거렸다. 1만8천 프랑! 수십 번이나 들어갈까 말까 했지만, 그때마다 수치심이 그의 발걸음을 멈추게 했다. 그러나 그는 몹시 배가 고팠다. 그런데 가진 돈은 한 푼도 없었다. 그는 결심하자마자, 곧장 달려서 길을 건너 보석상으로 들어갔다. 그를 알아본 보석상인이 상냥한 미소를 지으며 의자를 내놓았다. 점원들도 얼굴에 즐거운 표정을 지으면서 그를 바라보았다.

보석상의 주인이 말했다.

"제가 조회를 해보았습니다. 선생께서 아직도 같은 뜻이라면 제가 제의했던 금액을 지불할 용의가 있습니다."

랑탱 씨는 정중하게 말했다.

"물론이지요."

보석상인은 서랍에서 지폐 18장을 꺼내어 세어 보고는 그에게 내주었다. 그는 영수증에 재빨리 서명하고는 떨리는 손으로 그 돈을 주머니 속에 넣었다. 그는 밖으로 나가려다가 계속 미소를 짓고 있는 보석상인에게로 몸을 돌렸다. 그리고 시선을 떨구면서 말했다.

"저 다른 보석들도 있는데 그것도 역시 상속받은 것인데 그것들도 사실 뜻이 있나요?"

보석상인은 굽신거리며 말했다.

"물론이지요."

점원 한 명이 실컷 웃으려고 밖으로 나갔다. 또 다른 점원은 코를 풀었다. 그는 얼굴이 빨개졌지만 태연하게, 그리고 힘주어 말했다.

"내가 곧장 그것들을 가져오겠소."

그는 마차를 타고 보석을 가지러 집으로 돌아갔다. 한시간 뒤에 보석상에 다시 들렀을 때도 그는 아직 점심을 먹지 못했다. 보석상인은 물건들을 하나하나 자세히 살펴보고 값을 평가했다. 대부분 이 집에서 판 것들이었다. 랑탱 씨는 이제 보석상인의 감정에 이의를 제기하고 화를 내기도 했으며, 판매 대장을 보여 달라고 요구하기도 했고, 금액이 올라감에 따라 점점 더 큰 소리로 말하는 것이었다.

다이아몬드 귀걸이는 2만 프랑, 팔찌는 3만5천 프랑, 브로치, 반지, 메달은 1만6천 프랑, 에메랄드와 사파이어 장신구는 1만4천 프랑, 금줄 목걸이에 매달린 알이 박힌 보석은 4만 프랑……. 모두 19만6천 프랑에 달했다. 보석상인은 농담으로 이런 말을 했다.

"모두 보석에다 투자한 사람이군요."

랑탱 씨가 힘주어 말했다.

"그것도 한 방법이지요."

그러고는 내일 보석을 살 구매자와 함께 재감정을 받기로 결정하고 그곳을 나왔다. 거리로 나서자 그는 황제의 동상 위에서 놀이를 하고 싶을 정도로 경박한 생각이 들었다. 그는 부아쟁에 가서 점심을 먹고 한 병에 20프랑이나 하는 고급 포도주를 마셨다. 그리고 나서 마차를 타고 블로뉴 숲을 한 바퀴 돌았다. 그는 마차에 같이 타고 있는 일행을 어떤 경멸스런 시선으로 쳐다보았고, 지나가는 사람들에게 이렇게 외치고 싶은 욕망을 억눌러야 했다.

"나는 부자다! 나는 20만 프랑을 가지고 있다!"

직장에 대한 생각이 떠올랐다. 그는 마차를 그쪽으로 몰게 했다. 그리고 상사의 방으로 곧장 들어가 말했다.

"사표를 제출하려고 왔습니다. 30만 프랑을 상속을 받았거든요."

그는 동료들과 인사하고, 앞으로 자신의 생활 계획을 그들에게 털어놓았다. 그리고 나서는 카페 앙글레에서 저녁을 먹었다. 옆에 제법 품위가 있어 보이는 신사가 앉아 있었는데, 그는 어떤 겉멋으로 방금 30만 프랑을 상속받았다는 것을 말해 주고 싶은 마음을 억제하기가 어려웠다. 그는 생전 처음으로 극장에서 지루하지 않았고, 밤을 여자들과 함께 보냈다.

그는 여섯 달 뒤에 재혼했다. 두 번째 부인은 정숙했으나 성격이 매우 까다로웠다. 그래서 그를 무척 괴롭혔다.

목걸이

마틸드는 아름답고 매력이 넘치는 여자였으나 가난한 관리의 딸이었다.

그녀에게는 지참금이나 물려받은 유산이 없었으며, 부잣집이나 지위 높은 남자를 만나 사랑을 하고 결혼하게 될 가능성도 전혀 보이지 않았다.

그래서 할 수 없이 그녀는 교육부에 근무하는 하급 공무원과 결혼했다.

그녀는 멋을 부리고 싶어도 경제적인 여유가 전혀 없어서 소박하게 살았기 때문에 마치 자신이 세상에서 버림을 받은 것처럼 불행하다고 생각하고 있었다.

여자들은 간혹 자신의 신분이나 태어난 가문보다도 겉

으로 드러나는 외모나 매력, 애교, 세련된 성품, 우아스런 자태, 그리고 지혜로움만 지니고 있으면 가난한 집안의 딸이라도 얼마든지 부잣집의 마나님이 될 수 있다는 생각을 품는다.

마틸드는 자기야말로 모든 쾌락과 사치를 누리기 위해 이 세상에 태어난 것이라고 생각했기 때문에 항상 우울했다.

누추한 집, 아무런 장식이 없는 벽, 삐걱거리는 의자. 빛이 바랜 커튼을 보면 마음이 몹시 괴로웠다. 자기와 비슷한 처지에 놓여 있는 다른 여자들 같으면 아무렇지 않게 여길 이 모든 것들 때문에 마음이 상했다. 집안 살림을 맡아 하는 하녀인 브르타뉴 출신의 소녀를 보아도 서글픈 생각과 자신이 평소 열중했던 꿈이 다시 되살아나곤 했다.

그녀는 동양식 벽지로 장식된 벽과 청동 촛대에 불이 켜진 조용한 응접실, 그리고 난방 열기에 졸음이 와서 큰 안락의자에 몸을 기대고 잠들어 있을 짧은 바지차림의 뚱뚱한 두 하인을 상상해 보았다.

그런가 하면 또 고급 비단으로 벽을 장식한 살롱, 값진 골동품들이 놓여 있는 고급스런 가구들, 모든 여성들의 선망의 대상이 되고 있는 사교계의 인기 있는 남성들과 친한 친구들이 모여 오후 다섯 시에 있을 담화를 즐기기도록 꾸민 향기롭고 아담한 밀실도 상상해 보곤 했다.

저녁 식사 때, 사흘째 빨지 않은 식탁보를 덮은 둥근 식탁 앞에 앉아 맞은편에 앉아 있는 남편이 수프 그릇의 뚜껑을 열며,

"아, 훌륭한 수프야! 나에게는 이게 최고야······."

라고 기쁜 목소리로 말할 때마다 호화롭게 차린 식탁, 번쩍이는 은식기, 신선들이 노니는 숲과 기이한 새들과 고대의 인간들을 수놓은 벽지, 으리으리한 그릇에 담겨 나오는 진기한 음식들, 잉어의 붉은 살이나 들꿩의 날갯죽지를 뜯으며 은근한 미소를 지으며 정담을 속삭이는 사람들의 모습이 그녀의 눈앞에 떠올랐다.

그녀에게는 파티복도 보석도 전혀 없었다. 그런데 그녀의 머릿속에는 온통 이런 생각뿐이었다. 그토록 그녀를 그리워했고, 남성들을 매혹시켜 인기를 얻고 싶어 했다.

마틸드에게는 수도원 동창인 부자 친구가 하나 있었다. 그녀는 이제 그 친구를 찾아보려고도 하지 않았다. 왜냐하면 그 친구를 만난 뒤에는 자신의 처지가 비참해져서 그녀는 며칠을 두고 슬픔과 뉘우침과 절망과 비관으로 눈물을 흘리기 때문이었다.

그런데 어느 날 저녁, 남편이 손에 큰 봉투를 하나 들고 웃음을 가득 띤 채 돌아왔다.

"자, 당신에게 주려고 가져온 거야."

마틸드는 급히 겉봉을 뜯자 그 안에는 다음과 같이 인쇄된 한 장의 초대장이 들어 있었다.

'교육부 장관 조르즈 랑포노 부처는 1월 18일 월요일 저녁 장관 관저에서 파티를 개최하오니 르와젤 부처께서 참석하시기 바랍니다……'

그녀는 남편이 기대했던 것처럼 기뻐하기는커녕 오히려 기분을 상한 듯 초대장을 식탁 위에 내던지며 중얼거렸다.

"나더러 어쩌란 말이에요?"

"아니 여보, 나는 당신이 몹시 기뻐할 줄 알았는데. 당신, 요즈음 외출한 적도 없잖아. 이 초대장을 얻는 데도 여간 힘이 든 게 아니었소. 서로 얻으려고 다투었는데 말단 직원들에게는 몇 장 주지도 않았다오. 그날 나가면 고관들을 모두 볼 수 있을 거야."

그녀는 새침한 눈초리로 남편을 쳐다보고 있더니 참을 수 없다는 듯이 이렇게 소리쳤다.

"여보, 당신은 나더러 몸에 무엇을 걸치고 가라는 거예요?"

남편은 미처 거기까지는 생각지 못했었다. 그는 이렇게 중얼거렸다.

"당신이 극장에 갈 때 입은 옷 있지 않소. 내가 보기에는 좋아 보이던데……."

그는 놀라고 어이가 없어 말을 잇지 못했다. 어느새 아내는 울고 있었다. 두 줄기 굵은 눈물방울이 눈가에서 입 끝으로 천천히 흘러내리고 있었다. 남편은 떠듬거리며 이렇게 말했다.

"왜 그러지? 응, 왜 그래?"

그러자 그녀는 간신히 슬픔을 가라앉힌 뒤 눈물에 젖은 볼을 닦으며 낮은 목소리로 이렇게 말했다.

"아무것도 아니에요. 파티에 입고 갈 마땅한 옷이 없으니 이 파티에는 갈 수 없다는 것뿐이에요. 초대장은 당신 친구 분들에게 주세요."

남편은 마음이 몹시 언짢아서 이렇게 되받았다.

"이봐, 마틸드, 적당한 옷 한 벌 마련하는 데 얼마나 들까? 때때로 입을 수 있고 그렇게 비싸지 않은 것으로 말이야."

그녀는 잠시 생각에 잠겼다. 옷값을 계산해 보기도 하고 얼마 정도나 요구해야 이 검소한 남편이 당장 거절하지 않고, 놀라 비명을 지르지 않을 것인가 생각해 보기도 했다.

마침내 망설이다가 그녀는 이렇게 대답했다.

"확실히는 모르겠지만 5백 프랑이면 마련할 수 있지 않겠어요?"

그러자 남편의 얼굴이 약간 창백해졌다. 왜냐하면 그는 엽총을 사기 위해 꼭 5백 프랑을 예금해 두었는데, 다가오는 여름에는 일요일이면 종달새 사냥을 즐기는 몇몇 친구와 함께 낭테르 평원으로 사냥을 가기로 약속되어 있었던 것이다.

그러자 그는 이렇게 대답했다.

"5백 프랑을 줄 테니 옷 한 벌 사도록 해 봐요."

파티 날이 가까워졌다. 르와젤 부인의 표정은 왠지 불안하고 걱정스러운 듯했다. 어느 날 저녁에 남편이 이렇게 말했다.

"여보, 요새 며칠 동안 당신 안색이 좋지 않소. 왜 그러오?"

그녀의 대답은 이러했다.

"나는 보석도, 패물도 몸에 붙일 것이라고는 아무것도

없으니 딱해서 그래요. 내가 얼마나 궁상맞아 보이겠어요. 차라리 파티에 참석하지 않는 것이 낫겠어요."

그러자 남편은 이렇게 말했다.

"생화를 달고 가면 될 것 아니오. 요즘은 그것이 아주 멋있어 보이던데. 10프랑만 주면 훌륭한 장미꽃 두세 송이는 충분히 살 수 있을 거야."

그녀는 그 말을 받아들이지 않았다.

"싫어요. 부잣집 여자들 틈에서 가난해 보이는 것같이 치욕스러운 일이 또 어디 있겠어요?"

그러자 남편이 이렇게 소리쳤다.

"당신도 참 바보야! 아, 그 당신 친구 포레스티에 부인을 찾아가서 보석을 좀 빌려 달라고 하구려. 그만한 것쯤 빌릴 수 있는 처지가 아니오."

그러자 그녀는 기뻐서 소리쳤다.

"야! 참 그래요. 그 생각을 미처 못 했군요."

다음날 그녀는 친구를 찾아가서 자신의 딱한 사정을 이야기했다.

포레스티에 부인은 거울이 달린 장 앞으로 가더니 큰 상자 하나를 들고 와서 열어 보이며 르와젤 부인에게 말했다.

"자, 골라 봐."

그녀는 먼저 몇 개의 반지를 보았다. 다음에는 진주 목걸이를, 다음에는 베니스제 십자가, 정교한 솜씨로 만든 보석들을 보았다. 그녀는 거울 앞에서 그것들을 몸에 걸쳐 보면서 벗어 놓지도, 돌려주지도 않은 채 자신의 마음을 결정하지 못하고 있었다. 그녀는 간신히 이렇게 말했다.

"다른 것 없어?"

"응, 또 있어, 골라 봐. 어느 것이 네 마음에 들지 알 수가 있어야지."

검은 공단 상자 속에 눈부신 다이아몬드 목걸이가 들어 있는 것이 언뜻 그녀의 눈에 띄었다. 그녀의 가슴은 걷잡을 수 없이 뛰기 시작했다. 목걸이를 쥐는 그녀의 손은 떨리고 있었다. 그녀는 다이아몬드 목걸이를 목에 걸고 자기 모습에 취해 황홀한 표정을 지었다.

그리고 난처한 듯 망설이며 이렇게 말했다.

"이것 좀 빌려 줄 수 없겠니? 다른 것은 필요없어."

"응, 좋아, 그렇게 해."

그녀는 친구의 목을 얼싸안으며 격렬하게 볼에 입을 맞추고 목걸이를 소중히 들고 집으로 돌아왔다.

파티 날이 되었다. 르와젤 부인은 누구보다 아름답고 우아했으며 기쁨에 싸여 웃고 있었다. 모든 남성들이 그녀를 바라보았고, 이름을 물었으며 소개받기를 원했다.

모든 관리들이 그녀와 춤을 추고 싶어 했다. 장관도 그녀를 유심히 바라보았다.

그녀는 흥분 속에서 취한 듯 춤을 추었다. 자신의 아름다움에 의기양양해지고, 수많은 사람들의 찬사에 구름 위를 걷는 듯, 날개가 달린 듯 발걸음은 가벼웠다.

그녀는 새벽 네 시쯤 되어서야 파티장에서 나왔다. 남편은 자정부터 사람도 없는 작은 응접실에서 다른 세 명의 친구들과 함께 잠이 들어 있었다. 부인들은 오래간만의 외출을 마음껏 즐겼던 것이다.

남편은 돌아갈 때를 생각해서 평소에 입던 검소한 옷을 아내의 어깨에 걸쳐 주었는데 화려한 야회복과 비교해 보자 너무나도 초라했다. 이것을 느끼자 그녀는 값진 모피 옷으로 몸을 감싼 다른 여자들의 눈에 띄지 않으려고 급히 몸을 피하려 했다.

르와젤은 그녀를 붙들었다.

"잠깐만 기다려요. 그대로 밖에 나가면 감기에 걸릴 거야. 내가 가서 마차를 불러 오지."

그러나 그녀는 남편의 말을 듣지 않고 급히 층계를 뛰어 내려갔다. 그들이 밖으로 나왔을 때 이미 마차는 한 대도 보이지 않았다. 그들은 멀리 지나가는 마차를 소리쳐 불렀지만 소용이 없었다.

그들은 어쩔 수 없이 추위에 몸을 떨며 센 강 쪽으로 걸어갔다. 마침내 그들은 강가에서 밤에나 나다니는 낡은 마차 한 대를 잡을 수 있었다.

마차는 마르티르 거리에 있는 그들의 집 문 앞에 다다랐다. 그들은 쓸쓸한 심정을 누르며 층계를 올라갔다. 그녀에게는 이제 모든 것이 끝난 것이었다. 남편은 열 시까지 직장에 출근해야 되겠다고 생각하고 있었다.

그녀는 화려한 자기 모습을 다시 한 번 보려고 거울 앞으로 다가가서 어깨 위에 걸쳤던 웃옷을 벗었다. 그리고 갑자기 비명을 질렀다.

옆에서 옷을 벗고 있던 남편이 물었다.

"왜 그러오?"

그녀는 남편을 향해 돌아서며 넋이 빠진 듯이 이렇게 말했다.,

"저…… 저……. 목걸이가 없어졌어요."

남편은 소스라치게 놀라며 물었다.

"아니……. 뭐라구……. 그럴 리가 있나?"

그들은 자신들의 옷 갈피 속, 외투자락, 호주머니 속을 샅샅이 뒤졌다. 그러나 목걸이는 어디에서도 보이지 않았다. 남편은 이렇게 물었다.

"여보, 무도회장에서 나올 때까지 있었던 것은 확실하오?"

"그럼요, 장관 댁 현관에서도 분명히 만져 봤어요."

"길에서 떨어뜨렸으면 소리가 났을 텐데. 아마도 틀림없이 마차 속에서 떨어뜨렸을 거야."

"네, 그런 것 같아요. 어떤 마차인지 기억하세요?"

"모르겠어. 당신도 마차를 보지 않았소?"

"네."

그들은 맥이 풀려 서로 마주 바라보았다. 결국 르와젤은 옷을 다시 입었다.

"혹 눈에 띌지도 모르니 우리가 왔던 길을 다시 가 봐야겠어."

그는 밖으로 나갔다. 마틸드는 야회복을 입은 채, 눕지도 못하고 불을 피울 생각조차 못한 채 망연히 의자에 주저앉아 흐느낄 뿐이었다.

한참 후에 남편이 돌아왔다. 그러나 그는 아무것도 찾지 못했다.

경찰서로, 현상을 걸기 위해 마차 회사로 뛰어다녔다. 짐작이 가는 곳은 모조리 찾아가 보았다. 그리고 마틸드는 이 무서운 재난 앞에서 거의 실신 상태가 되어 남편을 기다리고 있었다.

르와젤은 하루 종일 돌아다니다가 저녁 무렵에야 지친 몸을 끌고 집으로 돌아왔다.

"여보, 당신 친구에게 편지를 써야겠소. 목걸이의 고리가 망가져서 수선을 맡겼다고. 그러면 그것을 돌려주는

데 시간적 여유가 생길 것 아니오."

그녀는 남편이 부르는 대로 받아썼다.

일주일이 지나자 그들은 모든 희망을 잃었다.

그 동안에 5년이나 늙어 버린 것 같은 르와젤은 이런 단안을 내렸다.

"똑같은 보석으로 사서 주는 수밖에 도리가 없겠소."

이튿날, 그들은 목걸이가 들어 있던 상자를 들고 상자 속에 쓰여 있는 상점을 찾아갔다. 보석상인은 장부를 뒤적이더니

"그 목걸이는 저희가 판 것이 아닙니다. 여기서는 상자만을 판매한 것 같군요."

그래서 그들은 똑같은 목걸이를 찾으려고 모든 보석 상점을 돌아다녔다. 그들은 모두 슬픔과 근심으로 병에 걸린 사람들 같았다.

그들은 마침내 팔레 르와얄의 어느 상점에서 자신들이 찾고 있던 것과 똑같아 보이는 다이아몬드 목걸이를 찾아냈다. 상점 주인은 값은 4만 프랑이지만 3만6천 프랑까지 깎아 줄 수 있다고 했다.

그들은 보석상인에게 이틀 안에는 다른 사람에게 팔지 말아 달라고 사정했다. 그리고 다행히 이 달 말일까지 잃었던 것을 찾게 된다면 상점에서 3만4천 프랑으로 다시 사 준다는 조건으로 계약했다. 르와젤은 아버지에게서

물려받은 1만8천 프랑의 유산이 있었다. 나머지는 어떻게든 빚을 내기로 했다.

그는 닥치는 대로 빚을 얻었다. 그는 증서를 쓰고 전 재산을 저당 잡히고 이자가 많은 금융업자와도 거래를 했다. 그는 돈을 얻기 위하여 자기 인생의 모든 것을 걸었으며, 이행할 수 있을 것인지 알지도 못하면서 함부로 서약서에 도장을 찍었다. 그는 자신들에게 장차 닥쳐 올 불행에 대한 걱정, 머지않아 엄습해 올 비참한 어두운 그림자, 앞으로 겪게 될 온갖 물질적인 압박과 정신적인 고통에 대한 생각으로 몸을 떨며, 새 목걸이를 사러 보석상을 찾아가 3만6천 프랑을 카운터 위에 내놓았다.

마틸드가 목걸이를 가지고 포레스티에 부인을 찾아갔을 때 그 부인은 불쾌한 표정을 지으면서 이렇게 말했다.

"좀 빨리 돌려주지 않고, 내가 쓸 일이 생기면 어떻게 하라고."

그러면서도 그녀는 상자 뚜껑을 열어 보지도 않았다. 마틸드는 친구가 상자를 열어 볼 것 같아 몹시 조마조마했다. 목걸이가 바뀐 것을 알았다면 친구는 어떻게 생각할까? 그리고 뭐라고 말할까? 자기를 도둑으로 생각하지는 않을까?

마틸드는 가난이 얼마나 비참한
것인지 뼈저리게 느꼈다. 그러나 그
녀는 곧 비장한 결심을 했다. 저 무
서운 빚을 갚아야만 했다. 그녀는
어떻게 해서든지 이 빚을 갚기 위해 하녀도 내보내고 집
도 옮겨 지붕 밑 다락방을 새로 얻었다.

그녀는 하녀를 내보내고 온갖 일을 해야 했다. 그리고
부엌일이 얼마나 귀찮은 일인지를 알게 되었다. 그녀의
예쁜 손은 거칠어졌고, 장밋빛 손톱은 기름이 묻은 접시
와 냄비 바닥을 닦느라 거칠어졌다. 그녀는 세탁도 직접
했다. 더러운 옷이나 속옷, 걸레를 빨아서 빨랫줄에 널고
매일 아침 쓰레기를 들고 거리까지 내려갔다. 그리고 하
루에도 몇 번씩 물을 길어 올렸다. 그녀는 빈민굴의 부인
차림으로 바구니를 들고 채소 가게나 식료품 가게나 정
육점을 드나들며 값을 깎으려고 실랑이를 벌여 욕을 먹
곤 했다.

그들은 다달이 어음을 지불하고 다른 어음으로 바꾸어
써주거나 지불 날짜를 미루어 나갔다.

남편은 눈코 뜰새 없이 일했다. 저녁에는 여러 상인들
의 장부를 정리해 주고, 때때로 밤에는 페이지 당 5프랑
씩 받는 서류 작성도 해 주었다.

그들 부부의 이런 생활은 십 년 동안 계속되었으며, 마

침내 십 년 후에는 모든 빚을 다 갚았다. 고리 대금의 이자와 쌓이고 쌓인 이자의 이자까지도 모두 갚았다. 마틸드는 딴 사람처럼 변해 있었다. 그녀는 완강하고 거친 살림꾼 주부가 되었다. 머리는 아무렇게나 빗어 넘기고 치마는 비뚤게 걸치고 손은 거칠어져 있었다. 물을 첨벙거리며 마룻바닥을 닦고 거친 음성으로 떠들었다. 그러나 이따금 남편이 출근하고 나면 그녀는 창가에 앉아 지난날의 그 파티, 그렇게도 자신이 아름답고 환대를 받던 그 무도회를 되돌아보곤 하였다.

내가 그 목걸이를 잃어버리지 않았더라면 어떻게 되었을까? 누가 아나? 인생이란 참 이상스럽고 무상한 거야. 사소한 일이 파멸을 가져오기도 하고 구원을 베풀기도 하는구나.

그런데 어느 일요일, 그녀는 일주일의 노고를 풀기 위해 샹젤리제를 한 바퀴 돌러 나가는 길에 문득 어린아이를 데리고 산책하는 한 부인을 발견했다. 그것은 변함없이 젊고 아름답고 매력 있는 포레스티에 부인이었다. 마틸드의 가슴이 두근거렸다. 가서 말을 할까? 그렇지. 빚을 다 갚은 이제, 그녀에게 털어 놓아야지. 이야기 못 할 이유가 무엇인가?

그녀는 가까이 다가갔다.

"참 오래간만이야, 잔느!"

포레스티에 부인은 그녀를 알아보지 못하고, 어떤 초라한 여자가 자기를 그토록 정답게 부르는 것에 놀라 이렇게 중얼거렸다.

"그런데……. 저는 모르겠군요. 사람을 잘못 본 게 아니에요?"

"나, 마틸드야."

친구는 소리를 질렀다.

"아니, 가엾어라, 마틸드……. 어째 이렇게 변했어?"

"응, 참 고생 많이 했어. 우리가 마지막 만났던 후로……. 그 심한 고생살이가 다……. 너의 목걸이 때문이었어."

"내 목걸이 때문이라고? 아니, 왜?"

"내가 교육부 장관 댁 파티에 가려고 너에게 빌렸던 그 다이아몬드 목걸이 생각이 나지 않니?"

"응, 그런데?"

"그 목걸이를 그때 내가 잃어버렸던 거야."

"뭐라고? 왜 나한테 돌려줬잖아?"

"내가 돌려준 것은 똑같지만 다른 것이었어. 그것을 갚느라고 십 년이 걸렸지. 빈털터리였던 우리에게 그게 어떤 시련이었으리라는 것은 너도 짐작할거야……. 이제 다 해결되었어. 내 마음이 후련해."

포레스티에 부인은 발걸음을 멈추었다.

"그럼 내 것 대신에 다른 다이아몬드 목걸이를 주었단 말이야?"

"아직까지 그걸 몰랐었군. 하긴, 아주 모양이 똑같으니 까."

그녀는 순박하고 자랑스러운 미소를 지었다.

포레스티에 부인은 눈물을 글썽이며 친구의 두 손을 꼭 붙잡았다.

"아! 가엾은 마틸드. 내 목걸이는 가짜였는데. 기껏해야 5백 프랑밖에 안 되는……."

오 헨리

(O., Henry 1862~1910)

본명은 포터(William Sydney Poter). 노스캐롤라이나주 그린스버러 출생. 아버지는 지방의 유명한 의사였고, 어머니는 문학적 재능이 뛰어났다. 그러나 어려서 부모를 잃어 거의 학교교육도 받지 못한 채 숙부의 약방을 거들고 있다가, 1882년 텍사스주로 가서 카우보

이·점원·직공 등 여러 직업을 전전하였다. 1897년 25
세에 17세의 소녀와 결혼하였고, 1891년 오스틴 은행에
근무하는 한편, 아내의 도움을 얻어 주간지를 창간하였
으며, 지방 신문에 유머러스한 일화를 기고하는 등 문필
생활을 시작하였다. 1896년 2년 전 그만둔 은행으로부터
공금횡령 혐의로 고소당하자 남미로 도망갔으나 아내의
중태로 돌아와 체포되었다. 3년간 감옥생활을 하는 사이
에 얻은 풍부한 체험을 소재로 단편소설을 쓰기로 시작
하여, 결국 훌륭한 작가로 성장하는 계기가 되었다.

감옥에서 나와 뉴욕으로 와서 본격적인 작가생활에 들
어갔다. 라틴아메리카의 혁명을 다룬 처녀작 〈캐비지와
왕〉(1904)을 제외하고는 〈서부의 마음〉(1907), 〈4백만
〉(1906) 등 계속 단편집을 발표하여 불과 10년 남짓한 동
안 300편 가까운 단편소설을 썼다.

〈경찰관과 찬송가〉, 〈마지막 잎새〉 등에서는 따뜻한 휴
머니즘을 뛰어나게 묘사하였다. 이 밖에도 대표적 단편 〈
현자의 선물〉, 〈20년 후〉, 단편집 〈운명의 길〉(1909), 사
망 후에 나온 〈뒹구는 돌〉(1913) 등의 작품이 있다.

마지막 잎새

워싱턴 광장(맨해튼 남부에 있는 광장) 서쪽으로는 제멋대로 뻗은 큰길들 사이로 좁은 길이 마치 미로처럼 꼬여 있는 구역이 있었다. 길을 따라가 보면 다시 출발했던 자리로 돌아와 버릴 수도 있는 복잡한 거리로, 이곳을 찾는 방문객은 길을 잃기 십상이다. 아무리 표지판을 따라가 보아도, 행인들에게 길을 물어 보아도 목표했던 곳에 도달하기 어려운 것이다.

　그런데 어느 화가가 우연히 이곳에 와 보고 그 미로 같은 곳이 마음에 들어 눌러 살게 되었다는 이야기가 있다. 그 화가는 수금원이 물감이나 종이 혹은 캔버스 값을 받으러 왔다가 너무 길이 복잡해서 돈을 한 푼도 받지 못하고 왔던 길로 되돌아갈 거라고 생각했던 것이다.

북쪽으로 창을 낸 좁은 방, 18세기 풍의 박공 지붕, 그리고 네덜란드 풍의 다락방, 작은 집들이 다닥다닥 붙어 있는 이 일대를 사람들은 그리니치 마을이라고 불렀는데, 이곳으로 화가들이 속속 모여들었다. 집은 낡고 허름했지만 다른 곳보다 집세가 쌌기 때문에 가난한 예술가들이 살기에 좋은 곳으로 얼마 가지 않아 이곳은 '예술가 마을'로 불리게 되었다.

수와 존시는 야트막한 벽돌집 3층 꼭대기에 작업실을 마련했다.

수는 메인 주, 존시는 캘리포니아 주 출신이었는데 그들은 어느 식당에서 점심을 먹다가 우연히 알게 된 사이였다. 이들은 이야기를 얼마 나누지도 않고 서로가 취미가 비슷하다는 것을 알게 되었다. 샐러드를 좋아하는 것이나 그리고 예술은 어떤 것이란 생각까지 공통되는 점이 많아 두 사람은 공동의 작업실을 차리게 되었다.

그 해 5월의 일이었다. 11월이 되자 동부 지역은 뒤숭숭해졌다. 차가운 겨울 공기를 휘저으며 무법자가 다니기 시작했다. 그것은 바로 폐렴이었다.

얼음처럼 차가운 폐렴이라는 무법자의 손에 스치기만

해도 건강한 수많은 사람들은 며칠 앓다가 쓰러졌다. 그 무법자는 마침내 예술가 마을의 복잡한 미로까지 덮쳤다. 그러나 너무도 복잡한 길이라 무법자도 길을 잃었던지 크게 해를 끼치지 못하고 지나갔다.

그러나 기후가 좋은 캘리포니아에서 태어난 몸집이 작은 존시는 이 무법자의 습격을 이겨 내지 못했다. 어느 날부터 기침을 시작하더니 낡은 쇠침대에 꼼짝 못 하고 자리에 눕게 된 것이다. 그리고는 네덜란드 풍의 작은 유리창 너머로 이웃 벽돌집의 담벼락만 계속 물끄러미 바라보았다.

어느 날, 존시의 병세가 더 심해지자 수는 곧장 의사를 불렀다. 존시를 진찰한 후 의사는 수를 조용히 불러 복도에서 말했다.

"존시가 나을 가능성은 10퍼센트 정도라고 할까요. 그것도 환자가 살고 싶다는 강한 의지를 보일 때 이야기입니다. 지금처럼 죽음을 기다리는 것 같은 상태로서는 5퍼센트도 장담할 수 없습니다. 존시는 이미 자신의 병이 낫지 않을 거라고 결론을 내리고 있어요. 그래서는 결코 병이 나을 수가 없습니다. 혹시 존시가 삶에 강한 애착을 갖고 있거나 간절히 하고 싶어했던 일이라도 있습니까?"

수는 곰곰이 생각해 보았다.

"언젠가 나폴리의 바다를 그리고 싶다고 말한 적이 있

어요."

"그림을 그린다고요? 그건 안 됩니다. 그는 안정을 취해야 하니까요. 그것 말고 다른 희망이 될 만한 것이 없을까요?"

수에게는 딱히 생각나는 것이 없었다.

"어쨌든 환자 자신이 스스로 삶을 포기하면 나을 가능성이 더욱 적어집니다. 반대로 환자가 올 봄에는 어떤 색상이 유행할까, 다 나으면 무엇을 할까를 고민하면 나을 가능성은 몇 배로 커집니다."

의사는 이렇게 말하고는 곧장 돌아갔다.

수는 존시에게 들리지 않게 소리를 죽여 울었다. 한참 동안을 울고 난 후 수는 눈물을 닦고 화판을 옆에 끼고는 아무 일도 없었다는 듯이 짐짓 휘파람을 불며 존시의 방으로 들어갔다.

존시는 하얀 이불을 덮은 채 그 이불보다 더 창백한 얼굴로 잠들어 있었다. 수는 작업대에 앉아 가끔씩 잠이 든 존시를 살펴보며 어느 잡지의 소설에 실릴 삽화를 그리기 시작했다. 대부분의 가난한 화가들은 생계를 이어가기 위해 이런 아르바이트를 하곤 했다. 수가 한참 동안을 그림을 그리고 있는데 침대 쪽에서 나직한 소리가 들렸다. 수는 깜짝 놀라 침대로 다가갔다. 존시는 자고 있는 게 아니었다. 꼼짝하지 않고 창 밖을 바라보며 숫자를 세고 있었다.

"열 둘."

그리고 얼마 후에 또 말했다.

"열 하나."

그리고 세는 숫자가 갑자기 빨라지기도 했다.

"열. 아홉."

수에게는 존시가 숫자를 세는 소리가 무슨 기분 나쁜 주문처럼 들렸다. 맑지만 힘이 없는 존시의 눈동자는 이웃집의 붉은 담벼락을 향해 있었다. 오래 된 담쟁이 잎새가 몇 잎 남지 않은 상태로 담벼락에 달라붙어 있었다.

"존시야, 기분이 좀 어떠니?"

수가 부드럽게 물었다.

"여덟."

"뭐하고 있는 거니, 존시?"

"일곱, 여섯."

"존시야!"

"이제 얼마 남지 않았어. 며칠 전만 해도 백 개 정도 되었는데, 곧 모두 떨어질 거야. 아, 또 하나 떨어졌네."

수는 친구의 얼굴을 다시 쳐다보았다. 그의 얼굴은 이미 이 세상에 대한 욕심과 애착이 사라진 듯한 느낌을 주었다.

"이제 다섯 개 남았어. 바람이 불면 바람을 따라가는

잎새들. 마지막 잎새가 떨어지면 나도 바람을 따라가는 거야. 난 삼 일 전부터 알고 있었어. 의사 선생님도 그렇게 말씀하셨지?"

"아니, 왜 그런 말도 안 되는 소릴 하는 거야?"

수는 깜짝 놀라 소리쳤다,

"왜 담쟁이 덩굴 잎새랑 네 신세를 같다고 생각하는 거야? 그런 바보 같은 소리를 하다니! 존시, 담쟁이 덩굴은 지금은 저렇게 떨어지지만 봄이 되면 또 파릇파릇 잎이 돋아나잖아! 의사 선생님은 네가 아무 걱정하지 말고 마음을 편히 가지면 금방 병이 낫는다고 했어. 네 병은 감기 정도로 아주 가벼운 병이랬어. 자, 수프라도 먹어 봐. 그래서 빨리 털고 일어나서 나랑 같이 워싱턴 광장을 돌아다니자."

"아마도 그럴 일은 없을 거야."

존시가 창을 내다보며 말했다.

"또 한 잎 떨어졌어. 수프 따위는 이젠 먹지 않을 테야. 이제 네 잎 남았네. 아마도 오늘 밤 안에 잎이 다 떨어질 거야. 그러면 나도 끝이야. 이제 온갖 고생하며 사는 것도 질렸어. 죽는 것이 두렵다는 것은 사람들이 몰라서 하는 소리야."

"존시!"

수는 존시에게 이불을 잘 덮어 주면서 말했다.

"내가 일을 마칠 때까지 창 밖을 보지 말아 줘. 제발 부탁이야. 저 그림은 내일까지 잡지사에 갖다 주어야 하는 건데, 네가 자꾸 그러면 일이 손에 안 잡히잖아."

"네 작업실에서 그리면 안 되니?"

존시가 차갑게 말했다.

"네 곁에 있고 싶어."

수가 말했다.

"그리고 네가 저 하찮은 담쟁이 덩굴을 보면서 잎새가 떨어지는 걸 세는 것이 무엇보다도 나는 싫어."

"다 그리거든 말해 줘."

존시는 지쳤다는 듯이 얼굴을 돌리고는 눈을 감았다.

"나는 마지막 잎새가 떨어지는 것을 꼭 보고 싶어. 이제는 세상의 모든 것으로부터 떠나 서서히 사라지고 싶어. 저 잎새처럼 말야."

"좀 좋은 쪽으로 생각을 해 봐."

수가 울음을 참으며 말했다.

"나는 베어만 씨 댁에 잠깐 가야겠어. 내 그림의 모델이 되어 달라고 부탁하려고 해. 곧 돌아올 테니 그 동안 잠을 좀 청해 봐."

베어만 씨는 같은 건물의 아래층에 사는 화가로 예술가 마을에서도 괴짜로 소문이 자자했다. 나이는 이미 예순 살이 넘었지만 작은 몸집에 그리스 신화에 나오는 수신 같은 머리를 하고 미켈란젤로의 작품에 나오는 모세처럼 곱슬한 수염을 가진 사람이었다. 그는 어린애처럼 천진 난만한 성격이었지만 예술가로서는 실패한 인생을 살았 다. 이미 40년 전부터 그림을 그려 왔지만 지금껏 전시회 를 열거나 화단의 인정을 받은 적이 없었다. 노인은 언제 나 걸작을 그리겠다고 큰소리를 쳤지만 아직까지 시작조 차 하지 않고 있었다.

요즈음에는 본격적인 그림은 그린 적이 없고 상업용인 지 광고용인지 분간할 수 없는 싸구려 그림을 그리는 일 로 생계를 이어가고 있었다. 그리고 가끔 작업 모델을 구 할 돈이 없는 가난한 화가들의 모델노릇을 해서 약간의 수입을 얻고 있었다.

노인은 술을 몹시 좋아해서 늘 조금씩 술 냄새를 풍기 고 있었고, 상대가 누구이건 자신의 그려지지 않은 걸작 에 대하여 이야기하는 것을 즐겼다. 또 의지가 약하거나 연약한 성격은 싫어서 그런 사람을 보기라도 하면 평 소와는 다르게 화를 내곤 했다. 노인은 위층에 사는 두 젊은 화가인 수와 존시를 좋아했고, 자신이 어른으로서 두 사람을 꼭 지켜주어야 한다고 생각했다. 수가 노인의 방에 들어서자 노인은 여느때처럼 어둑침침한 방 한 구석에 술 냄새를 풍기며 멍하니 앉아 있었다.

수는 노인에게 존시가 점점 병이 악화되고 있으며 그리고 더 나쁜 것은 존시가 살고 싶다는 의욕을 전혀 갖지 않고 있다고 하소연했다. 그리고 존시가 담쟁이 덩굴에 붙은 잎이 다 떨어지면 자신이 세상을 떠날 거라고 이야기했다면서, 나뭇잎은 이제 떨어지고 말 텐데 그런 바보 같은 생각을 바로잡아 줄 수가 없노라고 하소연했다.

수의 이야기를 다 듣고 난 노인의 눈에는 눈물이 괴어 있었다. 그러나 노인은 짐짓 화를 내며 말했다.

"아니, 뭐라고? 담쟁이 덩굴 잎이 떨어지면 자기도 죽는다니 그런 말도 안 되는 소리가 세상에 어디 있어? 젊은 사람이 그런 엉뚱한 소리를 하다니 우리 같은 늙은 사람도 끄떡없는데, 정말 한심한 일이군. 아니, 도대체 왜 그런 바보 같은 생각을 하게 된 거지? 아니 도대체 어떻게 존시가 그런 생각을 갖도록 내버려 두었나?"

"너무 심하게 아프면 마음이 나약해지나 봐요."

수는 눈물을 손수건으로 닦으며 말했다.

"존시는 오랫동안 너무 고생하면서 힘들게 그림을 그려 왔어요. 그래서 죽는 것이 휴식으로 생각되는가 봐요."

"그럼 안 되지. 쉬운 일을 원했다면 예술을 하지 말았어야 했어. 평생의 걸작을 남기는 것뿐만 아니라 그림을 그리는 것 자체만으로도 힘이 들어. 하지만, 어려운 일일수록 나중에는 가치 있는 일이지. 그래 존시가 나을 수 있는 방법을 우리가 찾아보자고."

수는 베어만 노인의 말을 듣고 마음이 조금 누그러지는 것 같았다. 그러자 갑자기 자신이 베어만 노인을 찾아온 이유가 생각났다.

"아 참, 베어만 씨. 제 그림의 모델이 되어 주세요."

"그래, 모델이 되어 주지. 되어 주고말고. 자, 어서 가자고. 존시처럼 착한 사람이 아파서 누워 있다니. 좋은 방법을 찾아봐야지. 나는 곧 걸작을 그릴 거야. 그렇게 되면 우리 모두 여기를 떠나 멋진 곳에서 살자고. 정말이야."

베어만 노인은 여느때처럼 쾌활하게 말했다.

두 사람은 위층으로 올라왔다. 존시가 잠든 곁에서 노인은 낡아빠진 감색 셔츠를 입고 마치 세상을 등진 늙은 광부처럼 포즈를 잡았다. 수는 노인의 모습을 빠르게 캔버스 위로 옮겼다. 그 동안 밖에서는 창문을 덜컹거리며 눈 섞인 비가 거세게 내렸다.

이튿날, 늦게까지 그림을 그리다가 잠든 수가 눈을 떠 보니 아침이었다. 이때 존시는 벌써 깨어 있었던 듯 퀭한 눈으로 창문에 드리워진 커튼을 바라보고 있었다.

"수, 커튼을 치워 줘. 밖을 보고 싶어."

존시가 말했다. 수는 마지못해 커튼을 걷었다.

창 밖의 담쟁이 덩굴에는 잎 하나가 매달려 있었다. 높은 덩굴에 매달려 찬바람에도 떨어지지 않으려고 안간힘을 쓰며 마지막 잎새 하나가 매달려 있었다. 가장자리가 노랗게 물든 그 잎은 벌레가 먹은 듯 귀퉁이가 이지러져 있었지만 간밤의 모진 바람에도 떨어지지 않고 잘 버티고 있었다.

"아직 한 잎이 남았군."

존시가 힘없이 말했다.

"틀림없이 다 떨어졌을 거라고 생각했는데……. 하지만 오늘은 떨어지겠지? 그러면 나도 따라가야지."

"존시야!"

수가 친구의 이름을 불렀다.

"네가 떠나면 나는 어떻게 될 것 같니?"

떨리는 목소리로 수가 말했다.

존시는 대답하지 않고 물끄러미 수를 바라볼 뿐이었다. 낮이 지나고 밤이 찾아왔다. 밤이 되자 비바람이 세차게 불며 창문을 요란하게 흔들었다. 어제보다도 더 심해진 것 같은 바람이었다.

이튿날 아침이 되었다. 그날도 역시 존시는 창백한 얼

굴로 수에게 커튼을 올려 달라고 부탁했다. 공기는 살얼음이 끼어 있는 것처럼 몹시 냉랭하고 처마 밑으로 빗방울이 아직도 뚝뚝 떨어져 내리는데 마지막 잎새는 여전히 담쟁이 덩굴에 붙어 있었다. 존시는 그 잎새를 한참 동안이나 물끄러미 바라보았다. 그러더니 가스난로 위에 수프를 끓이던 수를 불렀다.

"수, 나 이제 일어나 볼래."

수는 무슨 말인지 믿기지 않는 듯 존시의 얼굴을 뚫어지게 쳐다보았다.

"나 수프를 좀 먹어 볼 테야. 그리고 저 앞에 있는 손거울을 내게 가져다 줘. 내 꼴이 너무 흉한 것 같아."

수는 얼른 손거울을 가져다 주었고 베개를 한두 개 더 받쳐서 존시가 일어나 앉을 수 있게 해주었다. 존시는 수가 요리하는 것을 보았고 수프가 다 끓여지자 맛있게 먹었다. 그리고는 한숨을 길게 쉬더니 말했다.

"내가 그 동안 나빴어. 그렇게 쉽게 죽을 생각을 하는 게 아닌데. 수프 냄새, 아침의 공기, 계절이 변하는 것, 모두가 얼마나 아름다운 것인데. 마지막 잎새가 내게 가르쳐 준 것 같아. 끝인 것 같아도 더 살아갈 수 있다는 것을 말야."

그리고는 얼마 후 이렇게 말했다.

"봄이 오면 꼭 나폴리에 가 보자. 가서 나폴리의 파란 바다를 꼭 그릴 거야."

오후에는 의사가 와서 존시를 진찰했다. 의사는 존시의 상태를 보자 깜짝 놀랐다. 의사는 복도에서 상태를 묻는 수에게 말했다.

"이제 상당히 회복될 것 같소. 아가씨가 정성을 다해 간호했나 보군. 이제 걱정을 놓았소. 아 참, 나는 아래층의 환자를 보러 가야겠소. 베어만이라던가, 화가인데 아주 심한 폐렴에 걸려 버렸지. 노인이라서 살아날 가망이 없어. 글쎄, 오늘 입원하면 조금은 나아질지도 모르겠지만."

다음날도 의사가 다녀갔다. 의사는 존시가 뚜렷이 회복되고 있으며 이제는 아무 걱정을 하지 않아도 된다고 말했다. 그리고 베어만 씨에 대한 소식도 전했다. 그가 세상을 떠났다는 것을 말이다.

수는 뜨개질을 하려고 침대에 비스듬히 기대어 앉아 있는 존시에게 말했다.

"베어만 씨가 폐렴으로 오늘 세상을 떠났대. 그저께 아침에 관리인이 노인에게 볼일이 있어서 왔다가 아파하고 있는 노인을 발견했나 봐. 구두도 옷도 흠뻑 비에 젖고 이마가 불덩이처럼 뜨거웠대. 곁에는 비에 젖은 손전등과 붓 두세 자루, 그리고 녹색과 노랑색 물감을 푼 팔레트가 놓여 있었대."

　수는 창문가로 가서 아직도 담쟁이 덩굴에 매달려 있는 잎새를 쳐다보았다. 그리고는 낮은 목소리로 존시에게 말했다.

　"저 마지막 잎새 말야. 바람에도 떨어지지 않는 것이 이상하지 않아? 저 잎새는 베어만 씨의 걸작이었어. 마지막 잎새가 떨어지던 날 밤, 떨어진 잎새 대신에 그가 그려 놓은 것이 바로 저 잎새였던 거야."

크리스마스 선물

내일이 크리스마스이다. 델라는 주머니에 있는 돈을 세 번씩이나 세어 보았다. 아무리 세어 봐도 1달러87센트. 그것이 모두였다. 이 돈은 모두 푸줏간이나 잡화상, 또는 채소 장수와 물건을 살 때 어거지로 떼를 써서 조금씩 얻은 것이다. 이것이 너무 지나친 것 같아서 때로는 얼굴을 붉힐 정도로 미안하게 느껴진다.

"내일이 크리스마스인데……."

하고 델라는 방 한구석에 있는 침대 위에 몸을 던져 흐느껴 울었다. 한참 울고 보니 인생이란 눈물이 대부분을 차지하고 있다는 생각이 떠올랐다.

이 집 안주인 델라가 울음을 터뜨리고 있는 동안 우리

는 이 집 구조를 살펴보기로 하자.

이 아파트의 세는 주당 8달러이다. 이 집은 도둑떼가
들지 않도록 조심해야 할 필요는 없다. 아래층 현관에는
먼지가 뽀얗게 앉은 우체함이 있고, 그리고 고장이 난 초
인종이 매달려 있다. 그리고 옆에는 낡아빠진 명함 한 장
이 꽂혀 있었다. 그 명함에는 '제임스 딜링함 영'이라고
쓰여 있었다. 낡은 명함이 꽂혀 있다는 것은 이 집 주인
이 그만큼 검소한 생활을 하고 있다는 듯이 보였다.

이 '딜링함'은 이 집 주인으로 한동안 돈벌이가 잘 될
때에는 주당 30달러씩 벌었고 남부럽지 않게 돈을 써왔
다. 그러나 이제는 수입이 20달러로 줄어들자, 검소한 생
활을 하는 것이다. 제임스 딜링함 영 씨가 집에 돌아와
이층방으로 오면 부인은 짐을 다정스럽게 부르면서 껴안
아 주었다.

델라는 침대에서 일어나 앉았다. 그리고 거울을 보더니
눈물자국이 난 뺨에다 분을 바르기 시작했다. 그리고 그
녀는 창가로 다가가 고양이가 넘어가는 것을 우두커니
쳐다보고 있었다.

내일이 크리스마스인데 사랑하는 남편 짐에게 선물을
사 줄 돈은 1달러87센트밖에 없었다. 그것도 물건을 살
때마다 한두 푼씩 모은 것이다. 비록 값은 싸더라도 남편
에게 조금이라도 필요할 만한 물건을 선물해야겠다고 생

각하면서 즐거운 시간을 보내고 있었다.

8달러짜리 셋방인 만큼 가구도 낡았고 모든 것이 다 그러했다. 특히 방 안에 걸려 있는 거울이 그렇다. 얼마나 오랫동안 썼는지 모르지만 아무리 닦아도 볼품이 없었다.

그녀는 자신도 모르는 사이에 그 거울 앞에 섰다. 낡은 거울에 비친 그녀의 모습은 핏기가 없었고 두 눈동자만 빛나고 있었다. 델라는 머리를 매만지더니 길게 풀어 늘어뜨렸다.

이 제임스 딜링함 영 부부에게는 남부럽지 않을 두 가지 자랑거리가 있었다. 그 중의 하나는 델라의 아름다운 갈색의 머리카락이며 또 하나는 짐의 할아버지대부터 대대로 물려 내려온 금시계였다.

이렇게 아름다운 갈색 머리털은 어찌나 긴지 델라의 몸을 거의 감추다시피 가려 주었다. 델라는 다시 머리를 걷어 올리는 순간, 아찔함을 느꼈다.

얼마 후 정신을 차리고 난 그녀의 두 눈에서는 눈물이 고여 바닥에 깔린 낡은 양탄자로 뚝뚝 떨어지고 있었다.

그녀는 낡은 장롱이 있는 쪽으로 향했다. 장롱을 열고 허스름한 재킷을 꺼내 입고 갈색 모자를 쓴 다음 옷맵시를 살펴보고 난 뒤 거리로 뛰쳐나왔다. 델라의 두 눈에는 눈물이 고여 햇빛에 더욱더 빛나고 있었다.

얼마쯤 걸었을까. 델라는 어느 상점 앞에 발길을 멈추

었다. 멈춘 곳에는 '각종 모발품 취급, 소프로니 마담 상점' 이라는 간판이 붙어 있었다.

델라는 머리를 잘라 팔아야겠다는 마음이 굳어진 모양이다.

델라는 곧장 가게 안으로 들어갔다. 주인은 이름과는 달리 꽤 쌀쌀맞게 보였다.

"내 머리카락을 사시겠어요?"

하고 델라가 먼저 주인에게 말을 건넸다.

"그러지요. 그럼 모자를 벗으시죠. 머리 모양을 제가 살펴보아야 하니까요."

모자를 벗자 델라의 갈색 머리카락이 마치 파도처럼 출렁이며 축 늘어졌다.

주인은 한동안 익숙한 솜씨로 매만지고 나서 입을 열었다.

"20달러 드리지요."

"좋아요. 빨리 주세요."

흥정이 끝난 뒤 머리카락을 자르고 델라는 밖으로 곧장 나왔다.

이제 그녀가 할 일은 짐의 선물을 사는 일밖에 없었다. 델라는 모든 상점을 뒤지다시피해서 마침내 찾아냈다. 그 상점이야말로 짐에게 선물하라고 만들어 놓은 것 같았다. 그것은 다름이 아니라 백금 시곗줄로서 화려하지도 않고 단지 우아함 그것뿐이었다. 짐이 갖고 있는 시계와 잘 어울릴 수 있는 시곗줄이었다.

짐이 가지고 있는 시계는 좋았지만 여지껏 시곗줄이 없어서 낡은 구두끈으로 매고 다녔다. 이제 이 시곗줄을 달면 짐은 어느 장소에서나 떳떳하게 시계를 꺼내 볼 수 있을 것이다. 델라는 그 생각을 하니 마음이 몹시 흐뭇해 오는 것을 느꼈다.

값을 치르고 나서 집으로 돌아온 델라는 마음을 가라앉히고 퍼머 기구를 꺼내 머리를 손질하기 시작했다.

조금 전까지만 해도 긴 머리였던 델라가 갑자기 짧은 머리로 변해 자신도 보기가 어색했던 모양이다.

어느 정도 시간이 흘렀다. 델라의 머리는 곱슬곱슬한 머리로 변했다. 그는 거울 앞에 서서 자신의 모습을 살펴본 그녀는 개구쟁이 학창 시절을 연상했다.

델라는 혼잣말로 중얼거렸다.

"남편이 제발 나를 부드러운 눈길로 보아 준다면……. 아마 그이는 싫어하는 눈치겠지. 그러나 어찌할 방법이 없었어요. 내 주머니에는 겨우 1달러87센트밖에 없었어요. 그것 가지고는……."

벽에 걸린 괘종시계가 7시를 알렸다. 델라는 난로 위에다 프라이팬을 올려놓고 요리를 시작했다. 그리고 커피를 끓이면서 남편이 돌아오기를 기다리고 있었다.

짐은 이제까지 한 번도 늦게 집에 돌아온 적이 없었다. 델

라는 짐이 들어오는 문쪽을 향해 앉아 있었다. 그리고 새로
산 시곗줄을 두 손에 꼭 쥐고 마음속으로 기도를 드렸다.

"주여! 아직도 제가 예쁘다고 남편으로 하여금 생각하
게 해 주소서……."

이렇게 델라는 일상생활을 해나가는 데 있어서 약간의
어려운 일에 부딪치면 늘 마음속으로 기도를 드리곤 했
다. 즉 기도를 드리는 것이 습관화된 것이었다.

그때 이층으로 올라오는 발자국 소리가 들렸다. 분명히
짐의 발자국 소리임에 틀림없었다.

이윽고 문이 열리더니 짐의 모습이 보였다. 이 날따라
남편이 더 가엾었다. 그도 그럴 것이 짐의 나이 이제 22
살, 남들은 이 나이에 재미있게 인생을 즐길 나이인데도
불구하고 짐은 한 집안의 가장으로서 집안을 꾸려 나간
다는 것이 얼마나 힘든 일이겠는가!

더욱더 안타까운 것은 이 몹시 추운 날씨에 다 떨어진
외투를 입고 거기에다 장갑까지 없으니 말이다.

방 안으로 들어온 짐은 무엇을 발견했다는 듯이 한참
동안 노려보기만 하고 움직일 생각을 하지 않고 서 있었
다. 델라는 몹시 두려웠다. 델라는 알 수 없는 표정으로
짐의 눈을 쳐다보았다. 그것
은 분노도 질투도 실망
도 모두가 아니었다.

그렇다고 해서 공포를 주는
것도 아니었다. 그렇지 않
으면 델라가 생각했던 눈
초리도 아니었다. 짐은 계속 그런 눈으로 쳐다볼 따름이
었다.

델라는 머뭇거리며 짐에게 다가가서 울기 시작했다.

"여보, 짐, 그런 싸늘한 눈초리로 저를 보지 마세요. 어
쩔 수가 없어서 내 머리를 잘라 팔았어요. 괜찮지요?"

짐은 생각에 잠겼다. 아내가 무엇 때문에 그토록 아름다운
머리를 잘라 팔았을까? 짐은 이해가 가지 않는다는 듯이,

"왜 하필이면……."

하고 말꼬리를 흐렸다.

"머리를 잘라 팔았어요. 당신은 잘 모를 거예요. 내가
왜 머리를 잘라 팔았는가를. 당신한테 선물하지 않고는
크리스마스를 지낼 수가…… 우리 즐겁게 지내요. 내가
당신한테 아주 멋진 선물을 준비했어요."

그 말을 들은 짐은 방 안을 둘러보았다. 그러자 델라는
다시 말했다.

"여보, 전처럼 나를 사랑해 주지 않겠어요? 비록 머리
의 모습은 변했어요. 나는 예전과 같은 당신의 사랑스런
아내예요. 머리는 앞으로 차츰차츰 기르면 되죠 뭐."

짐은 넋이 나간 사람처럼 되물었다.

"머리를 오늘 잘라 팔았단 말이지?"

델라는 약간 음성을 높여 신경질조로 대답했다.

"참, 당신도 몇 번을 얘기해야 알아듣겠어요. 내 머리를 잘라 팔았어요. 모두가 당신을 위한 짓이예요."

그들은 아무 말 없이 마주 보고 서 있었다. 짐은 그제서야 환각의 상태에서 깨어나는 것이었다. 그리고는 아내를 꼭 껴안았다.

사랑하는 남편의 품에 안긴 델라는 부드러운 목소리로 속삭였다.

"내 머리카락은 한 올 두 올씩 셀 수 없어요. 그러니 내 머리는 잊어버리고 오늘을 즐겁게 지냅시다. 오늘이 바로 크리스마스 이브예요. 우리 즐겁게 지내야지요."

짐은 외투 주머니에서 종이에 싼 물건을 꺼내어 책상위에 아무렇게나 던졌다.

"델라, 날 절대 오해하지 말아. 당신이 머리를 잘랐거나 면도를 했거나 감았거나 당신을 아끼고 사랑하는 내 마음은 조금도 변하지 않을 거야. 그리고 지금 내가 던진저 물건을 풀어보면 왜 내가 한동안 멍청하니 서 있었는지 당신은 이해할 수 있을 거야."

델라의 손가락이 민첩하게 종이를 풀었다. 그 순간 황홀하고 즐거운 외침이 있었고 다음에는 아! 하고 여자다운 발작적인 눈물과 흐느낌으로 옮겨져서 짐은 곧장 온갖 방법을 동원하여 아내를 달래야만 했다.

그 속에는 예쁜 빗이 두 개가 나란히 있었다.

델라가 브로드웨이의 상점 진열장에 있는 것을 보고 오랫동안 갖고 싶어했던 빗으로 머리의 옆과 뒤에 꽂는 한 쌍이었다. 아름다운 빗으로 빗등에는 반짝반짝 빛나는 보석이 박혀 있어서, 지금은 이미 잘려지고 없지만 아름다운 머리에 꽂으면 매우 어울릴 빗이었다. 이 빗의 값이 비싸다는 것은 그녀도 잘 알기 때문에 그것을 갖는다는 건 전혀 엄두도 내지 못했는데 현재는 그 빗을 돋보이게 할 머리가 없는 것이다.

그러나 델라는 그 물건을 가슴에 꼭 끌어안았다. 한참 동안 눈을 감고 있더니 마침내 그녀는 미소를 띠며 말했다.

"짐, 내 머리는 금방 자랄 테니 서운해하지 마셔요."

그리고 델라는 부르짖었다.

"오오! 오오!"

짐은 자기가 받을 아름다운 선물을 아직 보지 못했다. 이때 델라는 손바닥을 벌리고 진지한 태도로 자신이 준비한 선물을 남편에게 내밀었다. 시곗줄은 번쩍번쩍 빛나고 있었다.

"여보, 멋있죠? 내가 이걸 찾기 위해 거리를 얼마나 헤맸는지 몰라요. 이제 하루에 백 번쯤은 시계를 꺼내 보고 싶을 거예요. 자, 저에게 시계를 주셔요. 제가 예쁘게 매어 드릴게요."

그러나 짐은 아무런 표정도 짓지 않고 침대에 쓰러지면서 두 팔을 머리 뒤로 돌려 베개를 삼고 빙그레 웃기만 했다.

"델!"

짐은 한참 있다가 말을 이었다.,

"당분간 그 크리스마스 선물은 깊이 넣어 두기로 하자구. 지금 당장 쓰기에는 너무나 가슴 벅찬 일이야. 난 당신의 빚을 살 돈을 마련하기 위하여 시계를 팔아 버렸어. 그러니 이제 더 이상 말하지 말고 저녁이나 차려. 그래야만 우리들이 내일도 웃을 수 있는 거니까."

모든 사람들이 잘 알고 있다시피 동방박사는 매우 현명한 사람들이다. 그는 놀라울 만큼 현명했고 구유에 든 아기 예수에게 줄 선물을 가지고 왔다. 몹시 현명했기 때문에 선물 역시 훌륭했을 것이고, 아마 중복이 될 때에는 교환할 수 있는 특전까지도 만들었을 것이다.

그런데 나는 여기서 가장 현명하지 못하게 그들이 가지고 있는 최대의 가보를 희생한 어리석은 가난한 부부의 대수롭지 않은 이야기를 몹시 서툴게 얘기했다. 그러나 현대의 가장 현명하다고 생각하는 사람들에게 꼭 하고 싶은 말이 있다면 선물을 주고 받는 모든 사람들 중에서 이들 부부가 이 세상에서 가장 현명하다고 말하고 싶다.

체호프

(Chekhov, Anton Pavlovich 1860~1904)

남러시아의 타간로그 출생. 잡화상의 아들로, 할아버지는 지주에게 돈을 주고 해방된 농노였다. 16세 때 아버지의 파산으로 중학을 고학으로 마쳤다. 1879년에 모스크바대학 의학부에 입학하였는데, 가족의 생계를 위하여 단편소설을 집필하기 시작하였다.

1880년대 전반 수 년 동안에 〈관리의 죽음〉(1883), 〈카

멜레온〉(1884), 〈하사관 프리시베예프〉(1985), 〈슬픔〉(1885) 등의 뛰어난 단편을 발표했다. 1884년에 대학을 졸업하고 의사가 되었고 희곡 〈이바노프〉(1887 초연), 야심적인 중편 소설 〈대초원(大草原)〉(1888)을 썼다.

1890년에는 사할린 섬으로 갔다. 사할린 여행에서 돌아온 후 발표한 르포르타주 〈사할린 섬〉(1895)은 센세이션을 일으켰다. 〈유형지에서〉(1892)와 〈6호실〉(1892) 등에서 볼 수 있듯이 인간의 진실을 인정하기 위한 인간성 해방에 눈을 돌렸다.

1982년에 모스크바에서 남쪽으로 50마일쯤 떨어진 멜리호보라는 마을로 옮겨 얄타 교외로 옮겨 갈 때까지 소설 〈결투〉(1892), 〈흑의의 사제〉(1894), 〈귀여운 여인〉(1899), 〈개를 데리고 있는 부인〉(1899), 〈골짜기에서〉(1899) 등과 희곡 〈갈매기〉(1896 발표, 1898 초연), 〈바냐 아저씨〉(1897 발표 1899 초연) 등을 집필하였다.

M.고리카가 아카데미 회원 자격을 박탈당하였을 때 아카데미 회원 자격을 반납했다. 예술극장의 여배우 올리가 크니페르와 1901년 결혼하고, 3년 후 독일의 요양지 바덴바덴에서 세상을 떠났다.

귀여운 여인

직장에서 은퇴한 팔등관 플레만니코프
의 딸 올랜카는 자신의 집 안뜰로 내려가는 조그만 층계
에 앉아서 무엇인가 깊은 생각에 잠겨 있었다. 이때는 몹
시 더웠고 그리고 파리까지 성가시게 굴었다. 그러나 이
제 곧 밤이 찾아올 거라고 생각하니 마음이 놓이기도 하
였다.

건넛방에 세 들어 있는 쿠킨은 하늘을 한동안 바라보며
멍청히 서 있었다. 그는 야외극장 '치보리'의 경영자이면
서 연출가였다.

"또 시작하는군."
하고 그는 절망적인 어투로 중얼거렸다.

"또 비가 오는군. 날마다 비 비, 마치 누군가를 골려주는 것 같군! 이건 나에게 있어 사형 선고다! 파멸이다! 매일매일 발생하는 손해를 어떻게 한담!"

쿠킨은 두 손바닥으로 손뼉을 치면서 올랜카에게 한동안 넋두리를 늘어놓았다.

"올랜카 세묘노브나, 이것이 우리네들의 현실입니다. 정말 울고 싶은 심정입니다. 잠도 제대로 자지 않고 온몸을 바쳐서 좋은 작품을 만들려고 노력한 결과는 참으로 한심합니다. 손님들에게서 교양이라고는 찾아볼 수 없고 야만적입니다. 나는 힘이 닿는 한 최고의 오페레타와 환상극, 그리고 일류 배우들을 총동원하여 출연시키면, 과연 그것이 관객들에게 필요한 일인지 모르죠. 아마 그들은 이해도 못 할 것 같아요! 그들에게 필요한 것은 오직 구경거리입니다! 말하자면 저속한 광대극이나 보여주면 됩니다. 그리고 이 날씨를 보십시오! 거의 매일 밤 비가 내리고 있습니다. 5월 15일부터 내리기 시작하여 5월, 6월 계속해서 비가 내리지 않습니까? 이렇게 기가 막힌 일이 세상에 어디 있습니까! 관객들이 찾아오지 않아도 나는 세를 물어줘야 하고 배우들에게도 봉급을 줘야 하지 않습니까?"

다음날 저녁도 비구름이 여전히 몰려왔다. 쿠킨은 신

경질적으로 웃으면서 말하였다.

"좋아! 마음대로 퍼부우라지! 유원지가 모두 물에 잠기면 그만이지! 어차피 행운이란 없는 나이니까! 배우들이 나를 고소하려면 하라지! 이제는 재판도 겁나지 않아! 시베리아로 유형을 보내면 가면 되는 거야! 단두대라도 흔쾌히 올라가 주겠다! 핫핫핫핫!"

그 다음날도 비는 여전히 내렸다.

올랜카는 아무 말도 하지 않고 쿠킨의 말을 듣고 있으면서 가끔 눈가에 눈물이 번졌다. 쿠킨의 불행을 지켜보다 그녀는 마침내 그를 사랑하게 되었다.

쿠킨의 얼굴은 누르스름하고 홀쭉하면서 키가 작달막한 사나이였으며, 목소리는 약간 약하였고 그가 말할 때에는 언제나 입이 비뚤어지는 버릇이 있었다. 그리고 그의 얼굴에는 항상 절망의 표정이 어려 있었다. 하지만 그는 그녀의 마음속에 깊고 진실된 사랑을 심어 주었다.

올랜카는 이 세상에서 그 누군가를 사랑하지 않고서는 살아가지 못하는 여인이었다. 옛날에는 아버지를 사랑하였지만, 아버지는 지금 병이 들어 어두운 방의 안락의자에 앉은 채 괴로운 듯이 가쁜숨을 몰아쉬고 있었다. 언젠가는 숙모를 사랑하였으나 이 숙모는 2년 만에 한 번쯤

브란스코에서 이곳에 다니러 올 뿐이었다. 그보다도 훨씬 이전에는 여학교 때 프랑스어를 가르쳤던 선생님을 사랑한 적이 있었다.

올랜카는 몹시 마음씨가 곱고 동정심이 많은 부드러운 눈동자를 가진 아주 건강한 여인이었다.

그녀의 통통하면서 장밋빛같이 불그스레한 볼과 까만 사마귀 하나가 박힌 목덜미, 즐거운 이야기를 들을 때 언제나 얼굴에 떠오르는 순진하고 귀여운 미소를 바라보면 남자들은 "음 멋있는 여자야"하며 미소를 지었고 여자 손님들은 이야기 도중에 올랜카의 손을 덥석 잡으며 "몹시 귀엽군요" 하며 만족해하는 것이었다.

올랜카는 이 세상에 태어날 때부터 이 집에서 줄곧 살았으며 아버지의 유언대로 올랜카의 명의로 등기되어 있고 도심에서 약간 떨어진 집시 마을에 자리잡고 있었으며 치보리 야외극장은 거기서 얼마 떨어지지 않았다.

매일같이 저녁나절부터 밤이 늦도록 야외극장에서 연주되는 음악 소리와 불꽃놀이 소리가 들려왔다. 그 소리가 올랜카에게는 쿠킨이 자신의 운명과 처절하게 싸우면서 최대의 적, 말하자면 무관심한 관객에게 돌진하는 소리처럼 들렸다.

올랜카의 마음속에는 언제나 번민이 가득 차 있었으며, 쿠킨이 새벽녘에 돌아오면 그녀는 자기의 침실 창문 안

쪽에서 조용히 두드려 커튼 너머로 얼굴과 한쪽 어깨만을 드러내며 정다운 미소를 보내곤 했다.

쿠킨이 청혼하여 두 사람은 결혼하였다. 그녀의 예쁜 목덜미와 살이 포동포동한 올랜카의 어깨를 보았을 때 쿠킨은 손뼉을 치며 이렇게 말하였다.

"오, 당신은 귀여운 여인이오!"

쿠킨은 몹시 행복하였다. 그러나 결혼식날에도 저녁까지도 비가 내렸기 때문에 절망의 빛이 그의 얼굴에서 사라지지 않았다.

두 사람은 결혼하여 행복하게 살았다. 올랜카는 야외극장의 매표소에서 표를 팔기도 했으며, 야외극장 운영에 신경을 기울이기도 하며 극단의 지출을 장부에 기입하기도 하고 월급도 혼자 맡아서 처리하였다. 그녀의 그 불그스레한 장밋빛의 볼과 순진하고 귀여운 미소는 매표소의 작은 창문 안이나 무대의 뒤에도 언제든지 발견할 수 있었다. 그리고 올랜카는 자신의 친지들에게 이 세상에서 가장 훌륭하고 필요한 것은 연극이며, 진정한 즐거움과 교양, 그리고 휴머니즘을 가진 인간이 되려면 연극을 보지 않으면 안 된다고 설명하는 것이었다.

"하지만 관객들은 그것을 이해할 수 있을지 모르겠어요."

하고 올랜카는 말했다.

"관객들에게 필요한 것은 광대놀이에요! 어제 「파우스트」를 개작하여 올렸더니 객석이 텅 비어 있더군요. 만약에 바네치카와 내가 무언가 저속한 작품을 공연했더라면 초만원이었을 거예요. 내일은 바네치카와 내가 「지옥의 오르페우스」를 공연할 거예요. 꼭 좀 보러 오세요."

쿠킨이 연극이나 배우에 대해서 말하면 그녀는 그대로 극단의 단원들에게 곧장 그대로 전하는 것이었다. 관객들이 예술에 대해서 무관심하고 교양이 없는 것을 남편과 같은 어조로 설명하면서 무대 연습에 간섭하고 배우들의 연기를 지도하고 악사들을 단속하였다.

그녀는 지방 신문에 자신의 남편이 연출한 연극에 대하여 혹평이 게재되면 곧장 신문사를 찾아가서 항의하기도 했다.

배우들은 모두들 올랜카를 잘 따랐고 그녀를 "나의 바네치카" 또는 "귀여운 여인"이라고 불렀다. 올랜카 역시 배우들을 몹시 좋아하여 돈을 꾸어 주기도 하고 간혹 속는 일이 있어도 혼자서 눈물을 흘릴 뿐 남편에게는 절대로 말하지 않았다.

그해 겨울에도 즐거운 생활은 계속되었다. 겨울 동안 두 사람은 시내의 어느 극장을 임대하여 잠깐씩 우크라이나의 극단과 마술사들, 그리고 지방 소극단체에 다시 빌려주기도 하였다.

올랜카는 몸이 점점 불어났고 얼굴에도 화색이 돋기 시작하였다.
그러나 남편 쿠킨은 얼굴빛이 점점 노래지며 쇠약하기 시작했다. 남편은 겨울 동안 사업이 잘 됐으면서도 크게 손해를 보았다고 투덜거렸다. 그리고는 밤마다 기침을 했기 때문에 걱정이 된 올랜카는 좋은 약은 모두 해 주었다. 딸기와 보리수의 꽃을 달여 먹이기도 하고 오드콜로뉴를 발라주었고 부드러운 자기의 숄을 덮어 주기도 하였다.

"당신은 참으로 좋은 분이예요."

그녀는 진심으로 말하였다.

사순절(기독교의 부활절 직전 4일간의 금식 기간)에 쿠킨은 극단의 출연 교섭을 위해 모스크바로 떠났다.

올랜카는 남편이 집을 떠나자 잠을 이루지 못하고 창가에 앉아서 별을 바라보며 하루하루를 보냈다. 그리고는 자기 자신을 수탉이 없으면 불안해하는 암탉에 비교해 보기도 하였다. 쿠킨은 당분간 모스크바에 더 머물러 있게 되어 부활절까지는 돌아온다는 편지를 보냈다. 편지에는 치보리 유원지에 대한 지시가 자세하게 씌어 있었다.

부활절 일주일 전의 월요일 밤 늦게 갑자기 문을 두드리는 불길한 소리가 들려왔다. 대문을 누군가가 두드리고 있었는데 그 소리는 마치 나무통을 두들기는 소리와 같이 집 안에 울려퍼졌다. 식모가 잠결에 눈을 비비면서 맨발로 대문으로 달려갔다.

"문을 좀 열어 주십시오."

하며 누군가가 문 밖에서 굵직한 소리로 말했다.

"전보요, 전보."

올랜카는 전에도 몇 번인가 남편으로부터 전보를 받은 적이 있었지만 왜 그런지 이번만은 갑자기 정신이 아찔해지는 것 같았다. 그녀는 떨리는 손으로 전보를 폈다. 전보에는 다음과 같이 씌어 있었다.

이반 페트로비치, 오늘 갑자기 사망. 지급 회신 요망. 매장은 화요일.

전보는 대충 이런 내용이었지만 뜻을 모르는 구절이 많았다. 발신인은 극단의 무대 감독이었다.

"여보!"

하고 올랜카는 전보를 움켜쥐고 흐느껴 울었다,

"오, 그리운 바네치카, 왜 당신을 만났을끼? 왜 당신을 알게 되어 사랑하였을까? 당신에게 버림받고 이제 그 누구를 의지하고 살아가란 말이오! 이 불행한 올랜카를 왜 남겨두고 떠나 가셨어요."

쿠킨은 화요일에 모스크바의 묘지에 매장되었고 장례를 마친 올랜카는 수요일에 돌아왔다. 그녀는 자기의 방에 들어서자 침대에 몸을 던지고 큰소리로 통곡하였다.

"저, 귀여운 사람이 왜 저토록 비참하게 되었을까?"

하고 이웃사람들은 십자가를 그으면서 몹시 슬퍼했다.

"귀여운 올랜카가 몹시 슬퍼하고 있다."

그리고 삼개월이 지난 어느 날, 올랜카는 상복을 차림으로 교회에서 미사를 드리고 슬픈 모습으로 돌아오고 있었다. 그때 이웃에 사는 바실리 안드레이치 프스토발로프와 우연히 나란히 걷게 되었다. 이 사나이 역시 교회에서 돌아오는 길이었다. 그는 바바카예프라 상인의 재목 창고의 관리인이었다. 흰 조끼에 밀짚모자를 쓰고 금시곗줄을 드리운 그 모습은 상인이라기보다는 마치 지주와 같은 인상을 풍겼다.

"이 세상에는 운명이라는 것이 반드시 있습니다. 올랜카 세묘노브나."

그는 제법 의젓하게 말하였다.

"그러니 집안의 가까운 사람 중 누가 세상을 떠났다고 해도 그것은 반드시 하나님의 뜻이라고 생각해야만 합니다. 그러므로 우리는 마음을 굳게 가지고 조용히 따르고 인내해야 합니다."

그는 올랜카를 대문까지 정중하게 바래다주고 작별 인

사를 하고는 곧장 돌아갔다. 그 후 그녀의 귓전에는 하루 종일 그 사나이의 목소리가 맴돌았으며 그의 검은 턱수염이 눈에 아른거렸다.

그녀는 그를 몹시 좋아하게 되었다. 그리고 그 역시 올랜카에 대해 좋은 인상을 받았음이 확실하였다. 그것은 2, 3일이 지난 어느 날, 별로 친하지도 않은 중년 부인이 올랜카의 집으로 커피를 마시러 찾아와서 자리에 앉자마자 프스토발로프의 이야기를 꺼내면서, 그는 믿음직스러우며 그분이라면 어느 집 여인이라도 기쁘게 시집을 올 것이라느니 하면서 장황하게 이야기를 늘어놓는 것이었다.

3일 후에 프스토발로프가 직접 집에 찾아왔다. 그는 약 10여 분 동안 앉아 있으면서 몇 마디 하지 않고 돌아갔다. 하지만 이미 오래 전에 올랜카는 그를 사랑하고 있었다.

그녀는 그를 몹시 사랑하여 마치 열병에 걸린 사람처럼 몸이 달았다. 그녀는 아침이 되자마자 중년 부인에게 사람을 보냈다. 그런 일이 있은 지 얼마 후 그가 청혼하여 그들은 결혼식을 올렸다.

결혼한 올랜카와 프스토발로프는 행복하게 살아갔다.

남편은 보통 점심때까지 목재 창고에 있었고, 때로는 업무상의 일로 외출도 했다. 그러면 올랜카는 저녁때까지 남편을 대신하여 사무실에 앉아 계산서를 작성하기도 하고 물건을 내주기도 하였다.

"요즈음은 해마다 목재 값이 2할씩 올라서 말입니다."

하고 그녀는 목재를 사러 오는 사람들이나 친지들에게 말하였다.

"그런데 말이죠. 그 전에는 우리도 이 지방에서 나오는 목재를 팔았었지만 현재는 프스토발로프가 해마다 모길레프에 가서 직접 목재를 구입해 와야 합니다. 그 운임이 얼마나 비싼지 말입니다."

그녀는 몹시 놀란 표정으로 말하며 두 손으로 얼굴을 감쌌다.

"그 운임이 말입니다."

올랜카는 자신이 오래 전부터 목재상을 운영해 온 것처럼 말하였고 세상에서 제일 필요하고 중요한 것은 목재라는 생각을 가지게 되었다. 각재, 통나무, 판자. 서까래, 창살재, 대들보, 기둥……. 하는 말들이 그녀에게는 모두 정답게 들렸다.

그녀는 밤마다 산더미처럼 쌓인 판자나 서까래 더미의 꿈을 꾸었으며 교외로 나무를 싣고 나가는 긴 행렬, 또 길이가 8미터, 직경이 25센티미터나 되는 통나무가 곤두

서서 목재 창고로 들어오는 꿈도 꾸었으며, 통나무와 각
재와 판자가 서로 부딪히며 맑은 소리를 울리며 무너졌
다가 일어섰다가, 서로가 겹쳐 쌓여지는 꿈도 꾸었다. 올
랜카는 깜짝 놀라서 소리를 지르기도 하였다. 그러면 프
스토발로프는 아내를 위로하며 이렇게 말하는 것이었다.

"올랜카 왜 그래? 성호를 그어요."

남편의 생각은 곧 아내의 생각이었다. 방 안이 덥다거
나 요즈음 장사가 안 된다고 남편이 말하면 올랜카도 그
렇게 생각하였다. 남편은 어떤 오락도 즐기지 않았다. 그
리고 휴일에도 밖에 나가지 않았다. 올랜카도 역시 마찬
가지였다.

"언제나 집이나 사무실에서 일만 하시는군요."

간혹 친지들이 이렇게 말했다.

"연극이나 서커스 구경이라도 가시지 그래요……."

"남편과 저는 그런 데에 갈 시간이 없어요."

하고 올랜카는 거드름을 피우며 대답하는 것이었다.

"일이 바빠 여유가 없잖아요! 그렇게 시시한 연극이 뭐
가 그렇게 좋은지 모르겠어요!"

프스토발로프와 그녀는 토요일마다 교회의 저녁 기도
회에 참석했고, 주일에는 아침 미사에 나갔으며 교회에
서 돌아올 때에는 언제나 어깨를 나란히 하고 걸으면서
얼굴에 감동스런 표정을 짓곤 하였다. 그들은 언제나 행

복한 표정을 지었으며, 두 사람의 주위에는 항상 향기를 풍겼다. 올랜카의 비단옷은 상쾌한 소리를 내었다.

집에 돌아오면 그들은 버터 빵에 여러 종류의 잼을 발라 먹으면서 차를 마시고 과자를 먹었다. 매일 점심때가 되면 뜰과 문 밖 거리까지 야채 스프나 양고기와 오리고기를 굽는 냄새가 가득 풍겼으며, 금식날에는 생선 요리의 냄새를 가득 풍겨 이 집 주위를 지나가는 사람들의 식욕을 돋우게 하였다.

사무실에는 언제나 차가 끓고 있었으며 손님에게는 도넛과 차를 대접하였다. 그리고 일주일에 한 번씩 그들은 목욕탕을 찾아가서 목욕하고 상기된 표정으로 정답게 돌아오는 것이었다.

"네, 여러분 덕분에 잘 지내고 있어요."

올랜카는 친지들에게 이렇게 말하는 것이었다.

"모두 여러분의 염려의 덕택입니다. 모든 사람들이 우리들처럼 행복하게 산다면 아마도 세상은 평화스러울 것입니다."

프스토발로프가 오길레프 지방으로 목재를 구하러 떠나면 올랜카는 몹시 쓸쓸해하며 제대로 잠을 이루지 못하고 눈물로 밤을 지새곤 하였다.

저녁이 되면 가끔 젊은 사내가 놀러 오는 일이 있었다. 이 사내는 세상의 이야기도 들려주고, 트럼프 놀이도 함께 해 주어서 그녀로서는 큰 위안이 되었다. 특히 그의 가정 형편에 관한 이야기는 매우 흥미가 있었다.

스미루닌은 수의사이고 아내와 자식이 있으나 아내가 바람을 피워 헤어졌다는 것이다. 그는 지금도 아내를 미워하면서도 아들의 양육비로 매달 40루블씩 그녀에게 보내고 있다는 것이었다.

올랜카는 그 이야기를 들으면서 몇 차례나 한숨을 쉬고 머리를 흔들면서 몹시 마음아파하는 것이었다.

"조심하세요."

하고 올랜카는 촛불을 들고 수의사를 층계까지 전송하며 이렇게 말하는 것이었다.

"대단히 감사합니다. 마리아님의 축복을 빕니다."

그녀의 말씨는 남편을 닮아 위엄이 있는 말투로 변하였다. 그리하여 그녀는 아래층 문 밖을 나가려는 수의사를 불러세워 놓고 이렇게 말하였다.

"이봐요. 부리지밀 푸라토누이치 부인과 화해하셔야 해요. 아드님을 생각하셔서라도 부인을 용서해 주셔야 해요……. 아드님도 아마 사정을 잘 알고 있을 겁니다."

프스토발로프가 집에 돌아오자 올랜카는 수의사의 가정 형편을 자세하게 들려주며 함께 한숨을 쉬고 머리를 저으면서 그 어린 아이들은 틀림없이 아버지를 보고 싶어할 거라고 말하였다. 그러고 난 후 어떤 일인지 이들

부부는 이마가 마루에 닿도록 성상 앞에서서 수십 번씩 절하며 귀여운 자식을 자신들에게 주십사 하고 기도를 드리는 것이었다.

이렇게 프스토발로프 부부는 깊은 사랑으로 6년간을 행복하게 생활하였다. 그런데 어느 해 겨울 프스토발로프가 창고에서 뜨거운 차를 마시고 나서 인부들이 목재를 운반하는 것을 살피러 모자도 쓰지 않고 밖에 나갔다가 감기에 걸려 자리에 눕고 말았다.

유명한 의사들의 치료를 받았지만 프스토발로프의 병은 점점 심해져 넉 달 동안 앓다가 그만 세상을 떠났다. 그리하여 올랜카는 또다시 과부가 되었다.

"어떻게 날 버리고 가셨죠? 여보!"

그녀는 남편의 장례식장에서 울음을 터뜨렸다.

"이제 나는 이 세상에서 누굴 의지하고 살아가란 말이오. 비참한 나를 여러분들께서 돌봐주세요."

그녀는 이제 장갑을 끼거나 모자를 쓰는 일이 없었으며, 항상 검은 상복에 상장이 달린 차림으로 변한 올랜카는 교회에 가는 일과 남편의 묘지를 살피러 나가는 일 외에는 결코 집 밖에 나가는 일이 없었다. 올랜카는 마치 수녀 같은 생활을 하였다.

그녀는 6개월이 지나서야 비로소 상복을 벗고 집의 창문을 열어놓았다.

그리고 가끔 식모를 데리고, 오전중에 식료품을 사러 나가는 모습을 볼 수 있었지만 요즈음 올랜카는 어떻게 생활하며 집 안에서 무슨 일을 하는지 알 수 없었다. 예를 들면 자기 집 뜰에서 수의사와 차를 마시고 있다느니 또 수의사가 신문을 읽어 주는 것을 누가 보았다느니 하는 것이었는데 이런 추측은 올랜카가 우체국에서 어느 친척을 만나 이렇게 말한 것이 뒷받침해 주었다.

"이 고장에는 가축에 대한 올바른 관리가 되어 있지 않기 때문에 질병이 많이 발생하는 것입니다. 항상 사람들은 우유를 마시고 병이 났다든지, 말이나 소한테 전염이 되었다느니 말하지 않아요. 사람의 건강 못지않게 가축의 건강도 마음을 쓰지 않으면 안 돼요."

올랜카는 수의사의 생각을 점점 닮아 갔으며 지금은 모든 것이 수의사와 의견이 일치되는 것이었다.

사랑이 없이는 단 일 년도 살아갈 수 없는 올랜카가 자신의 집 아랫방에서 새 행복을 찾아낸 것은 지극히 당연한 것이었다.

올랜카가 아닌 다른 여자였다면 남들로부터 손가락질을 받았겠지만 그녀는 과부였기 때문에 그 어느 누구도 나쁘게 생각하는 사람이 없었으며 그녀의 인생으로서는 당연한 일이라고 생각되었다.

올랜카와 수의사는 자기들 사이에서 일어난 변화를 누

구한테도 말하지 않고 숨기려고 애를 썼지만 그것은 생각대로 잘 되지 않았다. 그 이유는 올랜카는 원래 비밀을 지키지 못하는 여인이었기 때문이다. 그에게 수의사의 친구들이 놀러 오면 올랜카는 차와 먹을 것을 내오면서 페스트나 결핵 등 가축들의 전염병 이야기와 시의 도축장 이야기를 꺼냈기 때문에 손님들이 돌아가면 수의사는 당황하여 올랜카의 손을 잡고 잔소리를 늘어놓는 것이었다.

"잘 알지도 못하는 일들은 이야기하지 말라고 부탁하지 않았소? 우리들 수의사끼리 이야기할 때에는 제발 방해하지 말아요."

그러면 그녀는 놀라움과 불안한 표정으로 되묻는 것이다.

"그러면 난 무슨 이야기를 하면 되죠?"

그리고 그녀는 눈물이 글썽이며 그에게 안겨 수의사에게 화내지 말라고 애원하는 것이었다. 두 사람은 행복하였다.

그러나 이런 행복도 오래 지속되지 못했다. 어느 날 수의사는 연대와 같이 이곳을 떠났다. 연대는 몹시 먼, 시베리아에 가까운 외진 곳으로 이동한 것이다. 그리하여 올랜카는 또 다시 혼자가 되었다. 이제 올랜카야말로 외톨이가 되어 버린 것이었다.

아버지는 이미 오래 전에 돌아
가셨고 아버지가 쓰시던 안락
의자는 먼지투성이가 되어
한쪽 다리가 부러진 채 다
락방에서 뒹굴고 있었다.

그녀는 몹시 여위고 거리에서 만나는 사람들
을 바라보거나 미소를 짓지 않았다. 분명 그녀의 한창 시
절은 이미 지나가 버렸으며 이제 뭔가 불안한 미지의 새
로운 인생이 시작된 것이다.

저녁때 안으로 향하는 조그마한 층계에 앉아 있으면 치
보리의 야외극장에서 울려퍼지는 음악과 불꽃놀이 소리
가 들렸지만 이제 그것들은 그녀에게 아무런 감흥을 불
러일으켜 주지 않았다.

텅 빈 안뜰을 바라보면 아무것도 생각이 나지 않았으며
밤이 깊어지면 꿈속에서도 텅 빈 안뜰이 다시 보이는 것
이었다. 그리고 먹거나 마시는 일마저 싫증이 나는 듯했
다.

그러나 그녀에게 가장 고뇌를 느끼게 한 것은 자기의
의견을 전혀 가질 수 없게 된 것이다.

그녀는 자기 주위에 있는 모든 사물을 볼 수 있었고 또
주위에서 일어나는 일들을 이해할 수는 있었지만 어떤
일에 대해서도 자신의 의견을 한데 모을 수가 없었으며

그리고 무슨 말을 해야 할는지 알 수 없었다.

아무런 의견도 표현할 수 없다는 것은 얼마나 무서운 일인가! 예를 들어 여기에 병이 놓여 있거나 비가 온다거나, 농부가 달구지를 타고 가거나 하는 모습을 보고 있으면서도 병이나 비가, 농부가 무슨 뜻을 가지고 있는가를 말할 수 없었다. 아마도 1,000 루불을 줄 테니 말하라고 해도 아무런 말도 하지 못했을 것이다. 만약 쿠킨이나 프스토발로프가 살아 있을 때였다면 모든 일에 대해서 올랜카는 자세하게 설명할 수 있었을 것이고, 그리고 어떤 일에 대해서도 자기의 의견을 명확하게 밝혔을 것이다. 하지만 지금 그녀의 머리나 가슴속은 그녀의 집 뜰처럼 몹시 공허하기만 하였다.

시가지는 약간씩 사방으로 퍼져 나갔다. 집시 마을은 이제 집시 거리로 이름이 바뀌고 치보리 야외극장과 목재창고가 있던 자리는 큰 건물들이 쭉 늘어섰고 여기저기에 골목들이 새로 생겼다. 참으로 빠른 세월이었다. 올랜카의 집은 연기에 그을러지고 지붕은 누추할 정도로 녹이 슬었다. 그리고 헛간은 한쪽으로 기울어졌고 안뜰에도 잡초와 가시나무가 무성했다. 올랜카 자신도 늙어 추하게 변해갔다. 여름에는 안뜰로 내려가는 층계에 홀로 앉아 있었으며, 겨울이 되면 창가에 앉아 눈이 내리는 것을 멍하니 바라보는 일들이 많았으며, 그녀의 마음은 여전히 허전하고 슬프기만 하였다.

봄바람이 불어 교회의 종소리를 바람이 싣고 오면 갑자기 지난날의 추억이 한꺼번에 밀려와 가슴이 조여들어 눈물을 흘렸다

그러나 그것도 순간적인 일에 지나지 않았고 또 다시 마음이 공허해지고 자신이 어떤 목적으로 세상을 살아가는지 알 수가 없었다.

브리스카라는 검은 고양이가 몸뚱이를 자신에게 비벼대며 재롱을 떨었으나 그런 고양이의 재롱도 그녀의 마음을 움직이지 못했다. 그런 것들이 올랜카에게는 무슨 필요가 있을까?

그녀에게 필요한 것은 자신의 모든 존재와 마음과 이성을 꼭 붙들어 주고 그녀에게 사상과 삶의 방향을 제시해 주며 노쇠해 가는 그녀를 한층 젊어지게 하는 사랑이었다. 그녀는 브리스카를 떼밀어 버리고 짜증을 내며 이렇게 말하는 것이다.

"저리 가, 저리로 가라니까……."

그녀에게는 이렇게 세월이 지나가는데도 아무런 기쁨이나 어떤 의견이 있을 까닭이 없었다. 식모인 아브라의 말이라면 무엇이든 다 좋다고 대답하는 것이었다.

무더운 7월의 어느 날 해가 막 질 무렵이었다.

거리에 가축 떼들이 지나가며 일으킨 먼지가 안뜰을 온

통 메우고 있을 때 갑자기 대문을 두드리는 소리가 크게 들렸다. 올랜카는 재빨리 나가서 문을 열었다. 그리고 그녀가 밖을 내다보는 순간 졸도할 뻔하였다. 문 밖에 서 있는 것은 이미 백발이 다 된 수의사 스미루닌이었다. 갑자기 모든 기억이 되살아난 올랜카는 울음을 터뜨리고 수의사의 가슴에 얼굴을 파묻고 말았다. 그리고 어떻게 집 안으로 들어와 식탁에 앉았는지 자신도 몰랐고 흥분하여

"당신이었군요!"

올랜카는 기쁨에 떨면서 중얼거렸다.

"브리지밀 푸라토이누이치! 어디서 어떻게!"

"여기서 살기로 했죠."

하고 수의사는 말하였다.

"사표를 내고 왔습니다. 나도 이제부터는 자유스런 몸이 되어 생활의 터전을 잡고 내 자신의 운명을 개척해 나가야죠. 그리고 아들 녀석도 중학교에 들어갈 나이가 되었고 또 사실은 아내와 화해도 했고요."

"부인은 지금 어디 계시죠?"

하고 올랜카가 물었다.

"아들과 함께 호텔에 있습니다. 나는 지금 셋방을 구하러 다니는 길입니다."

"아니 그렇다면 우리 집에 오시죠. 여기서는 살 수가 없겠어요? 그렇게 하셔요. 집세는 한 푼도 안 받을 테니……."

올랜카는 흥분하여 울음을 터뜨리는 것이었다.

"여기 이 방을 사용하시면 좋을 거예요. 나는 뜰 아래에 있는 방을 쓸 테니까요. 정말 기뻐요."

다음날 즉시 지붕에 붉은 페인트를, 벽은 흰 페인트를 칠하고 올랜카는 안뜰을 다니면서 일꾼들에게 일을 시키고 있었다.

그녀의 얼굴에는 옛날의 그 미소가 살아나기 시작했고 온몸에는 생기가 넘쳐흘러 활기를 띠었다. 그것은 마치 오랜 잠에서 깨어난 사람 같았다.

이윽고 수의사의 아내가 아들과 함께 이사를 왔다. 수의사의 부인은 여위고 못생긴 얼굴에 머리를 짧게 한 모습이 성미가 까다롭게 보였다. 함께 온 사샤라는 사내아이는 열 살의 나이에 비해 키가 작달막하고 뚱뚱한 편이었는데 맑고 파란 눈을 가졌으며 볼에는 오목한 보조개가 있었다. 안뜰에 들어오자 소년은 고양이를 뒤쫓아가더니 기쁨에 넘친 명랑한 웃음소리를 내며 이렇게 말하였다.

"아주머니네 고양이예요?"

소년은 올랜카에게 말했다.

"저 고양이가 새끼를 낳거든 한 마리 주세요. 우리 엄마는 쥐를 가장 싫어해요."

올랜카는 소년과 이야기를 하면서 차를 따라 주었는데 마치 그 아이가 자기 자신이 낳은 자식같이 가슴이 조여옴을 느꼈다. 그리고 그날 밤 소년이 식당에 앉아 공부하고 있는 것을 감동과 자애가 가득한 눈길로 흐뭇하게 바라보며 중얼거렸다.

"참으로 귀엽기도 해라. 어쩌면 저렇게 잘생겼지……. 영리하고 얌전하기도 하지!"

"섬이란?"

하며 소년은 책을 읽었다.

"육지의 한 부분으로 사방이 바다로 둘러싸인 것을 말한다."

"섬이란 육지의 한 부분으로……."

하고 올랜카는 따라 외우는 것이었다.

그것은 올랜카가 침묵과 공허한 상념 속에서 보낸 오랜 세월에서 처음으로 확신을 가지고 말한 첫번째 의견이었다.

자신의 의견을 이렇게 가지게 된 올랜카는 저녁 식탁에서 사샤의 부모를 상대로 최근의 중학 과정은 너무 어렵지만 그래도 그 전 교육이 참으로 우수하다. 왜 그런가 하면 중학교를 졸업하면 모든 면에서 길이 열려 있어 자신의 희망에 따라 의사나 기술자가 될 수 있다고 말하는 것이었다.

사샤는 중학교에 다니기 시작하였다. 소년의 어머니는 하리코프의 언니의 집에 가서 아직까지 집에 돌아오지 않았다.

그의 아버지는 매일 가축 검역 일로 집을 나가서 때로는 사나흘씩 집을 비우는 일이 많았다.

올랜카는 사샤가 주체스런 존재로 취급받고 마치 굶어 죽어가는 것처럼 느꼈다. 그녀는 소년을 자신이 거처하는 곳으로 옮긴 후, 작은 방을 하나 주고 살도록 하였다.

사샤가 올랜카의 방에서 산 지도 어느덧 반년이 되었다. 올랜카는 아침마다 소년의 방에 들어갔다. 소년은 한쪽 손을 얼굴에 얹고, 숨소리도 내지 않은 채 곤한 잠에 빠져 있었다. 그 모습을 바라보던 올랜카는 차마 깨울 수가 없었다.

"사샤야!"

올랜카는 나직이 말했다.

"피곤하지만 그만 일어나렴. 이제 학교에 갈 시간이야."

사샤는 일어나자 단정히 옷을 입고 기도를 드리고 도넛 두 개와 버터를 바른 빵을 먹었다.

아직도 잠이 덜 깨어서 기분이 상쾌하지는 않았다.

"너는 아직 우화를 외지 못했구나."

하고 올랜카는 말하면서 딱한 모습으로 사샤를 바라보았다.

"걱정이 되어 못견디겠지? 열심히 공부해야 해⋯⋯. 물론 선생님 말씀에 귀를 기울이는 것도 중요해."

"아주머니, 이제 제발 상관하지 마세요."

사샤는 이렇게 말하고 작은 몸집에 책가방을 메고 큰 모자를 쓴 채 거리로 나가 학교 쪽으로 걸어갔다. 그러면 올랜카는 그가 눈치 채지 못하게 사샤의 뒤를 따랐다.

"사샤!"

올랜카는 갑자기 사샤를 불렀다. 소년이 뒤돌아보자 올랜카는 다정한 눈길로 바라보며 소년에게 여러 가지의 과자를 주었다. 학교 가까이의 골목길에 이르면 소년은 키가 크고 뚱뚱한 여자가 따라오는게 부끄러운 듯 자꾸만 뒤를 돌아보며 말했다.

"아주머니, 제발 집에 돌아가세요. 저 혼자서도 갈 수 있어요."

그러자 올랜카는 더 이상 따르지 않고 그 자리에 멈춰서서 사샤의 멀어지는 모습을 지켜볼 수밖에 없었다. 아! 얼마나 소년을 사랑하고 있는 걸까! 지금까지 그녀가 이렇듯 깊은 애정에 사로잡힌 적은 한 번도 없었다.

올랜카의 마음속에 강한 모성애가 불타 이렇게 커다란 기쁨을 맛보게 한 일은 한 번도 없었다.

그리고 피가 섞이지 않은 사샤를 위해서라면, 두 볼의 보조개와 상기된 얼굴을 상상하면 이 소년을 위해 목숨까지 바칠 수 있을 것 같았다. 왜 그럴까? 그 까닭을 대체 그 누가 알 수 있을까!

사샤를 학교에 보내고 나서 그녀는 흐뭇한 마음으로 가슴속에 가득한 애정을 느끼며 조용히 집을 향하여 발길을 돌렸다.

이 반년 동안에 다시 젊어진 그녀의 얼굴에는 항상 밝은 미소가 떠나지 않았다. 마주치는 사람들은 그러한 그녀의 모습을 보고 기뻐서 말을 걸었다.

"안녕하세요. 귀여운 올랜카!"

"네."

"요즈음은 어떠세요?"

"아주 좋아요. 요즈음의 중학교 공부도 매우 어렵더군요."

올랜카는 이렇게 정답게 대답하는 것이었다. 그런가 하면 학교의 교사에 관한 일,. 수업에 관한 일 등 사샤로부터 들은 일들을 길게 늘어놓는 것이었다.

2시가 약간 지나자 그들은 같이 저녁을 먹고 저녁에는 사샤와 함께 그날 배운 공부를 하며 눈물을 찔끔찔끔 흘리는 것이었다. 시간이 지나면 소년을 잠재운 올랜카는 십자가를 그으며 오랫동안 기도를 드리고 나서 잠자리에 서 자신의 흐릿한 미래를 꿈꾸는 것이었다.

사샤가 대학을 졸업하면 의사나 기사가 되어서 커다란 저택에서 자가용 마차를 가지게 되고 결혼하여 아이가 생기겠지. 올랜카는 꾸벅꾸벅 졸면서 시간이 가는 줄 도 모르고 이러한 공상을 하고 있노라면 꼭 감은 눈에서는 눈물이 나와 뺨을 타고 흘러내렸다. 이 검은 고양이는 올 랜카의 옆에 누워 있었다.

"야아옹…… 야아옹…… "

그 순간 대문을 매우 크게, 다급하게 두드리는 소리가 밤의 적막을 깨뜨렸다.

올랜카는 급히 눈을 떴다. 공포에 질려 심장이 얼어붙 는 것만 같았다. 얼마간 조용한 것 같더니 다시 대문을 두드렸다.

'하리코프에서 전보가 왔을 것이다.'

이렇게 생각하자 그녀의 몸이 사시나무처럼 떨리기 시 작했다.

"분명 사샤의 어머니가 사샤를 하리코프에 보내라는 전보일 거야. 아, 이 일을 어찌하면 좋을까……."

올랜카는 깊은 절망에 빠졌다. 머리와 손발이 얼음장같 이 차가워지며 자신보다도 더 불행한 사람은 이 세상에

없을 거라고 생각했다. 그리고 얼마쯤 지니자 귀에 익은 소리가 들려왔다. 수의사가 일을 끝내고 돌아온 것이다.

"아! 다행이다. 나는 꼭……"

올랜카는 비로소 긴장이 풀리면서 안도의 한숨을 내쉬었다.

자신의 심장이 멈추는 것 같았던 느낌이 점점 사라지고 다시 마음이 평온해지자 다시 자리에 누워 사샤에 대해 생각했다.

사샤는 올랜카의 마음 따위는 아랑곳없다는 듯이 옆방에서 깊은 잠에 빠져 가끔,

"이 새끼! 저리 갓! 그러지 마, 제발!"

하고 잠꼬대를 하였다.

호손 나다니엘
(Hawthorne Nathaniel 1804~1864)

1804년 미국의 뉴잉글랜드 지방의 매사추세츠 주 세일럼 시에서 선장의 아들로 태어났다. 1637년부터 세일럼에 정착한 호손 가는 엄격한 청교도의 가풍을 이어왔다. 그가 작가가 된 계기는 부이딘 대학에서 수학할 때의 동급생인 롱펠로, F. 피어스와 우정을 쌓을 때부터 였다.

그는 대학을 졸업하자 고향인 세일럼으로 다시 돌아가 오로지 창작에만 전념하기 시작했다.

1837년, 〈트와이스 톨드 테일즈〉를 처음으로 출판하였고, 이 무렵에 소피아 피보디아와 약혼하였다. 1842년 보스턴에서 소피아와 결혼한 그는 콩코드의 옛 목사관에서 살며 행복한 가정 생활을 시작했다. 1846년에는 세일럼의 세관에 근무, 3년 뒤에는 정치의 변화로 실직하고 말았다. 〈주홍 글씨〉는 1850년에 발표하였는데 대단한 인기를 불러일으켰다. 1853년 대통령인 친구 피어스에 의해 리버풀 영사로 임명되었다. 그는 1986년 뉴 햄프셔를 여행중 한 여관에서 60세를 일기로 세상을 떠났다. 그의 작품으로는 〈트와이스 톨드 테일즈〉, 〈전기 이야기〉, 〈구 목사관의 이끼〉, 〈이끼〉, 〈눈사람〉, 〈젊은 굿맨 브라운〉, 〈상흔〉, 〈이던 브랜드〉 등이 있다.

큰 바위 얼굴

　어느 날 오후 해가 질 무렵, 어머니와 어린 아들은 자기네 오두막 문 앞에 앉아서 큰 바위 얼굴에 대해 이야기하고 있었다. 그 큰 바위 얼굴은 이곳에서 수 마일이나 떨어져 있었지만, 눈만 뜨면, 햇빛에 비치어 그 모양이 뚜렷하게 보였다.

　도대체 그 큰 바위 얼굴은 무엇일까?

　높은 산들에 둘러싸인 분지가 하나 있었는데 그곳은 넓은 골짜기로 많은 사람들이 살고 있었다. 그곳에 사는 순박한 사람들 중에는, 가파른 산허리의 빽빽한 수풀에 둘러싸인 곳에 통나무집을 짓고 사는 사람들도 있고, 또 골짜기로 내리뻗은 비탈이나 평탄한 곳에서 기름진 농사를 지으며 편하게 사는 사람들도 있으며, 또 한 곳에는 사람들이 조밀하게 모여서 마을을 이루고 살고 있었다. 거기에서는 높은 산악 지대로부터 내려오는 격류를 이용하여 방직 공장의 기계를 돌리고 있었다.

아무튼 이 골짜기에는 주민의 수도 몹시 많았고, 살림살이 모양도 가지가지였으나, 그들에게 한 가지 공통된 점은 모두가 그 큰 바위 얼굴에 대한 어떤 친밀감을 가지고 있다는 점이었다. 그 중에는 그 위대한 자연 현상에 대하여 유달리 감격해하는 사람들이 많았다.

그렇게 많은 사람들이 우러러보는 큰 바위 얼굴은, 자연이 장엄한 유희적 기분으로 빚은 작품으로, 깎아지른 듯한 절벽 위에 몇 개의 바위로 되어 있었다. 그리고 그 바위들이 잘 어울리게 모여 있어 적당한 거리에서 바라보면 확실히 사람의 얼굴과 똑같았다. 마치 굉장한 거인이나 타이탄이 절벽 위에 자기 자신의 얼굴을 조각한 것같이 보이는 것이었다.

넓은 아치형의 이마는 높이가 30여 미터나 되고, 갸름한 콧날에 넓은 입술, 만약에 그 입술이 말을 한다면, 천둥소리가 골짜기의 이 끝에서 저 끝에까지 울릴 것만

같았다. 아주 가까이 대하면, 그 거대한 얼굴의 윤곽은 없어지고, 무겁고 큰 바위들이 폐허에 서 있는 것처럼 아무렇게 포개져 놓인 것으로만 보일 것이다. 그러나 차츰 뒤로 물러서서 바라보면 그 신기한 모습이 점점 알아볼 수 있게 드러나고, 멀어질수록 더욱더 사람의 얼굴과 같아서, 그 본래의 거룩한 모습을 볼 수 있게 된다. 그리고 희미해질 만큼 멀어지면, 큰 바위 얼굴은 구름과 안개에 싸여 정말 살아 있는 것같이 보이는 것이었다.

이곳 아이들이 그 큰 바위 얼굴을 쳐다보며 자라난다는 것은 큰 행운이었다. 왜냐하면 그 얼굴은 생김생김이 몹시 숭고했고 웅장하면서도 그 표정 또한 다정스러워, 마치 그 애정으로 온 인류를 포용하고도 남을 것만 같았기 때문이었다.

그저 그것을 바라보는 것만으로도 큰 교육이 되었다. 여러 사람들이 믿는 바에 의하면, 이 골짜기의 땅이 기름진 것은, 구름을 찬란하게 꾸미고, 정다움을 햇빛 속에 펼치면서, 언제나 이 골짜기를 계속 내려다보고 있는 이 자비스러운 얼굴의 덕택이라는 것이었다.

우리가 이야기를 시작한 거와 같이, 어머니와 어린 소년은 오두막 문 앞에 앉아서, 큰 바위 얼굴을 쳐다보며, 그것에 대하여 이야기를 하고 있었다. 그 아이의 이름은 어니스트였다.

"어머니!"

하고 아이는 어머니를 불렀다. 그때, 그 타이탄과 같은 얼굴이 그에게 미소를 보내는 것만 같았다.

"저 큰 바위 얼굴이 말을 할 수 있었으면 얼마나 좋겠어요. 저렇게 친절해 보이니까, 목소리도 매우 듣기 좋겠지요? 만약에 제가 저런 얼굴을 가진 사람을 만난다면, 저는 정말 그를 끔찍이 좋아할 거예요."

"만약에 옛날 사람들의 예언이 실현된다면, 우리는 언제나 저와 똑같은 얼굴을 가진 사람을 볼 수 있을 것이다."

"어떤 예언인데요, 어머니? 어서 이야기해 주세요."

어니스트는 어머니에게 물었다. 어머니는 자신이 어니스트보다 더 어렸을 적에 어머니에게서 들은 이야기를 아들에게 말하기 시작하였다.

그것은 장차 일어날 일에 대한 이야기였다. 그러나 그것은 매우 오래 전부터 이 고장에 전하여 내려오는 이야기로서, 옛날에 이 골짜기에 살고 있던 아메리칸 인디언들도 그들의 조상들로부터 그 이야기를 들어왔다고 한다. 그 조상들의 말에 의하면, 그 이야기는 최초에, 산골짜기를 흐르는 시내가 종잘거리고, 나무 끝을 스치는 바람이 속삭여 주었다는 것이다. 그 이야기의 요지는, 장차 언제고 이 근처에 한 아이가 태어날 터인데, 그 아이는 반드시 뛰어난 인물이 될 운명을 타고날 것이며, 그 아이는 어른이 되어 감에 따라 얼굴이 점점 큰 바위 얼굴을 닮아 간다는 것이었다. 아직도 많은 늙은이들과 어린이들이 열렬한 희망과 변하지 않는 신념으로 이 오래 된 예언을 믿고 있다. 그러나 아무리 기다려도 그 얼굴을 가진 사람을 아직 만나지 못한 많은 사람들은 이 예언을 그저 허황된 이야기라고 단정했다. 아무튼 예언한 그 위대한 인물은 아직 이곳에 나타나지 않았다.

"어머니! 어머니!"

어니스트는 손뼉을 치며 외쳤다.

"제가 커서 그런 사람을 만나 보았으면……."

그의 어머니는 애정이 많고 생각이 깊어서, 자기 아들의 큰 희망을 깨뜨리지 않는 것이 현명한 일이라고 생각했다. 그래서 그는 아들에게,

"너는 반드시 그런 사람을 만날 것이다."

하고 반드시 말하였다.

그 뒤, 어니스트는 어머니가 들려주던 이야기를 언제나 잊어버리지 않았다. 그는 큰 바위 얼굴을 쳐다볼 때마다, 그의 마음속에는 어머니에게서 들은 이야기가 떠올랐다. 그는 그가 태어난 그 오두막에서 어린 시절을 보내는 동안, 늘 어머니의 말씀에 순종하였고, 어머니께서 하시는 모든 일을 조그마한 손으로, 그리고 사랑하는 마음으로

도왔다. 이리하여 행복스러운, 그러나 가끔 명상을 하는 이 어린아이는 점점 온순하고 겸손한 소년이 되어 갔다. 밭에서 일을 하기 때문에 햇볕에 검게 탔지만, 그의 얼굴에는 유명한 학교에서 교육을 받은 소년들보다 더 총명한 빛이 떠올랐다. 어니스트에게는 선생님이 없었다. 다만 하나의 선생님이 있다면, 그것은 바로 저 큰 바위 얼굴이었다. 어니스트는 하루의 일을 마치면, 몇 시간이고 그 바위를 계속 쳐다보는 것이었다. 그러면 마치 그 큰 얼굴이 자기를 알아보고, 자기를 격려하는 친절한 미소를 보내준다고 생각하였다. 물론, 그 큰 바위 얼굴이 어니스트에게만 더 친절하게 비칠 리는 없지만, 그렇다고 어린 어니스트의 생각이 틀렸다고만 할 수는 없었다.

사실 믿음이 깊고 순진한 그의 마음은 다른 사람들이 보지 못하는 것을 볼 수 있었으며, 모든 사람이 다 누릴 수 있는 큰 바위 얼굴의 사랑도, 자기만이 받고 있는 줄로 생각했던 것이다.

바로 이 무렵 이 분지 일대에는 마침내 옛날부터 전해 오던 말과 같이 큰 바위 얼굴처럼 생긴 위인이 나타났다는 소문이 돌았다. 여러 해 전에 한 젊은이가 이 골짜기를 떠나, 먼 항구로 가서 돈을 벌어 가게를 내었다. 그의 이름은 개더골드라고 했다. 빈틈없고 민활하고 하늘이 주신 뛰어난 재능, 즉 세상 사람들이 '재수'라고 부르는

행운을 타고나서 그는 대단한 상인이 되
었던 것이다.

　그가 가진 재산을 계산하는 데도
오랜 시일이 걸릴 만큼 큰 부자가
되었을 때, 그는 고향을 생각하게
되었다. 그리고 자기가 태어난 고
향에 돌아가서 여생을 마치겠다고
결심했다. 그렇게 생각하자, 그는 자
신이 살기에 적합한 집을 짓게 하려
고, 한 능숙한 목수를 고향으로 보
냈다.

　먼저 말한 바와 같이, 벌써 이 골짜기에는 개더골드야
말로 오래 전부터 기다렸던 예언의 인물이요, 그의 얼굴
은 틀림없이 큰 바위 얼굴 그대로라는 소문이 돌았다. 지
금까지 그의 아버지가 살고 있던 초라한 농가 집터에, 마
치 요술의 힘으로 꾸며 놓은 듯한 굉장한 건물이 선 것을
본 사람들은, 그 소문이 거짓 없는 사실일 것이라고 점점
더 믿게 되었다.

　어니스트는 예언의 인물이 드디어 그가 태어난 고향에
나타났다는 말을 듣고 마음이 몹시 설레였다. 그의 마음
은, 막대한 재산을 가진 개더골드가 곧 자선의 천사가 되
어, 큰 바위 얼굴의 미소와 같이 너그럽고 자비롭게 모든

사람들의 생활을 돌보아 줄 것이라고 생각했다.

그는 큰 바위 얼굴이 자기에게 답례하며, 친절하게 자기를 보아 주리라 상상하면서 계속 쳐다보고 있었다. 그때, 꾸불꾸불한 길을 따라서 빨리 달려오는 마차 바퀴 소리가 들렸다.

"야! 드디어 오신다."

그가 도착하는 광경을 보려고 모인 사람들이 외쳤다.

"개더골드 씨가 오셨다!"

네 마리의 말이 끄는 마차가 길모퉁이를 속력을 내어 달렸다. 마차 속에서 창 밖으로 조금 내민 것은 조그마한 늙은이의 얼굴이었다. 그의 피부는 마치 자기 자신의 손으로 빚어 만든 것 같은 누런빛이었다. 이마는 몹시 좁고, 매서운 눈가에는 수많은 잔주름이 잡혔으며, 얇은 입술은 꼭 다물어 더욱더 얇게 보였다.

"야! 큰 바위 얼굴과 똑같다!"

사람들은 일제히 소리를 질렀다.

"옛날 사람의 예언은 참말이다. 마침내 위인이 우리에게 오셨다!"

사람들이 그를 보고 예언의 얼굴과 똑같다고 믿는 데에는 어니스트는 정말 어리둥절하였다. 길가에는 때마침 먼 곳으로부터 흘러들어온 늙은 거지와 어린 거지들이 있었다. 이 불쌍한 거지는 마차가 지나갈 때에 손을 내밀고 슬픈 목소리로 애걸하였다. 누런 손, 이것이야말로 재물을 긁어모은 바로 그 손이었다. 그가 마차 밖으로 나오더니, 동전 몇 닢을 땅 위에 떨어뜨렸다. 그것을 볼 때, 이 위인을 개더골드라고 부르게 된 것도 그럴 듯하나, 스캐터코퍼라 불러도 그 별명은 똑같이 들어맞을 것 같았다. 그럼에도 불구하고, 많은 사람들은 큰 바위 얼굴과 똑같다고 소리쳤다.

그러나 어니스트는 실망하면서, 주름살이 많이 잡히고 욕심이 가득 찬 그 얼굴에서 고개를 돌렸다. 그리고 산허리를 쳐다보았다. 거기에는 맑고 빛나는 얼굴이, 모여드는 안개에 싸여, 막 지려는 햇빛을 받고 있었다. 그 모습은 그의 마음을 한없이 즐겁게 하였다. 그 덕이 있는 입술은 마치 무슨 말을 하는 것만 같았다.

"그 사람은 온다. 걱정하지 말아라. 그 사람은 반드시 온다!"

세월은 흘러갔다. 어니스트도 이제는 소년이 아니었다. 그는 젊은이가 되었다. 그는 이제까지 그 골짜기에서 사는 사람들의 주의를 끄는 일이 별로 없었다. 그도 그럴 것이, 그의 일상생활에는 유달리 빼어난 점이 없었던 것이다.

그가 남과 다른 점이 있다면, 하루의 일을 마치고 혼자서, 그 큰 바위 얼굴을 쳐다보며 명상을 하는 것이었다.

그것은 다른 사람들이 생각하기에는 바보 같은 짓이었다. 그러나 어니스트는 부지런하고 친절하며, 자기가 할 일은 반드시 하였으므로 누구도 그를 비난하지는 않았다. 많은 사람들은 그 큰 바위 얼굴이 그의 선생님이라는 것과, 큰 바위 얼굴에 나타난 감정이, 이 젊은이의 가슴을, 다른 사람의 그것보다 더 넓고 깊고 인정이 가득 차게 만든다는 것은 몰랐다. 그들은 그 큰 바위 얼굴이 책에서 배우는 일보다 더 많은 지혜를 주며, 또 그것을 쳐다봄으로써 다른 사람의 나쁜 행동을 경계하여, 현재의 생활보다 더 나은 생활이 앞으로 이루어지리라는 것을 몰랐다. 어니스트도 들 가운데에서, 또는 화롯가에서, 그리고 그가 혼자 깊이 생각하는 어느 곳에서나, 그렇게 자연스럽게 떠오르는 사상과 감정이, 사람들과의 접촉에서 일어나는 것보다 더 품격이 높은 것임을 몰랐다.

그의 어머니가 처음으로 예언을 일러주던 때와 다름없이 순박한 그는 골짜기를 내려다보고 있는 그 얼굴을 쳐다보며 큰 바위 얼굴과 똑같이 생긴 얼굴이 좀처럼 나타나지 않는 것을 아직도 이상스럽게 생각하였다.

이러는 동안에 개더골드는 세상을 떠났고 땅 속에 묻혔다. 이상한 일은, 그의 재산은 그의 생전에 사라져 버리고, 쭈글쭈글하고 누런 살갗으로 덮인 산 해골만이 그에게 남았다는 것이었다. 그의 황금이 녹아 스러지면서부터

누구나 다 인정하는 것은, 이 거덜이 난 상인의 천한 생김
새와 산 위에 있는 장엄한 큰 바위 얼굴 사이에는 서로 닮
은 점이라고는 아무것도 없다는 것이었다. 그래서 사람들
은 그가 살아 있을 적에 벌써 그를 존경하는 마음이 부쩍
사라졌고, 죽은 뒤에는 까맣게 그를 잊어버리고 말았다.

그런데 이 골짜기의 출신으로 몇 해 전에 군대에 들어
가 이제는 이름난 장군이 된 사람이 있었다. 본명은 무엇
인지 잘 모르나 병영이나 전쟁터에서는 올드 블러드 앤
드 선더라는 별명으로 알려져 있었다. 이 백전의 용사도
이제는 늙어 상처로 몸이 허약해지고, 군대 생활과 오랫
동안 귓속에 울려오던 북소리며 나팔소리에 그만 싫증이
나서 고향에 돌아가 휴식을 취하려는 자신의 희망을 발
표하였다.

그렇기 때문에, 골짜기의 흥분은 이루 말할 수 없었다.
그리고 많은 사람들이, 올드 블러드 앤드 선더 장군의 모
습을 보기 위해, 전에는 한 번도 거들떠보지 않던 큰 바
위 얼굴을 쳐다보며 시간을 보냈다.

큰 잔치가 벌어지던 날, 어니스트는 골짜기의 사람들과
함께 일자리를 떠나, 숲 속의 잔치가 마련되어 있는 곳으
로 갔다.

어니스트는 발돋움하여, 이 이름난 큰 손님을 먼 빛으

로라도 보려고 하였다. 그러나 많은 사람들은 축사와 연설과, 장군의 입에서 흘러나올 답사를 한 마디도 빠뜨리지 않으려는 듯이 식탁 주위에 몰려들었고, 그를 따라온 군대는 호위병의 임무를 다하느라고 총검으로 사람들을 무지하게 떼밀었다. 원래 성품이 겸손한 어니스트는 뒤로 밀려, 그의 얼굴을 볼 수가 없었고. 그는 자신을 위로하려고 큰 바위 얼굴이 있는 쪽으로 향하였다. 그는 전과 다름없이 성실해 보이고, 오랫동안 마음속에 품고 있던 친구를 대하듯 다정히 그를 마주 보고 미소를 띠는 것이었다. 이때, 이 영웅의 얼굴과 멀리 산허리 위에 있는 큰 바위 얼굴을 비교해 보는 여러 사람들의 말이 들렸다.

"야! 똑같은 얼굴이다!"

한 사람이 기뻐 날뛰면서 외쳤다.

"바로 그 얼굴이야!"

또 다른 사람이 맞장구를 쳤다..

"맞아! 똑같은걸."

하고 셋째 사람이 외쳤다.

"그렇고 말고! 장군이야말로 가장 위대한 인물이거든."

그러고는 이 세 사람이 함께 높이 소리쳤다. 그것이 군중에게 순식간에 전파처럼 퍼져서 수천 명의 입으로부터 고함소리를 일으키고, 그 고함소리는 산중 수 마일을 울려퍼져, 큰 바위 얼굴이 천둥 같은 숨결로 고함을 지른 것이 아닌가 하고 의심할 정도였다.

"장군이다!"

마침내 사람들의 고함소리가 들려왔다.

"쉬, 모두들 조용히! 장군이 연설하신다."

이윽고 식사가 끝나고, 많은 사람들의 박수갈채 속에 그의 건강을 위한 축배가 끝나자 장군은 감사의 뜻을 표하기 위하여 자리에서 일어섰다. 어니스트는 그를 쳐다보았다. 그의 머리 위에는 월계수가 얽힌 푸른 나뭇가지가 아치를 이루고, 깃발은 그의 이마에 그늘을 지어 축 늘어져 있었다. 그리고 또 숲이 탁 트인 곳으로 큰 바위 얼굴도 볼 수 있었다. 그러면 이들 사이에는 여러 사람들이 증언한 바와 같이 정말로 같은 점이 있었던 것일까? 어니스트는 그러한 점을 찾아낼 수가 없었다. 그는 갖은 풍상에 찌든 얼굴을 유심히 바라보았다. 그 얼굴에는 정력이 넘쳐흐르고, 굳은 의지가 나타나 있었다. 그러나 선량한 지혜와 깊고 넓은 자비심은 그 어느 곳에서도 찾아볼 수가 없었다. 큰 바위 얼굴은 준엄한 표정을 짓고 있다 하더라도, 한편에는 분명히 더 온화한 빛이 있어서 그 표정을 눅이고 있었다.

"저 사람은 예언의 인물이 아니다."

어니스트는 군중 사이를 빠져나가면서, 혼자 한숨을 내쉬었다,

"아직도 더 기다려야 한단 말인가?"

몇 년이 평온한 가운데 흘러갔다. 어니스트는 아직도 그가 태어난 골짜기에 살고 있었고, 이제는 이미 중년의 남자가 되었다. 그리고 차차 사람들 사이에 알려지게 되었다. 그는 지금도 예전과 같이 생계를 위해 일하는, 여전히 순박한 마음을 지니고 있었다.

그러나 그는 여러 가지 많은 일을 생각하기도 하고 느끼기도 하였고, 자신의 일생의 가장 좋은 시절의 대부분을 인류를 위해 훌륭한 일을 해 보겠다는 신성한 희망으로 보냈었다.

어느덧 자기도 모르는 사이에 그는 전도사가 되었다. 그의 맑고 높고 순박한 사상은, 소리 없이 그의 행동으로 나타나기도 하였으나, 그것은 또 그의 설교를 통하여 흘러나오는 것이었다. 그는 설교를 듣는 사람으로 하여금 깊은 감명을 받고 새로운 생활을 할 수 있는 진리를 토했다. 청중들은 바로 자기네의 이웃사람이요 친근한 벗인 어니스트가 보통 사람이 아니라고는 생각조차 해 본 일이 없었을 것이다. 더욱이 어니스트 자신은 꿈에도 그런 생각을 품지 않았다. 그러나 그는 한결같이 그의 입에서

는 아직까지 그 어느 누구도 말하지 못한 사상이 술술 흘러나오는 것이었다.

시간이 흘러 사람들의 마음이 냉정해지자, 그들은 올드 블러드 앤드 선더 장군의 험상궂은 얼굴과 산 위에 있는 자비로운 얼굴과는 비슷한 점이 없다는 것을 알게 되었다. 그러나 또다시 큰 바위 얼굴과 똑같은 얼굴이, 어떤 저명한 정치가가 나타났다는 소식이 들려오고, 마침내 신문에 그것을 확인하는 많은 기사가 실렸다.

그는 개더골드 씨나 올드 블러드 앤드 선더 씨와 마찬가지로, 이 골짜기에서 태어났으나 일찍이 고향을 떠나 법률과 정치에 종사하여 왔었다. 그는 오직 한 개의 혀를 가졌을 뿐이었으나 그것은 앞의 두 사람보다 더 강력한 것이었다. 그의 말은 놀랄 만큼 유창하여, 청중들은 그의 말을 믿지 않을 수 없게 되어, 그른 것도 옳게 보고, 정당한 것도 그르게 여기게 되었다. 그 이유는 만일 마음이 내키기만 하면, 그는 오로지 그의 숨결만으로 엄청난 안개를 일으켜, 대자연의 햇빛을 무색하게 할 수도 있는 것이었다. 그의 말은 때로는 천둥과 같이 울리기도 하고, 때로는 달콤한 음악 소리와도 같이 속삭이기도 하였다. 그것은 격전의 질풍이었고 평화의 노래였다. 그는 마치 그 혓속에 심장을 지니고 있는 듯하였다. 실로 놀라운 사람이었다. 그의 혀로 하여금 상상할 수 있는 한 모든 성공을 가져오게 했을 때 그의 혀가 말하는 소리가 각 주의 정부와 여러 군주의 조정에 울리고 그리하여 방방곡곡에 외치는 목소리로서, 온 세계에 그의 명성이 떨치게 된 뒤에 마침내 그의 혀는 온 국민으로 하여금 그를 대통령으로 선출하도록 설득시켜고야 말았다. 이보다 앞서 그의 이름이 세상에 알려지기 시작하자, 그의 숭배자들은 그와 큰 바위 얼굴과의 사이에 비슷한 모습을 찾아내었다.

이 신사는 올드 스토니 피즈라는 이름으로 전국에 알려지게 되었다.

친구들이 그를 대통령으로 추대하려고 온갖 힘을 쏟고 있을 때, 그는 고향인 이 골짜기를 방문하려고 출발하였다.

기마 행렬은 주 경계선에서 그를 맞으려고 출발하였다. 그리고 모든 사람들은 길가에 모여, 그가 지나가는 것을 보려고 모여들었다. 그 사람들 속에는 어니스트도 있었다.

기마 행렬은 달려왔다. 먼지가 뽀얗게 일어 어니스트는 그 사람의 얼굴을 자세히 볼 수가 없었다. 그리고 악대가 연주하는 감격적인 음악의 우렁찬 반향이 골짜기에 퍼져, 골짜기 구석마다 그를 환영하는 소리로 가득 찼다. 그러나 가장 웅대한 광경은 멀리 솟은 절벽이 그 음악을 되울리는 것이었다.

사람들은 모자를 벗어 위로 던지며 소리를 쳤다. 그 열기는 사람들의 마음에서 마음으로 전달되었고, 어니스트

의 가슴에도 불이 붙었다. 그도 모자를 위로 던지며

"올드 스토니 피즈 만세!"

하고 외쳤다. 그러나 아직도 그 사람을 보지는 못하였다.

"마침내 왔다!"

어니스트 가까이 서 있던 사람들이 외쳤다.

"저기, 올드 스토니 피즈를 보라. 그리고 저 산 위의 얼굴을 보라. 마치 쌍둥이 같지 않느냐?"

화려한 행렬 한가운데에, 네 마리의 흰 말이 끄는 뚜껑 없는 사륜 마차가 왔다. 그 수레 안에는 모자를 벗어 든 정치가 올드 스토니 피즈가 앉아 있었다.

"어때? 참으로 희한하지!"

어니스트의 옆에 있던 사람이 그에게 말했다.

큰 바위 얼굴은 이제서야 제 짝을 만났다. 마차에서 고개를 끄덕이며 미소를 띠고 있는 얼굴을 처음으로 보았을 때, 어니스트는 산 위에 있는 큰 바위 얼굴과 비슷하다고 생각하였다. 훤하게 벗어진 큰 이마며, 그 밖에 얼굴이 참으로 대담하고 힘이 있게 보여, 마치 타이탄처럼 만들어진 것 같았다.

그러나 그 산중턱의 얼굴을 빛나게 하여 그 육중한 화강석 물체를 정신적으로 장엄이나 위풍이나, 신과 같은 사랑이 가득한 위대한 표정은 찾아볼 수 없었다. 처음부터 무언가가 모자
라거나, 그렇지 않으면 있던 것이 없어
져 버린 것 같았다. 이 놀랄 만한 성품
을 지닌 정치가의 눈시울에는 지친 우울
한 빛이 깃들여 있었다.

　그러나 어니스트의 곁에 있던 사람은 팔꿈치로 그를 쿡
쿡 찌르면서 그의 대답을 재촉하였다.

　"어때? 이 사람이야말로 저 산중턱의 얼굴과 똑같지 않아?"

　"아니오!"

　어니스트는 무뚝뚝하게 말했다.

　"아니, 조금도 닮지 않았소."

　"그렇다면, 저 큰 바위 얼굴에게 미안한데."

　이렇게 대답하고, 곁에 있던 사람은 올드 스토니 피즈
를 위하여 다시 환호성을 올렸다.

　어니스트는 우울한 마음으로 그곳을 떠났다. 예언을 실
현시킬 수 있는 사람이 그렇게 할 뜻이 없는 것같이 보였
기 때문에 그는 몹시 슬펐다.

　세월은 덧없이 지나갔다. 그리고 이제는 어니스트의 머
리에도 흰머리가 돋았다. 이마에는 주름살이 잡히고, 양
쪽 뺨에는 고랑이 생겼다. 그는 이제 정말 늙은이가 되었
다. 그러나 헛되이 나이만 먹은 것은 아니었다. 머리 위
의 백발보다 더 많은 현명한 생각이 머릿속에 깃들여 있

고, 이마와 뺨의 주름살에는 인생행로에서 갖은 시련을 겪은 온갖 슬기가 담겨 있었다. 어니스트는 이미 이름 없는 존재가 아니었다. 수많은 사람들이 그를 찾아왔고, 그의 이름은 그가 살고 있는 산골을 넘어 마침내 세상에 널리 알려지게 되었다.

어니스트가 이와같이 늙어 가고 있을 무렵에, 인자하신 하느님의 섭리로 새로운 시인 한 사람이 세상에 나타나게 되었다. 그도 역시 이 골짜기에서 태어난 사람이었다. 그러나 고향을 멀리 떠나, 일생의 대부분을 도시에서 아름다운 음률을 쏟아 놓고 있었다. 또 그는, 큰 바위 얼굴의 웅대한 입으로 읊어도 부끄럽지 않을 만큼 장엄한 송가로 그 바위를 찬양한 적도 있었다. 그는 훌륭한 재능을 몸에 지니고 하늘에서 이 세상에 내려온 것이라고도 할 수 있었다. 그가 산을 읊으면, 모든 사람들은 한층 더 장엄함이 그 산허리에, 또는 그 산꼭대기에 나타나는 것을 보았다. 그가 아름다운 호수를 노래하면, 하늘은 미소를 던져, 그 호수 위를 영원히 비추려 하였다. 망망한 바다를 읊으면, 그 깊고 무서운 가슴이 그의 정서에 감격하여 약동하는 듯이 보였다. 이 시인의 눈으로 세상을 축복하자, 온 세상은 과거와는 다른 더 훌륭한 모습을 가지게 되었다. 조물주는 자기가 손수 창조한 세계에 마지막으로 그를 내려보냈던 것이었다. 그 시인이 와서 해석하고 조물주의 창조를 완성시킬 때까지는 천지 창조는 완성된 것이 아닌 것 같았다.

이 시인의 노래는 마침내 어니스트의 손에까지 들어가게 되었다. 그는 늘 일이 끝난 뒤에, 자기 집 문 앞에 놓인 긴 의자에 앉아서, 그 시가들을 읽었다. 그 자리는 오랫동안 그가 큰 바위 얼굴을 바라보며 깊은 사색에 잠기는 곳이었다.

그는 자신의 영혼에 깊은 충격을 주는 그 시가들을 읽고, 그는 눈을 들어, 인자하게 자기를 내려다보고 있는 큰 바위 얼굴을 쳐다보았다.

"오, 참으로 장엄한 벗이여!"

그는 큰 바위 얼굴을 보고 중얼거렸다.

"이 사람이야말로 그대를 닮을 자격이 있는 사람이 아닙니까?"

그 얼굴은 미소짓는 것 같았으나, 아무런 대답이 없었다.

한편, 이 시인은 어니스트의 소문을 들었을 뿐만 아니라, 그의 인격을 사모한 나머지, 순수한 지혜와 그의 생활의 고결한 순수성이 일치되어 있는 그를 몹시 만나고 싶어하였다. 그래서 어느 여름날 아침에 기차를 타고, 어니스트의 집에서 그리 멀지 않은 곳에서 내렸다. 전에 개더골드의 집이었던 호텔이 바로 옆에 있었지만, 그는 손가방을 든 채 어니스트의 집을 찾아가서, 거기서 묵으려고 생각하였다.

그는 문 앞에 가까이 다가가서, 점잖은 노인이 책을 한 손에 들고 읽다가는 그 책갈피에 손가락을 끼운 채 큰 바위 얼굴을 쳐다보고 또 책을 들여다보고 하는 것을 보았다.

"안녕하십니까? 지나가는 나그네입니다. 하룻밤 머물러 갈 수 있겠습니까?"

하고 그 시인은 말을 건넸다.

"네, 그렇게 하시오."

하고 그는 웃으면서,

"저 큰 바위 얼굴이 저렇게 다정한 얼굴로 손님을 맞이하는 것을 본 일이 없는데요."

하고 말하였다. 시인은 어니스트 옆에 앉아서, 이야기를 주고 받기 시작하였다. 시인은 전에도 지혜로운 사람들과 이야기해 본 일이 있었으나, 어니스트와 같이 자유 자재로 사상과 감정이 우러나오고, 소박한 말솜씨로 위대한 진리를 매우 알기 쉽게 말하는 사람은 본 적이 없었다.

시인의 이야기에 귀를 기울이고 있던 어니스트에게는 큰 바위 얼굴이 몸을 앞으로 내밀고 귀를 기울이는 것만 같았다. 그는 열심히 시인의 눈을 들여다보았다.

"손님께서는 비범한 재주를 가지셨는데, 뉘십니까?"
하고 어니스트는 물었다. 시인은 어니스트가 읽고 있던
책을 가리키며,

"지금 당신께서는 이 책을 읽으셨지요? 그러면 저를 아
실 것입니다. 제가 바로 이 책을 지은 사람입니다."
하고 그는 대답하였다.

어니스트는 다시 한 번 그 시인의 모습을 유심히 살폈
다. 그리고 그 큰 바위 얼굴을 쳐다보고는, 이상하다는
표정으로 다시 한 번 손님을 쳐다보았다. 그러나 그의 얼
굴에는 실망의 빛이 떠올랐다. 그는 머리를 흔들며 한숨
을 쉬었다.

"왜 슬퍼하십니까?'
하고 시인은 그에게 물어 보았다.

"저는 일생 동안 예언이 실현되기를 몹시 기다리고 있
었습니다. 제가 이 시를 읽을 적에, 이 시를 지은 분이야
말로 그 예언을 반드시 실현시켜 줄 분이 아닐까 하고 생
각했습니다."
하고 그는 대답하였다. 시인은 얼굴에 약간 미소를 띠면
서

"선생께서는 저에게서 저 큰 바위 얼굴과 흡사한 점을
찾기를 원하셨다는 말씀이지요? 그런데 지금 보니 개더

골드나, 올드 블러드 앤드 선더나, 올드 스토니 피즈와 마찬가지로, 저에게 실망했단 말씀이지요? 그렇습니다. 저는 그 정도밖에 안 됩니다. 저 역시 앞서 나타난 세 사람들과 같이, 당신에게 또 하나의 실망을 드렸을 뿐입니다. 몹시 부끄럽고 슬픈 이야기입니다만, 저는 저기 있는 인자하고 장엄한 얼굴에 비할 가치가 없는 인간입니다." 하였다.

"여기에 담긴 생각이 신성하지 않단 말씀입니까?"
하고, 어니스트는 시집을 가리키며 말하자, 시인은

"그 시에는 신의 뜻을 전하는 바가 있습니다. 하늘나라의 노래의 먼 반향쯤은 들릴 것입니다. 어니스트 씨여! 그러나 나의 생활은 나의 사상과 일치되지 못하였습니다. 나 역시 큰 꿈을 가졌었습니다. 그러나 그것들은 한낱 꿈으로 그치고, 나는 빈약하고 천한 현실 속에서 살기를 택하였고, 그렇게 살아왔습니다. 때로는, 나의 작품들이 자연 속에, 또는 인생 속에 그 존재를 더 확실히 나타냈다고 하는 장엄과 미, 그리고 선이라든지에 대하여 나 자신이 신념을 가지지 못하는 일도 있었습니다. 그러니 순수한 선과 진실을 찾으려는 당신의 눈이 저 큰 바위 얼굴을 닮은 사람을 찾을 수가 있겠습니까?"
하고 슬프게 대답하였다. 그의 두 눈에는 눈물이 맺혀 있었다. 어니스트의 눈에도 눈물이 괴었다.

해가 질 무렵에, 오래 전부터 해 온 관례대로, 어니스트는 야외에서 동네 사람들에게 이야기하기로 되어 있었다. 그와 시인은 아직도 이야기를 주고 받으며, 그곳으로 걸어갔다. 그곳은 나지막한 산으로 둘러싸인 작은 구석진 곳이었다. 뒤에는 회색 절벽이 솟아 있고, 앞으로는 많은 담쟁이 덩굴들이 무성하여 줄기줄기 덩굴이 내려와서 험상궂은 바위를 마치 비단 휘장처럼 덮고 있었다. 그곳은 평지보다 약간 높게 푸른 나뭇잎으로 둘러싸인 아늑한 곳이었으니, 그곳은 한 사람이 들어가서 자신의 진심으로부터 우러나오는 몸짓을 하며 이야기할 수 있을 정도의 공간이었다. 어니스트는 이 자연적인 연단에 올라가서, 다정한 웃음을 띠며 청중을 돌아다보았다. 그들은 저마다 편안 자세를 취하고 있었다. 서산에 기울어져 가는 해는 그들의 모습을 비춰 주고, 햇빛이 잘 통하지 않는 고목이 울창한 숲 속에 명랑한 빛을 던져주고 있었다. 또 한쪽을 바라보면, 그 큰 바위 얼굴이 예나 다름없이 장엄하면서도 인자한 모습으로 보였다.

　어니스트는 청중들에게 이야기하기 시작하였다. 그의 말은 자신의 사상과 일치되어 있었으므로 힘이 있었고, 자신의 사상은 자기의 일상생활과 잘 조화되어 있었으므로 현실성과 깊이가 있었다. 그가 하는 말은 단순한 소리가 아니요, 생명의 부르짖음이었다. 그 속에는 착한 행위와 신성한 사랑으로 된 그의 일생이 융해되어 있었기 때문이었다. 마치 윤택하고 순결한 진주가 그의 귀중한 생명수 속에 녹아들어간 것 같았다. 그의 이야기에 귀를 기울이고 있던 시인은, 어니스트의 인품이 자기가 쓴 어느 시보다 더 고결한 시라고 느꼈다. 그는 그 존엄한 사람을 우러러보았다. 그리고 그 온화하고 다정하고 사려 깊은 얼굴에 백발이 흩어져 있는 그 모습이야말로 성자다운 모습이라고 혼자서 생각하였다. 저쪽 멀리 그러나 뚜렷이, 넘어가는 태양의 황금빛 속에 높이 큰 바위 얼굴이 보였다. 그 주위를 둘러싼 흰 구름은 마치 어니스트의 이마를 덮고 있는 백발과도 같았다. 그 넓고 자비로운 모습은 마치 온 세상을 포용하는 듯하였다.

그 순간, 어니스트의 얼굴은 그가 말하려던 생각과 하나가 되어 자비로운 장엄한 표정을 지었다. 그 시인은 참을 수 없는 충동으로 팔을 높이 들고 외쳤다.

"여러분, 어니스트 씨야말로 큰 바위 얼굴과 똑같습니다."

모든 사람들은 일제히 어니스트를 쳐다보았다. 그리고 그 시인의 말이 사실인 것을 알았다. 마침내 예언은 실현되었다. 그러나 할 말을 다 마친 어니스트는 시인의 팔을 잡고 천천히 집으로 돌아가면서, 아직도 자기보다 더 현명하고 착한 사람이 큰 바위 얼굴 같은 모습으로 나타나기를 마음속으로 간절히 바라는 것이었다.

하디
(Hardy, Thomas 1840~1928)

1840년 석공(石工)의 아들로 잉글랜드 도싯주 어퍼보컴프턴에서 출생. 1856년 도체스터 건축기사의 제자가 되었고, 1862년 런던의 건축사무소에 들어갔다. 건축 공부하는 틈틈이 소설을 쓴 것이 당시 문단의 대가 G.메레디스에게 인정받았고, 그의 권유로 처녀장편 〈최후의 수단〉(1871)을 발표하였다. 그 후 〈녹음 아래에서

〉(1872), 〈푸른 눈동자〉(1873), 〈광란의 무리를 떠나서
〉(1874)로 호평을 받고, 작가로서의 지위가 확립되었다.
1874년 결혼하고, 손수 지은 도체스터의 저택에 옮겨 살
았다.

그의 소설의 대표작으로는 〈귀향〉(1878), 〈캐스터브리
지의 시장〉(1886), 〈테스〉(1891), 〈미천한 사람 주드
〉(1895) 등 많은 장·단편 소설을 남겼다. 그의 작품은
인간의 의지와 그것을 비극적으로 짓밟아 뭉개는 운명과
의 상극(相剋)을 테마로 한 비극으로, 그리스 비극·셰익
스피어 비극과도 비교할 만하다고 할 수 있다.

더 나아가 19세기 말 영국 사회의 인습, 편협한 종교인
의 태도를 용감히 공격하고, 남녀간의 사랑을 성적(性的)
인 면에서 대담하게 폭로하였기 때문에 당시의 도덕가들
로부터 맹렬한 비난을 받고, 마침내 〈미천한 사람 주드〉
를 끝으로 장편소설 집필을 단념하였다. 그러나 그 후 나
폴레옹 시대를 무대로 그의 사상을 모두 기울인 장편 대
서사시극(大敍事詩劇) 〈패왕(覇王)〉(3부작, 1903~1908)
을 발표하는 등 그의 창작활동은 그칠 줄 몰랐다. 1910년
메리크훈장을 받았으며 1912년 아내와 사별하고, 2년 후
조수로 있던 여성과 재혼, 그의 만년은 영국 문단의 원로
로 자타가 공인하는 존재가 되었다.

아내

어느 일요일. 해가 막 저물어가는 헤이븐풀에 있는 성 제임스 교회 안도 이제 점점 어두워지기 시작하였다. 교회는 예배가 막 끝났으므로 강단 위에 선 목사는 두 팔에 얼굴을 파묻고 있었고, 많은 신도들은 예배를 마치고 한결 가벼워진 마음으로 교회를 나가려고 막 자리에서 일어나고 있었다. 교회 안은 몹시 조용하였으므로 방파제 밖에서 들려오는 바다의 물결 소리까지도 또렷하게 귀에 들려올 정도였다. 그러나 이 얼마간의 고요함은 곧 어떤 발자국 소리에 의해 깨어지고 말았다. 그것은 이 교회의 집사가 신도들이 나갈 수 있도록 교회 서쪽 문을 열기 위해 걸어갔기 때문이다.

그러나 집사가 미처 문에 도착하기 불쑥 전에 밖에서 갑자기 문이 열리더니 햇빛을 등진 한 사나이의 검은 그림자가 나타났다. 그러자 깜짝 놀란 집사는 얼른 옆으로 비켜섰다. 선원 차림을 한 그 사나이는 조용히 문을 닫더니 신도들이 앉아 있는 자리를 지나 목사가 있는 강단을 오르는 계단 앞까지 뚜벅뚜벅 걸어와서는 멈춰 섰다.

목사는 신도들을 위한 기도를 올렸고 자기 자신과 교회를 위한 기도도 이미 끝마쳤다. 목사는 이 검은 사나이를 똑바로 쳐다보았다.

"목사님, 저를 용서하십시오."

그는 신도들이 들릴 만큼 큰 소리로 목사에게 또렷하게 말하였다.

"제가 탄 배가 폭풍우를 만나 난파를 당하였지만 저는 간신히 목숨을 건질 수 있었습니다. 그래서 하나님께 감사의 기도를 드리고 싶어서 이렇게 찾아왔습니다. 목사님께서 허락하신다면 제가 하나님께 감사 기도를 드리는 건 당연하다고 생각하니까요."

목사는 잠시 망설이다가 그에게 이렇게 말했다.

"물론입니다. 선생께서 만약 예배를 드리기 전에 그런 청을 제게 해 주셨다면 우리 모두 함께 감사 기도를 드릴 수 있었을 텐데요. 그리고 당신이 원하신다면 폭풍우를 겪은 후에 드리는 형식의 기도문을 특별히 제가 읽어 드릴 수는 있습니다만……."

"네, 그렇게 해 주시면 정말 감사하겠습니다. 제 처지는 그다지 특별한 것은 아니니까요."

선원이 이렇게 말하자, 집사가 기도서의 감사 기도문이 실려 있는 부분을 그에게 가리켜 주자 목사가 그 기도문을 읽기 시작했고 그 사나이는 자리에 점잖게 꿇어앉아 목사의 말을 받아서 한마디 한마디 또렷하게 외웠다.

이 광경을 멍하니 지켜보고 있던 많은 신도들도 그 사나이를 따라서 무릎을 꿇었다. 그리고 계단 앞에서 기도를 드리는 사나이를 바라보고 있을 뿐이었다.

사나이는 모자를 옆에 놓고 두 손을 마주 잡고 동쪽을 향해 단정히 무릎을 꿇고 앉아 교회 신도들의 눈길 따위는 전혀 신경 쓰지 않는 것 같았다.

마침내 감사 기도가 끝났다. 신도들은 모두 자리에서 일어나 교회 밖으로 나왔다. 그리고 마지막으로 그 사나이가 밖으로 나왔을 때 저물어가는 저녁 햇빛이 그의 얼굴을 밝게 비추었다. 그 고장에서 오래 살았던 사람들은, 그가 바로 쉐이드랙 졸리프라는 것을 모두 알 수 있었다.

이 사나이가 이 고장에서 자취를 감춘 것은 약 6,7년 전이었다. 그는 헤이븐풀에서 태어났지만 어렸을 때 이미 부모님을 모두 여의었기 때문에 일찍이 선원이 되어 고향을 떠났던 것이다. 그는 마을 사람들과 정다운 이야기를 나누면서 한길로 걸어 나왔다.

그는 마을사람들에게 자신이 고향을 떠난 후 온갖 고생 끝에 연안 일대를 항해하는 작은 쌍돛배를 가진 선장이 되었다는 이야기와 그 배가 이번 폭풍우를 만나 아슬아슬하게 난파를 피할 수 있었다는 이야기를 들려주었다.

그러는 그에게 앞에서 걸어가고 있는 두 여자가 눈에 띄었다. 이 두 명의 아가씨는 사나이가 처음 교회에 들어섰을 때부터 매우 흥미로운 눈초리로 그를 살폈었다. 그리고 지금 교회를 나오면서 사나이에 대한 이야기를 서로 주고 받던 참이었다.

한 아가씨는 아담한 키에 약간 마른 듯한 몸매로 얌전해 보였고, 다른 아가씨는 키가 크고 몸집도 큰 편이었다.

졸리프 선장은 두 아가씨들의 뒷모습을 잠시 동안 훑어보았다. 어깨 위로 늘어진 곱슬머리에서 발끝까지.

"저 두 아가씨는 누굽니까?"

그는 옆에 있는 사람에게 이렇게 물었다.

"키가 작은 아가씨는 에밀리 해닝이고, 큰 아가씨는 조안나 피파드예요."

"아, 그래요. 이제야 기억이 나는군요."

그는 두 아가씨의 곁으로 바짝 다가가서 슬쩍 윙크를 해 보였다.

"안녕하세요. 에밀리. 날 모르시겠어요?"

사나이는 회색눈을 깜박이며 이렇게 말하였다.

"어머, 졸리프 씨 아니세요!"

에밀리는 수줍은 듯이 말하였다.

다른 아가씨는 까만 눈동자로 사나이를 똑바로 쳐다보았다.

"미스 조안나는 잘 기억이 나질 않는군요."

하고 그는 말을 이었다.

"전 아직도 어릴 때의 일들과 친척들이 기억이 나요."

그들은 함께 걸어갔고 졸리프는 자신이 죽을 고비에서 여러 번 가까스로 목숨을 건지게 된 이야기를 그녀들에게 자세하게 들려주었다. 그러는 동안에 그들은 어느 새 에밀리 해닝이 살고 있는 슈루프 레인까지 왔기 때문에 그녀와 헤어져야 했다.

에밀리는 얼굴 가득 미소를 지어 보였다. 그리고 또 얼마 지나지 않아서 조안나와도 헤어져야 했다. 그는 달리 할 일이 없었기 때문에 다시 에밀리의 집이 있는 쪽으로 발길을 돌렸다.

에밀리는 아버지와 단둘이서 살고 있었다. 그녀의 아버지는 스스로 공인회계사라고 자처하고 있었지만 수입은 적은 편이었다. 그래서 그녀는 어려운 가계를 돕기 위해 작은 문방구점을 경영하고 있었다.

졸리프가 에밀리의 집에 들어섰을 때 에밀리와 그녀의 아버지는 차를 마시고 있었다.

"아, 지금이 티타임인 줄 몰랐습니다."

하고 그는 말하였다.

"괜찮아요. 같이 한잔 드시지요."

에밀리의 아버지가 그에게 권하였다.

그는 차를 마시고 나서도 오랫동안 선원들의 생활에 대해서 자세하게 이야기하고 있었다. 어느새 이웃 사람들도 그의 이야기를 듣기 위해 하나둘씩 모여들었다.

그리고 이 날 에밀리 해닝은 졸리프에게 마음을 주게 되었다. 그리고 몇 주일이 지나는 사이에 이 두 사람은 아주 긴밀한 사이로 발전하여 갔다.

졸리프가 이 마을에 온 지 한 달쯤 지난 어느 달 밝은 밤, 졸리프는 마을에서 조금 떨어진 동쪽으로 길게 뻗은 반듯한 오르막길을 따라 제법 현대식으로 된 비록 오래된 바닷가의 마을이지만 만약 현대식이라고 부를 만한 것이 있다면 말이다. 술집들이 죽 늘어서 있는 높은 지대로 올라가고 있는데 저 멀리 앞에서 가고 있는 여자의 모습이 눈에 띄었다. 그는 에밀리가 틀림없다고 생각했다. 그러나 가까이 가서 보니 그녀는 에밀리가 아닌 조안나 피파드였다.

졸리프는 그녀에게 정중하게 인사를 하였고 두 사람은 나란히 걸어가게 되었다.

"먼저 가세요. 혹시라도 에밀리가 알게 되면 기분 나빠 할 테니까요."
하고 그녀는 정중하게 말하였다.

그는 이 말이 달갑지 않다는 듯이 계속해서 그녀와 나란히 걸어갔다.

나중에 졸리프는 그날 밤에 자신이 조안나와 무슨 얘기를 했는지, 또 어떤 일이 있었는지 분명히 기억할 수가 없었다. 그러나 조안나는 그날 밤 자기보다 나이도 어리고 얌전한 에밀리를 밀어내기 위해 갖은 수단을 썼었다.

그 후 졸리프는 조안나와 시간이 있을 때마다 자주 만나게 되었고, 에밀리와의 만남은 점점 뜸해지게 되었다.

그리고 얼마 후에 항해에서 돌아온 고 졸리프 씨의 아들 쉐이드랙이 조안나와 곧 결혼하게 될 것이라는 소문이 온 마을에 퍼졌으며, 이로 인해 에밀리는 마음에 큰 상처를 입게 되었다.

이 소문이 퍼진 다음 어느 날 아침 조안나는 마치 아침 산책을 가듯이 옷을 갈아입고 좁은 네거리에 자리잡고 있는 에밀리의 집을 행해 밖으로 나왔다. 에밀리가 쉐이드랙을 잃고 깊은 슬픔에 잠겨 있다는 소식을 듣고, 친구의 애인을 가로챈 데 대한 양심의 가책을 받았기 때문이었다.

조안나는 쉐이드랙에게 홀딱 반했다거나 깊이 사랑한다거나 하지는 않았다. 단지 자신의 친구에게 기울던 마음이 자신에게로 왔던 그 친절이 마음에 들었을 뿐이었고, 결혼에 대한 막연한 기대감이 있을 뿐이었다.

조안나는 야심이 많은 여자였다. 졸리프의 사회적인 신분이나 여러 가지 조건은 조안나보다 나을 것이 없었다. 그리고 조안나 정도의 매력이 있는 여자라면 괜찮은 집안의 남자와 결혼할 수 있는 기회가 있었기 때문에, 정녕 에밀리가 쉐이드랙을 결코 잊을 수 없다면 그를 그녀에게 양보하려고 생각하였다.

그녀는 자신의 이런 뜻을 분명히 밝히기 위해 쉐이드랙에게 보내는 절교의 편지도 써 가지고 갔다. 그러니까 에밀리가 정말로 슬픔에 잠겨 몹시 괴로워하고 있다면 그녀에게 자신이 쓴 그 편지를 보여 줄 생각이었다.

조안나는 슈루프 레인으로 접어들어 행길보다 낮은 위

치에 있는 문방구점에 들어갔다. 항상 이 시간쯤이면 에밀리의 아버지는 집에 있지 않았다. 그리고 그녀를 몇 번이나 불렀지만 대답이 없는 것을 보니 에밀리 또한 없는 것 같았다. 가게는 한가했으므로 몇 분쯤 자리를 비워도 다른 지장은 없었다.

조안나는 가게에서 기다리기로 마음먹었다. 가게에 있는 보잘것없는 상품들이 손님들의 눈에 조금이라도 좋게 보이도록 솜씨 좋게 진열되어 있었다.

그때 한 사람이 창 밖에서 6페니짜리 노트와 진열품들을 유심히 바라보고 있는 것이 눈에 띄었다. 그는 졸리프였다. 졸리프는 에밀리가 혼자 있지 않나 해서 가게를 기웃거리고 있었던 것이다.

조안나는 에밀리의 냄새가 배어 있는 곳에서 그와 만나고 싶지 않았으므로 뒤채와 통해 있는 문으로 살짝 빠져나갔다. 에밀리와는 친하게 지내던 사이였기 때문에 예전부터 이 문을 자주 드나들었다.

마침내 졸리프가 가게 안으로 들어왔다. 그는 에밀리의 모습이 보이지 않는 것을 확인하고 실망하는 표정을 짓고는 막 밖으로 나가려고 하였다. 바로 그때 일을 마치고 돌아오는 에밀리가 문간에 나타났다. 그녀는 졸리프를 발견하자 잠시 멈칫거리더니 몇 걸음 뒤로 물러섰다.

"에밀리, 내가 그렇게 무서워요?"

하고 졸리프가 말하였다.

"누가 무섭다고 했나요. 졸리프 선장님? 너무도 뜻밖이라서 놀랐을 뿐이에요."

에밀리의 목소리는 약간 떨리고 있었다.,

"이 부근을 지나는 길에 잠깐 들렀어요."

졸리프가 말하였다.

"무엇을 사시려구요?"

그녀는 계산대 뒤로 가면서 말했다.

"그런 게 아니오. 에밀리. 당신은 왜 자꾸 나를 피하려고 하오? 왜 자꾸 숨으려고만 하느냐 말이오? 아마도 당신은 나를 몹시 미워하나 보오."

"아니오. 제가 어떻게 당신을 미워하겠어요?"

"그럼 에밀리, 이리 가까이 오구려. 우리 오래간만에 이야기나 좀 나누지 않겠소?"

에밀리는 미소를 지으면서 계산대 뒤에서 빠져나와 그의 곁으로 다가갔다.

"고마워요. 사랑스런 에밀리."

사나이가 말했다.

"졸리프 선장님, 그 말씀은 저 아닌 다른 여자한테 하실 말씀이라고 생각하는데요."

"그래요. 무슨 말인지 잘 알겠어요. 하지만 에밀리, 나는 오늘 아침까지만 해도 당신이 날 조금도 생각하지 않는다고 생각했어요. 당신이 날 조금이라도 생각한다는 것을 알았다면 내가 왜 조안나와의 결혼을 생각했겠소? 물론 내가 처음부터 전혀 조안나에게 호감을 갖지 않은 것은 아니었소. 하지만 그녀는 나에게 친구 이상의 애정을 갖고 있지 않아요. 나는 처음부터 그것을 잘 알고 있었어요. 아무튼 나는 진정으로 나의 아내가 되어 달라고 청혼할 사람을 발견했어요. 에밀리, 오랫동안 세상을 등지고 항해하다 돌아온 남자의 눈은 마치 박쥐처럼 어둡게 마련이오. 여자라면 누구나 다 아름답고 똑같아 보여서 누가 누군지 분간할 수가 없어요. 상대방이 정말로 자신을 사랑하는지, 또 내가 정말로 이 여자를 사랑하는지 생각할 여유도 없이 가까이 있는 사람과 결혼하게 되지요. 나는 처음부터 당신이 몹시 좋았어요. 그러나 당신은 몹시 수줍어하고 나를 피하는 것 같았기에 나를 싫어하는 줄 알았습니다. 그래서 난 그만 조안나에게 마음이 기울게 되었던 거지요."

"졸리프 씨 제발 그만하세요!"

에밀리는 목메인 목소리로 소리쳤다.

"당신은 다음 달이면 조안나와 결혼하실 분이에요. 이제 와서 그게 나와 무슨 상관이에요!"

"오, 사랑하는 에밀리!"

그는 두 팔로 그녀의 작은 봄을 꼭 껴안으면서 이렇게 말하였다.

이러한 광경을 커튼 뒤에 숨어 지켜보고 있던 조안나는 새파랗게 질렸고, 그 광경을 보지 않으려고 했으나 그것은 마음뿐이었다.

"내가 영원히 사랑할 수 있고 결혼하고 싶은 여자는 오직 당신밖에 없어요. 조안나는 언제든 기꺼이 헤어질 용의가 있다고 나한테 직접 말했어요. 그녀는 나보다 더 나은 남자와 결혼하고 싶어한다오. 나와 결혼하기로 약속했던 것은 한낱 동정에 지나지 않아요. 그녀처럼 늘씬하고 멋진 여자는 나 같은 뱃사람 따위의 신부감이 아니에요. 당신이야말로 진정한 내 배필이라고 생각해요."

사나이는 그녀에게 키스를 퍼부었다. 뜨거운 그녀의 몸은 그의 품속에서 바르르 떨고 있었다.

"조안나가 정말 당신과 헤어지려고 할까요? 정말 그럴 수 있을까요?"

"물론이오. 그녀는 우리가 불행하게 되기를 바라지 않을 거요. 그녀는 틀림없이 나를 떠날 거요."

"제발 그렇게만 된다면! 졸리프 선장님, 이제 그만 돌아가시는 게 좋겠어요."

그러나 사나이는 계속 그곳에 있다가 손님이 들어와서

야 겨우 그곳을 나왔다.

커튼 뒤에서 지켜보던 조안나는 걷잡을 수 없는 질투의
불길에 휩싸였다, 그리고 그녀는 이곳을 빠져나갈 길을
찾아보았다. 일이 이렇게 된 이상 그녀는 에밀리 몰래 밖
으로 빠져나갈 수밖에 없었던 것이다.

조안나는 복도로 나와 뒷문으로 해서 밖으로 나왔다.

조안나는 두 사람이 키스하는 광경을 보고 나서는 지금
까지 했던 모든 결심이 완전히 뒤바뀌고 말았다. 이제 그
녀는 쉐이드랙을 놓아줄 수가 없었다.

그녀는 곧장 집으로 돌아오자마자 미리 써둔 절교의 편
지를 태워 버렸다. 그리고 집안사람들에게는 만약 졸리
프 선장이 찾아오면 몸이 아파서 만날 수 없다고 전하라
고 당부하였다.

그러나 쉐이드랙은 찾아오지 않았고, 다만 자신의 솔직
한 의사를 전해왔을 뿐이었다. 그 내용은 자신의 애정은
한갓 우정에 불과하다는 말을 상기시키며 약혼을 취소해
달라는 것이었다.

쉐이드랙은 자신의 숙소에서 항구와 그 너머의 섬들을
바라보면서 그녀에게서 회답이 오기를 애타게 기다리고
있었다. 그는 몹시 불안하고 초조한 마음을 억제할 수 없
어 날이 저물자 거리로 나왔다.

그는 직접 조안나를 찾아가서 양해를 구하기로 마음먹

었다.

그러나 조안나의 어머니는 그녀가 몸이 불편해서 그를 만날 수 없다고 말하였다. 그가 그 까닭을 물었더니 쉐이드랙이 그녀에게 보낸 편지를 보고 너무나 낙심했기 때문이라고 말하였다.

"피파드 부인, 당신도 그 편지의 내용을 대충 알고 계시겠지요?"

그는 이렇게 물었다.

부인은 알고 있노라고 말했다. 하지만 그 편지 때문에 자신의 입장이 몹시 난처하다고 덧붙였다.

이 말을 들은 쉐이드랙은 자신이 죄인이 된 것처럼 느껴졌다.

그래서 쉐이드랙은 자신이 그 편지를 보내게 된 것은 조안나를 위해서 그랬노라고, 그녀의 앞날을 위해서 그랬을 뿐 진심은 아니었다고 해명하였다. 조안나가 몹시 마음을 상했다면 미안하고 처음의 약속을 지킬 터이니 그 편지는 없었던 것으로 해달라고 말하였다.

이튿날 조안나로부터 연락이 왔다. 저녁의 모임에서 집에 바래다 달라는 것이었다. 그는 조안나의 말대로 하였다. 그녀는 쉐이드랙의 팔을 끼고 공회당에서 자기 집 문앞까지 같이 걸으면서 말하였다.

"쉐이드랙, 우리들은 예전과 같은 거지요? 당신이 보낸

그 편지는 저한테 온 것이 아니지요. 그렇죠?"

"그래요. 당신이 원한다면 모든 것이 전과 같아요."

"물론 그래야지요."

그녀는 에밀리를 떠올리면서 심술궂은 얼굴로 중얼거렸다.

쉐이드랙은 양심적인 남자였기 때문에 그녀의 말을 생명처럼 소중히 여겼다.

마침내 그들은 결혼하였다. 쉐이드랙은 결혼하기 전에 에밀레에게 자신에 대한 조안나의 애정은 진심이었고, 자신이 잠시 착각했노라고 전하였다.

그들이 결혼한 지 한 달쯤 지나 조안나의 어머니가 세상을 떠났다. 그리고 이들 부부는 곧장 현실의 벽에 부딪쳤다.

조안나의 어머니까지 세상을 떠나니 다시 바다에 나가서 일하겠다는 남편의 주장을 이제는 묵살할 수만은 없는 처지에 놓이게 되었다. 그를 계속 집에 붙잡아 놓은들 별로 할 일이 없기 때문이었다.

그들은 며칠 동안을 여러 가지 궁리 끝에 어느 번화한 행길에 작은 식료품 가게를 차리기로 하였다. 마침 적당한 가게가 있었다. 쉐이드랙은 장사에 대해서는 전혀 아는 바가 없었고 조안나 역시 마찬가지였다. 그들은 차차 장사를 배워 나갈 마음이었다.

이들 두 부부는 가게를 꾸려 나가는데 온힘을 기울였으나 시간이 지나도 가게의 형편은 조금도 나아지지 않았다.

이들 부부에게도 두 아들이 태어났다. 조안나는 지금까지 남편을 사랑한 적은 없었지만 두 아들만은 몹시 사랑하였다. 그녀는 자신의 앞날에 대한 모든 희망을 두 아들들에게 걸고 있었다.

가게는 여전히 어려웠다. 그렇기 때문에 그녀가 아이들의 교육이나 장래에 대한 커다란 꿈들도 이 초라한 현실 앞에서 무참히 깨어질 수밖에 없었다.

그녀의 두 아들들이 받은 학교 교육은 보잘것없으나 바닷가에서 자라난 아이답게 항해술이나 어떤 모험적인 일에는 상당히 재주가 있었다.

졸리프 부부는 그들 자신의 생활 이외에 가장 관심거리는 에밀리의 결혼이었다.

에밀리는 읍내에서 가장 큰 사업을 하는 상인의 눈에 들어 사랑을 받게 되었다. 이것은 마치 남의 눈에 잘 뜨이지 않고 미처 생각지도 않은 구석에서 보석이 발견되는 것 같은 것이라고 하겠다.

그 상인은 에밀리보다 훨씬 나이 많은 홀아비이긴 했지만 그래도 아직은 장년의 사나이였다.

처음에 그로부터 청혼을 받았을 때 에밀리는 어떤 남자와도 결혼하지 않겠노라고 딱 잘라서 말하였다. 그러나 레스터 씨는 묵묵히 그녀를 기다려 주었다. 그리고 마침내 그의 진정한 마음에 감동한 에밀리는 청혼을 받아들이고 말았다.

그들은 결혼하여 두 아이가 생겼고 그들이 무럭무럭 잘 자라게 되자 에밀리는 자신이 무척 행복하다고 생각하였다.

이 읍내에는 벽돌로 지은 크고 멋진 집이 몇 채 있었는데, 레스터 씨의 집도 그 중의 하나였다. 게다가 그 집은 번화한 거리에 있는 졸리프의 식료품 가게의 맞은편에 자리잡고 있었다.

단순한 질투심으로 말미암아 아내의 자리를 빼앗아 버린 조안나로서는 이제 와서 상대방 여인이 크고 좋은 집에서 자기의 보잘것없는 초라한 가게며, 먼지 묻은 막대 사탕, 건포도나 각종 차가 들어 있는 깡통 등을 내려다보는 것을 자신의 눈으로 목격해야 한다는 것이 여간 괴로운 일이 아니었다.

가게의 사정은 점점 더 나빠져서 이제는 조안나가 직접 가게를 보아야 할 처지가 되었다. 그녀는 2페니짜리 물건을 사러 온 손님이 부르거나 손짓만 하여도 계산대를 왔다 갔다 해야 하는 자신의 초라한 모습을 에밀리 레스터가 길 건너 넓은 응접실에 앉아서 지켜보고 있다는 것은 정말로 굴욕적인 일이 아닐 수 없었다.

조안나는 아무리 하찮은 손님이 가게에 찾아와도 반갑게 맞이해야 했으며, 또 어쩌다 그들을 길에서 만나도 공손히 인사를 해야만 했다.

그러나 조안나와는 반대로 에밀리는 아이들과 가정교사와 함께 거리를 산책하기도 하고 마을의 점잖은 사람들과 한가로이 이야기를 주고 받는 것이었다.

이러한 현상은 조안나가 별로 사랑하지도 않는 사람을 다른 사람에게 빼앗기지 않으려고 그와 결혼한 결과였다.

그러나 쉐이드랙은 착하고 정직하였다. 그는 몸과 마음을 다해 남편으로서 충실하였다. 세월이 흐를수록 아내에게 더욱더 정성을 기울였다. 그는 과거에 에밀리에게 가졌던 사랑의 흔적은 젊은 시절의 한 충동에 불과하였다고 여겼다. 에밀리는 그에게 있어서 이제 한 평범한 여자 친구에 불과하였던 것이다.

쉐이드랙 졸리프를 대하는 에밀리의 감정 또한 마찬가지였다. 만약 에밀리가 약간이라도 질투하는 감정을 나타냈었더라면 조안나는 몹시 만족감을 느꼈을 것이다. 조안나는 자신이 빚은 일의 결과에 대해서 두 사람 모두 별로 관심을 나타내지 않았기 때문에 몹시 불만스러웠다.

이 작은 가게가 다른 많은 가게와의 경쟁에서 살아남으려면 주인은 약간 인색하고 약삭빨라야 한다. 그러나 쉐이드랙은 이러한 소질이 전혀 없었다.

만약 어떤 고집이 센 행상인이 억지로 떠맡기다시피 한 달걀 대용품을 어떤 손님이 찾아와서 정말 맛이 좋으냐고 묻는다면 그는 이렇게 대답하는 것이었다.

"푸딩 속에 직접 넣기 전에야 어떻게 그 맛을 알 수 있나요?"

또 손님이 모카커피를 가리키며,

"이거 진짜예요?"

하고 물으면 그는 이렇게 대답하는 것이었다.

"저희들은 그렇게 알고 있지만 누가 알겠어요?"

어느 여름날의 일이었다. 뜨거운 햇빛이 길 건너 맞은편 벽돌집에서 반사해 가게 안으로 들어왔다. 가게 안에는 졸리프 내외밖에는 없었다. 한 화려한 마차가 에밀리의 집 앞에 와서 멈춰서는 것이 조안나의 눈에 띄었다. 요즈음 에밀리는 부쩍 자주 이 가게를 찾아와서 물건을 사 갔다. 말하자면 마치 단골손님처럼 말이다.

"쉐이드랙, 당신은 장사할 체질이 아닌가 봐요. 하긴

어려서부터 '장사'의 '장' 자도 모르고 자랐으니까 그렇겠죠. 당신 같은 사람이 갑자기 장사해서 돈을 벌기란 무척 힘든 일일 테죠?"

아내는 한숨을 쉬며 낮은 목소리로 말했다.

졸리프는 아내의 이 말에도 어떤 변명을 할 여지가 없었다.

"세상에서 돈이 전부는 아니잖소? 이 정도면 그래도 괜찮지 않아? 어떻게 해서든지 우리들이 이 가게를 꾸려 나가면 먹고 살지 않겠소?"

식료품이 들어 있는 병들 사이로 맞은편 커다란 집을 다시 한 번 바라본 조안나가 입을 열었다.

"당신은 저 에밀리 레스터가 눈에 보이지 않아요? 얼마나 흥청망청 마구 써대며 살고 있는지 좀 보란 말예요. 몹시도 못살던 애가요. 그 집 아이들은 대학까지도 염려없을 거예요. 그런데 우리의 애들을 좀 봐요. 겨우 교구 안에 있는 학교에 가는 게 고작이잖아요."

조안나는 침통한 표정을 지으면서 말했다.

쉐이드랙은 이 말을 듣자 에밀리를 머리에 떠올리고는 곧 즐거운 듯이 말했다.

"당신은 에밀레에게 좋은 일을 했어요. 당신이 에밀레에게 나를 단념하라고 말했기 때문에 우리의 어설픈 관계는 매듭을 짓게 됐고, 또 레스터 씨의 청혼을 받아들일

수 있었으니까. 세상에서 에밀리에게 그 만큼 좋은 일을 한 사람이 또 누가 있겠소?"

조안나는 이 말을 듣자 미칠 지 경이었다.

"이제 부디 옛날 일은 말하지 마세요!"

그녀는 거의 애원하다시피 말하였다.

"당신이 아무리 돈에 관심이 없다고 하더라도 자식들과 나를 위해서 무슨 수를 써서라도 반드시 돈을 벌어야 할 게 아니에요?"

"솔직히 말해서 난 이런 일이 성미에 맞지 않소. 처음부터 난 그걸 쭉 느꼈소. 그러나 별로 입 밖에 내고 싶진 않았소. 사실 나에게는 마음껏 활동할 수 있는 곳이 필요해. 손님들과 이웃들의 틈바구니 속에 끼여서 살아가는 것보다 좀더 자유롭게 활동할 수 있는 넓은 곳 말이오. 나도 내 길을 잘만 들어선다면 돈을 벌 자신이 있소."

"당신의 길이란 도대체 무엇을 말하는 건가요?"

"다시 배를 타는 거지."

조안나는 다른 뱃사람의 아내들처럼 반 과부의 생활하는 것이 싫어 남편을 집에 붙잡아 두었던 것이다. 그러나 그의 야망은 아내의 본능까지도 꺾어 버렸다.

"정말 성공할 수 있을까요?"

"그 방법밖에는 없어."

"쉐이드랙, 당신은 기어코 배를 타실 건가요?"

"나도 그게 그리 마음이 내키지는 않아. 원래 뱃사람의 생활이라는 것이 하잘것없고 단순하지. 그리고 정말 난 바다가 싫소. 이건 전부터 그랬었소. 하지만 당신과 아이들을 위해 돈을 벌어야 한다면 어쩔 수 없지. 본래 뱃일밖에 모르는 나 같은 놈에게 다른 뾰족한 수가 있겠소?"

"돈을 벌려면 오래 걸릴까요?"

"그야 형편에 따라 다르지. 아마 오래 걸리지는 않으리라 생각하오."

다음날 아침 쉐이드랙은 항해용 재킷을 꺼내 입었다. 그가 처음에 바다에서 돌아왔을 때 입고 있던 옷이었다.

그리고 바로 부둣가로 나갔다. 항구는 전에 비해 조금 변했으나 여전히 뉴파운들랜드와의 무역은 제법 활기차게 계속되고 있었다.

얼마 후에 쉐이드랙은 선장이 되기로 결심하고 공동으로 쌍돛배 한 척을 샀다. 배를 사기 위해 그는 가지고 있던 재산을 몽땅 바쳤다. 처음 몇 달 동안은 연안 무역에 종사하면서, 그리고 식료품 가게를 하면서 몸에 배인 육지의 냄새를 완전히 털어 버렸다.

봄이 되자 그의 배는 뉴파운들랜드를 향해 떠났다.

조안나는 이제 자식들과 집에 남아 있게 되었고, 자식들도 이제는 젊은이로 성장해 있었고, 부둣가에서 인부로 일하고 있었다.

"잠깐 동안 일하는 거야 뭐 어때?"

그녀는 자식들이 몹시 딱하다는 생각이 들 때마다 혼자 이렇게 중얼거렸다.

"우리 집 형편에 놀고 먹을 수는 없으니까 잠깐 고생하면 끝이야. 쉐이드랙만 돌아오면 이제 다 끝났어. 아직 열일곱, 열여덟 살이니 그때라도 가정교사를 모셔다가 잘 가르치면 돼. 돈만 있으면 내 아이들에게도 수학이나 라틴어를 가르쳐서 에밀리의 아이들처럼 신사로 만들 수 있어."

쉐이드랙이 돌아오겠다고 약속한 날이 차츰 가까워 왔다. 마침내 그날이 되어도 그는 돌아오지 않았다. 배가 제 날짜에 돌아오기는 쉬운 일이 아니었기 때문에 조안나는 별로 걱정하지 않았다.

배는 예정된 날짜보다 약 한 달쯤 지난 후에 돌아왔다. 쉐이드랙이 돌아온다는 소식이 온 날은 비가 몹시 내리는 밤이었다. 그리고 그는 빗속을 터벅터벅 걸어서 집으로 들어섰다.

아이들이 아버지를 마중을 나갔지만 만나지 못한 모양

이었다. 그래서 집에는 조안나 혼자 있었다. 오랜만에 만난 두 부부는 흥분을 감출 수가 없었다. 겨우 진정되자 남편은 늦어진 이유를 아내에게 장황하게 설명하였는데, 그것은 약간 투기성이 있는 계약을 맺기 위해서이며 그 결과는 매우 좋았다고 말하였다.

"난 결코 당신을 실망시키지 않기 위해서 무척이나 애썼소. 당신도 내 마음을 잘 알 테지?"

그는 이렇게 말하고는 돛배의 천으로 만든 커다란 돈주머니를 아내 앞에 내놓았다. 그것은 마치 거인의 돈주머니처럼 돈이 불룩하게 차 있었다. 그는 그 돈주머니를 풀어서 돈을 난로 곁의 낮은 의자에 앉아 있는 조안나의 무릎에 쏟았다.

금화가 조안나의 치마폭에 갑자기 와르르 쏟아지자 그녀의 치마는 방바닥에 축 늘어졌다.

"내가 뭐랬어요? 한밑천 단단히 잡겠다고 말하지 않았소? 여보, 이만하면 약속을 지키지 않았소?"

쉐이드랙은 흐뭇한 표정으로 말하였다. 그러나 조안나의 기쁨은 잠시였다.

"이거 정말 금화죠? 그런데 이게 전부예요?"

그녀가 말하였다.

"조안나, 이 정도만 해도 300파운드는 족히 될 텐데……. 이만하면 한밑천 되지 않소?"

"그렇겠죠. 바다에서는 한밑천 되겠죠. 하지만 여긴 바다가 아니라 육지라고요."

조안나는 돈 생각 같은 건 하지 않으려고 했다.

이윽고 아들들이 돌아왔다. 쉐이드랙은 주일에 교회를 찾아가서 하나님에게 감사의 기도를 드렸다. 이번에는 일반 감사의 기도를 드리듯이 이탤릭체로 씌어진 부분을 읽어 나갔다.

그리고 며칠이 지났다. 부부는 그 돈을 어디에 투자할 것인지 한참 동안 의논하다가 쉐이드랙은 아내가 그다지 만족스럽지 않은 듯이 보인다고 말했다.

"맞아요. 쉐이드랙. 맞은편 저 집은 천 단위예요. 하지만 우리 집은 백 단위밖에 안 돼요. 저 집은 당신이 바다로 떠난 뒤에 쌍두마차도 장만했어요."

"정말이오?"

"당신은 세상 물정을 잘 몰라요. 하지만 우리 형편에 그거라도 가지고 최선을 다해볼 수밖에요. 우린 가난뱅이고 그들은 부자니까요."

그 해가 지나가 버렸다. 조안나는 가게와 집 사이를 왔다갔다 하였으며, 아들들은 여전히 항구에서 일하고 있었다.

어느 날 쉐이드랙은 조안나에게 말하였다.

"조안나, 당신은 아직도 나에게 무언가 불만이 있나 보

구려."

"그래요. 불만이 있어요. 우리 아이들은 레스터네가 소유하고 있는 배나 부리며 살아가게 될 텐데요. 옛날엔 내가 에밀리보다 훨씬 나았는데……."

졸리프는 원래 따지기를 좋아하는 성품이 아니었다. 그는 약간 머뭇거리며 한 번 더 바다로 나가 보려고 한다고 말했다.

그는 며칠을 두고 곰곰이 생각했다. 그리고 어느 날 오후에 부둣가에서 집으로 돌아와서 말하였다.

"당신을 위해서라면 해야지. 한 번만 더 바다로 나간다면 분명히 난 할 수 있을 거요."

"뭐가 말예요?"

"백 단위가 아니라 천 단위가 될 수 있단 말이오. 만약 그렇게만 된다면……."

"만약이라니요? 여보, 그게 무슨 말이예요?"

"아이들과 같이 배를 탄다면 말이오."

그 말을 들은 조안나의 얼굴은 하얗게 질렸다.

"쉐이드랙, 그런 말은 입 밖에 내지 마세요."

"왜?"

"그런 말은 듣기도 싫어요. 바다가 얼마나 위험한지 몰라서 그러세요? 나는 누구보다 아이들을 번듯하게 키우고 싶어요. 위험한 일을 아이들에게 어떻게 시켜요. 난

죽이도 그런 짓은 못 해요."

"알았소. 내 다시는 그런 말은 하지 않겠소."

다음날 조안나는 한참 동안 깊은 생각에 잠겨 있는 듯하다가 남편에게 이렇게 물었다.

"만약 당신이 아이들과 함께 바다로 나간다면 전보다 더 많이 벌어 올 수 있을까요?"

"물론이지. 내가 혼자서 버는 것보다 네 배는 더 벌 수 있을 테니. 내가 잘만 지켜봐 주면 애들은 자신들의 몫을 단단히 해낼 거요."

"여보, 좀더 자세히 얘기해 주세요."

"그 아이들은 웬만한 선장 못지않게 배를 능숙하게 부릴 수 있소. 남쪽 바다에는 이 항구보다 더 물굽이가 사나운 곳은 없소. 우리 아이들은 어려서부터 잘 단련이 되어 왔기 때문에 물에 대해서는 그 누구보다 아주 침착하오. 아마 우리 아이들보다 갑절이나 나이 많은 사람 대여섯 명이 있다 해도 우리 아이들을 결코 당해내지 못할 거예요. 아주 믿음직스럽지."

조안나는 잠시 생각에 잠기더니 이렇게 말하였다.

"하지만 역시 바다는 위험해요. 게다가 전쟁이 났다는 소문도 있고요."

조안나는 역시 불안해하며 말하였다.

"그야 위험하기도 하지……."

조안나는 자꾸만 더 불안해졌다. 아이들을 생각하면 가슴이 미어졌다. 또 요즈음 들어 더욱더 자주 그녀의 가게를 드나드는 에밀리의 태도는 정말로 견디기 어려울 처지이었다.

조안나는 남편에게 더욱더 바가지를 긁어대기 시작했다.

아버지를 닮아 온순한 두 아이들은 바다에 나가면 돈을 벌 수 있다는 말을 듣자 조금도 망설이지 않고 배를 타겠다고 나섰다. 사실 그들도 아버지와 마찬가지로 바다를 좋아하는 것은 아니었다. 하지만 아버지로부터 계획을 듣더니 당장 많은 돈이라도 벌게 된 것처럼 모두 찬성하였다.

이제 문제는 조안나였다. 조안나는 한참 동안 생각한 끝에 승낙하였다.

쉐이드랙은 몹시 기뻐하였다. 지금까지 자기를 지켜준 하나님께 감사를 드렸다. 하나님은 자기 자신에게 충실한 사람은 결코 저버리지 않는다고 쉐이드랙은 굳게 믿고 있었다.

그들은 전 재산을 또다시 바쳤다. 그들 부자가 뉴파운들랜드와의 무역에 종사하는 동안에 조안나 혼자서 겨우 살 수 있을 만큼의 상품만 남겨 두고 모두 처분해 버렸다.

전에는 두 아들들과 같이 있었기 때문에 미처 몰랐지만 이제는 그녀 혼자서 그 지루한 시간을 어떻게 보낼지 암담하였다. 그러나 그녀는 훗날의 행복을 위해서 꿋꿋이 견디리라 굳게 결심하였다.

쉐이드랙과 아이들은 여러 가지 생활필수품, 버터, 치즈, 구두, 옷, 어로 도구, 밧줄, 항해복 등의 식료품과 잡화에 이르기까지 팔 수 있을 만한 물건은 모두 실었다. 그리고 일을 마치고 돌아올 때에는 기름, 털가죽, 생선 크랜버티 등의 상품들을 수입해 올 예정이었다. 그리고 항해하는 도중에 다른 항구들을 들러 무역하여 많은 돈을 벌어들일 생각이었다.

이들이 탄 배가 항구를 떠난 것은 어느 따뜻한 봄날의 월요일 아침이었다. 조안나는 이들을 배웅하지 않으리라 생각하였다. 자신의 욕심으로 인해 이들을 떠나보내는 슬픈 광경을 결코 볼 수가 없었던 것이다.

남편은 아내의 이러한 마음을 잘 이해했다. 그래서 떠나기 전날 밤에 12시 전에는 떠나게 될 것이라고 미리 말해 두었었다.

조안나가 다음 날 아침 5시에 잠을 깨었을 때 세 부자는 아래층에서 떠날 준비를 하고 있었다. 조안나는 일부러 바로 내려가지 않았다. 남편은 지난번과 마찬가지로 9시쯤 되어서 출발할 거라고 생각했다. 그러나 그녀가 마음을 진정시키고 아래층으로 내려갔을 때에는 이미 남편과 아들은 떠나고 없었다. 이들이 떠난 자리의 책상에는 짧은 편지가 남아 있을 뿐이었다.

쉐이드랙은 아내가 자신들이 떠나는 것을 직접 보면 마음이 더욱더 괴로울까 봐 말하지 않고 떠난다는 사연을 몇 줄 급히 써놓은 것이다. 그리고 그 밑에 아이들이 쓴 글귀가 눈에 띄었다.

'어머니 안녕……'

조안나는 급히 부두를 향해 뛰어갔다. 그리고 저 멀리 떠나는 남편의 배를 보았다. 그러나 그녀의 눈에는 바람에 펄럭이는 돛만이 보일 뿐 남편과 아들들의 모습은 보이지 않았다.

'내가 그들을 떠나게 한 거야!'

그녀는 이렇게 중얼거리며 마침내 울음을 터뜨리고 말았다.

그녀가 집으로 돌아와 다시 '안녕'이라는 글씨를 보았을 때 그녀의 가슴을 찢어놓는 듯하였다. 그러나 그녀가 안방에 들어와 에밀리의 집을 바라보았을 때 그녀의 얼굴에는 옅은 미소가 지나갔다. 이제는 저 에밀리에게 굽실거리는 굴욕에서 벗어나게 될 것이다. 이제 우리도 그녀만큼 잘살게 될 것이다.

에밀리 레스터는 결코 거만하다거나 우쭐대지 않았다. 그것은 다 조안나의 자격지심이었다. 에밀리는 부유한 상인의 아내로서 조안나보다 윤택한 것은 사실이었고, 어쩌다 길에서 마주치게 되면 에밀리는 될수록 그러한 것을 보이지 않으려고 애썼다.

그 해 여름도 어느 새 다 지나갔다. 조안나의 가게는 이제 계산대와 유리창만 남았다고 해도 과언이 아니었다. 조안나는 텅 빈 가게에서 간신히 연명해 나가고 있었다. 이제 단골손님이라고는 에밀리뿐이었다. 조안나는 이 레스터 부인이 상품의 질도 물어 보지 않고 손에 잡히는 대로 사 주는 지나친 친절이 오히려 가슴이 아팠다. 그녀는 마치 적선을 베풀 듯이 가리지 않고 물건을 사 주었던 것이다.

겨울이 찾아왔다. 이번 겨울은 다른 어느 해보다도 몹시 추운 겨울이었다. 조안나는 남편과 아들이 작별의 인사말을 쓴 글씨를 잘 보관하기 위해 책상을 벽을 향해 돌려놓았다. 그녀는 그 글씨를 차마 자신의 손으로 지울 수가 없었다. 그들이 남긴 그 글씨를 바라볼 때마다 그녀는 눈물을 흘렸다.

이때 에밀리의 아들들이 크리스마스 휴가를 보내기 위해 집으로 돌아왔다. 그들은 이제 곧 대학에 입학하게 될 것이다.

조안나는 하루하루를 겨우 연명해 나갔다. 이제 한 번의 여름이 더 지나면 항해도 끝날 것이다.

그 여름이 끝날 무렵 에밀리는 옛 친구가 몹시 고생하고 있다는 말을 전해 듣고 조안나를 찾아갔다. 남편과 아이들에게서 몇 달째 소식이 끊어졌던 것이다.

에밀리가 가게의 계산대를 지나 뒷방으로 들어갈 때 그녀의 비단옷은 반짝였다.

"넌 아주 잘 되었지만 난 이 모양이구나."

"별 소리를 다하는구나. 이제 곧 많은 돈을 벌어가지고 오실 텐데……"

에밀리가 말하였다.

"안 돌아올지도 모른다는 생각을 하면 정말로 못 참겠어. 나 혼자만 남겨 두고 셋이서 모두 한배를 타다니……. 그런데 벌써 몇 달째 소식이 없단다."

"아직 돌아올 날이 많이 남았는데 벌써부터 걱정할 필요는 없잖아."

"나는 허전함을 달랠 수가 없어."

"그럼 왜 보냈어! 그 동안 잘 살아왔으면서……"

"그래, 내가 가라고 했어!:

조안나는 에밀리를 쏘아보며 말하였다.

"왜 가라고 했는지 알아? 너는 그렇게 잘사는데 우린 이 모양으로 초라하게 사는 것이 도저히 참을 수가 없었어. 만약 네가 날 미워한다고 해도 어쩔 수 없어."

"조안나! 내가 왜 널 미워하겠니?"

어느새 가을도 깊어졌다. 쉐이드랙의 배가 돌아와야 하는데 어쩐 일인지 부두에서 그의 배는 그림자조차 구경할 수가 없었다.

조안나는 걱정이 되어 떨리는 마음을 진정시킬 수가 없었다. 난로가에 앉아 바람이 불 적마다 그녀의 온몸도 바르르 떨렸다. 그리고 그녀는 바다를 무서워하게 되었고 마침내 증오하게 되었다.

"그들은 어떤 일이 있어도 반드시 돌아올 거야."

조안나는 중얼거렸다.

조안나는 남편이 떠나기 전에, 이번 항해에 성공해서 돌아오면 지난번 폭풍우를 만나 무사히 왔을 때 감사의 기도를 드렸던 것처럼 아들들을 데리고 교회에 가서 하나님께 진심으로 감사의 기도를 드리겠다던 말이 머리 속에 떠올랐다.

그녀는 아침 저녁으로 교회를 찾아갔다. 그리고 강단에

서 가장 가까운 곳에 자리잡고 앉았다. 그녀는 남편이 젊은 시절, 무릎을 꿇고 앉았던 자리를 물끄러미 바라보았다. 20년 전 어느 겨울 남편이 무릎을 꿇고 앉았던 그 자리를 그녀는 정확히 기억하고 있었다.

그녀는 그 자리에 모자를 벗어놓고 무릎을 꿇고 앉았다. 하나님은 자비하신 분이니 아마 남편을 그 자리에 그대로 다시 앉을 수 있게 할 것이라고 굳게 믿었다. 남편이 양옆에 두 아들들을 앉히고 기도를 드리고 있는 모습을 마치 눈앞에서 보고 있는 것 같았다.

훤칠한 키의 두 아들들과 그 사이에 있는 건장한 남편, 그들은 손을 모으고 동쪽을 향해 앉아 있었다.

그녀가 피로한 눈을 들어 동쪽을 바라볼 때마다 그들 세부자의 환영을 보는 것이었다.

그들은 돌아오지 않았다. 하나님은 자비로운 분이지만 조안나의 영혼을 결코 불안에서 건져주지는 않았다. 그것은 아마도 젊은날의 조안나가 자신의 양심을 저버린 대가인지도 모른다. 그러나 그것은 죄값이라고 하기에는 너무나도 큰 것이어서 그녀를 완전히 절망에 빠뜨렸다.

배가 돌아온다고 한 날이 벌써 여러 달이 지났건만 아직도 배는 웬일인지 돌아오지 않았다.

조안나는 날마다 부두에 나가 배를 기다렸다. 훤히 트

인 뱃길이 보이는 언덕에 올라가 멀리 지평선 저쪽에 작은 점 같은 것이 물결을 타고 남쪽을 향하는 것을 보고 남편의 배일 것이라고 생각하곤 하였다. 또 그녀는 집 안에 있다가도 부두쪽에서 왁자지껄 떠드는 사람들의 소리가 나면 속으로 "그이와 아이들이 오나 봐" 하고 중얼거리면서 자신도 모르게 벌떡 일어나 밖을 내다보는 것이었다.

그러나 그들은 돌아오지 않았다. 그녀는 주일마다 교회의 강단 앞에 앉아 있는 세 사람을 보았지만 그것은 환영에 불과하였다.

이제 그녀의 가게도 바닥이 나 버렸다. 그녀는 불안과 고독에 지친 나머지 장사에 신경을 쓸 힘이 없었다. 몇 푼어치의 물건도 들여놓을 엄두가 나지 않았다. 그래서 결국에는 마지막 단골손님까지도 놓치고 말았다.

에밀리 레스터는 곤경에 빠진 조안나를 여러 번 도와주려고 했으나 번번이 거절당하고 말았다.

"보기도 싫어!"

친구에게 도움을 주고 싶어 에밀리가 찾아오면 조안나는 이렇게 소리치는 것이었다.

"조안나, 난 친구로서 널 조금이라도 돕고 싶어서 찾아 왔어."

에밀리가 말하였다.

"넌 돈이 많은 남편과 훌륭한 아들들을 둔 부인이 아니니? 자식도 남편도 다 잃어버린 늙은 할멈을 네가 어떻게 하겠다는 거야?"

"조안나, 이런 곳에 혼자 있지 말고 우리 집에 와서 같이 사는 게 어떻겠어?"

"안 돼. 그들이 집에 돌아왔을 때 내가 없어서는 안 돼. 그러고 보니 너는 날 그들과 떼어놓을 작정이구나? 그것만은 절대로 안 되지. 난 그냥 여기 있을 거야. 난 네가 정말 보기 싫어. 아무리 나한테 친절한 척해도 역겨워."

그러나 아무 수입도 없는 조안나로서는 뾰족한 수가 없었다. 집세도 못 낼 형편이었다. 주위의 모든 사람들이 찾아와서 쉐이드랙과 아들들이 돌아오기는 이젠 틀렸다고 이야기했다. 그녀는 할 수 없이 레스터의 집에서 신세를 지기로 하였다.

그녀는 레스터의 집 3층의 한 방에 거처하게 되었다. 그 방은 그 집 가족들과 부딪히지 않고 조안나가 마음 놓고 드나들 수 있게 되어 있었다.

조안나의 머리는 이제 희끗희끗해지고 이마에는 깊은 주름살이 패여 있었다. 몸은 깡마르고 허리는 구부정하였다. 하지만 아직도 그녀는 남편과 아들들을 간절히 기다리고 있었다.

그녀는 가끔 에밀리와 마주치게 되면 퉁명스럽게 이렇

게 말하는 것이었다.

"난 네가 왜 나를 이곳에 데려왔는지 잘 알아. 넌 내게 쉐이드랙을 뺏은 앙갚음을 하려는 거야. 그가 돌아왔을 때 내가 집에 없는 것을 보고 다시 바다로 떠나도록 말야."

에밀리 레스터는 딱한 친구의 터무니없는 비난을 들으면서도 꾹 참았다.

에밀리뿐만 아니라 이곳 헤이븐풀에 사는 모든 사람들은 쉐이드랙과 그의 아들들이 영원히 돌아오지 못할 곳으로 갔다고 생각하고 있었다.

그러나 조안나는 한밤중이라도 무슨 소리가 나기만 하면 침대에서 벌떡 일어나 램프를 들고 건너편 가게를 뚫어지게 바라보곤 하였다. 하지만 번번이 그들이 아니란 걸 똑똑히 확인해야 했다.

쉐이드랙 일행이 배가 항구를 떠난 지도 6년이 지난 어느 겨울 컴컴한 밤이었다. 차가운 바닷바람이 불어닥쳤다. 조안나는 다른 어느 때보다 더 간절한 마음으로 그날도 집을 떠난 그들을 위해 기도하고 11시가 되어서야 잠자리에 들었다.

그녀는 잠을 자다가 깜짝 놀라 깨어났다. 그때의 시간이 밤 1시나 2시쯤 되었을 것이다. 거리에서 쉐이드랙과 아이들의 발소리가 들리더니 곧이어 가게 앞에 와서 자신을 부르는 소리가 들렸던 것이다.

그녀는 침대에서 벌떡 일어나 무슨 옷을 입었는지도 모르고 허둥지둥 카펫을 깔아놓은 에밀리의 집 계단을 급히 내려갔다. 그리고 대문의 빗장을 풀고는 거리로 뛰어나갔다.

부둣가에서 휩쓸려온 안개로 인해 거리는 한치 앞도 분간하기가 어려웠다. 그녀는 순식간에 행길을 건넜다. 그러나 그곳에는 아무도 없었다. 그녀는 미친 듯이 맨발로 근처를 한동안 헤맸으나 아무도 없었다.

그녀는 다시 가게 앞으로 돌아왔다. 남편과 아이들은 자기의 잠을 방해하지 않으려고 그냥 가게 안에서 하룻밤을 새우려고 할지도 모른다. 그녀는 힘껏 가게의 문을 두드렸다.

이윽고 현재 그 가게를 운영하고 있는 젊은 주인이 이층의 창문을 열고 내다보았다.

"누구십니까?"

그의 눈에는 마치 송장 같은 여자가 반 벌거숭이로 서 있는 것이 보였다.

"졸리프 부인이시군요? 난 누가 왔나 했어요."

젊은 주인은 친절하게 말했다.

불쌍한 부인의 터무니없는 기대가 그녀를 몹시 처참한

지경으로 만들었다는 걸 잘 알고 있었기 때문이었다.

"여긴 아무도 찾아오지 않았어요."

젊은 주인은 이렇게 말하고 한동안 그녀를 물끄러미 쳐다보았다.

투르게네프

(Turgenev, Ivan Sergeevich 1818~1883)

1833년 모스크바대학 문학부에 입학하고, 다음
해 페테르부르크대학 철학부 언어학과로 옮겼다. 1836년
대학을 졸업, 푸슈킨과도 교유하였다.

1841년 귀국하여 고향에서 수렵을 즐기고, 가을에는 바쿠닌을 찾기도 하였다. 내무부에 근무하면서 발표한 서사시 〈파라샤〉(1843)는 비평가 벨린스키의 격찬을 받았다. 1847년 〈동시대인(同時代人)〉 지(誌) 제1호에 농노의 비참한 생활을 그린 연작 〈사냥꾼의 수기(手記)〉의 제1작이 발표되었다.

1850년 말 어머니의 죽음과 동시에 농노를 해방시켰다. 1852년 농노제의 비판으로 당국의 미움을 사, 고골리의 죽음을 애도하는 글을 구실로 체포된 후 고향에서 연금생활도 하였다. 이 무렵 농노제에 대한 증오에 찬 단편 〈무무〉를 집필하였고, 1852년 8월에는 〈사냥꾼의 수기〉가 출판되었고, 1830년대·1840년대의 '잉여인간(剩餘人間)'을 형상화한 장편 〈루딘〉을 발표하여 장편 작가로서의 기반을 굳혔다. 1858년 무렵부터 파리에 살면서 〈귀족의 보금자리〉(1859), 〈그 전날 밤〉(1860), 〈아버지와 아들〉(1862), 〈연기〉(1867), 〈처녀지〉(1877) 등과 그 밖에 많은 작품을 발표하였고, 1882년에는 조국 러시아와 러시아어의 아름다움을 찬미한 〈산문시(散文詩)〉를 발표하였다. 파리 교외 비아르도 부인의 별장에서 1883년 척추암으로 세상을 떠났다.

사랑의 개가

16세기 중엽, 이탈리아의 페르라라(그 당시 이 도시는 문학과 예술의 후원자들인 유명한 공후들의 지배하에 번영하고 있었다.)에는 파비이와 무츠이라고 불리우는 두 청년이 살고 있었다. 그들은 나이가 비슷한데다가 그리고 가까운 친척간이어서 지금까지 한 번도 헤어진 적이 없었다. 진정한 우정이 어릴 때부터 그들을 더욱 친하게 만들었다. 그리고 똑같은 운명은 그 우정을 한층 더 굳게 만들어 주었던 것이다. 두 사람은 모두 명문 집안에서 태어났기 때문에 남으로부터 구속이라는 것을 모르는 자유스러운 분위기에서 자랐다. 게다가 그들에게는 가족이 없었고 취미 또한 비슷했다. 무츠이는 음악을 공부하고 파비이는 그림을 그렸다.

이리하여 두 청년은 궁전, 사회, 도시에서 그들을 상대할 사람이 없을 정도로 뛰어난 인재로 온 페르라라 시민의 사랑을 독차지하고 있었다. 그들은 모두 균형이 잡힌 미남자로 그 어느 것 하나 부족함이 없었지만 용모만은 서로 달랐다. 파비이는 몹시 후리후리한 키에 얼굴이 희고, 머리카락은 아마빛이었으나 파란 눈을 가지고 있었다. 그러나 무츠이는 이와 반대로, 거무스름한 얼굴에 까만 머리카락, 그리고 암갈색의 눈을 가지고 있었는데, 파비이에게서 볼 수 있는 즐거움이 없었고, 그리고 상냥한 미소도 없었다. 게다가 좁은 눈꺼풀을 뒤덮을 듯한 짙은 눈썹은, 깨끗하고 넓은 이마에 가느다란 반원을 그린 파비이의 금빛 눈썹과는 비교가 되었다.

이야기할 때도 무츠이는 그다지 활기가 없었다. 그렇지만 두 청년은 기사도의 겸손과 부유함을 지니고 있었던 탓에 도시의 귀부인들로부터 사랑을 한 몸에 받고 있었다.

한편 도시의 또 다른 곳에서는 발레리야라 불리우는 한 처녀가 살고 있었다. 그녀는 교회에 갈 때에만 외출하고, 대제(大祭)가 오면 산책할 정도로 무척 고독한 생활을 즐기는 여자였다. 그래서 사람들의 눈에 띄는 일은 거의 없었으나, 사람들 사이에서는 그 처녀가 이 도시에서 최고 미인 중의 한 사람이라는 소문이 떠돌았다. 이때 그녀는 어머니와 함께 살고 있었는데 그녀의 어머니는 과부로 부자는 아니었지만 명문가 출신이었고, 발레리야는 그녀의 무남독녀였다. 발레리야를 만나는 사람이면 누구든지 놀라움에 사로잡혀 문득 부러운 존경심을 일으키곤 했다. 그러나 그녀 자신은 자신의 아름다움을 조금도 마음에 두지 않는 겸손한 처녀였다.

물론 어떤 사람은 그녀의 얼굴빛이 약간 창백하다고 느꼈다. 그녀의 언제나 살며시 내리깐 시선은 내성적인 성격이라기보다도 어떤 두려움을 말해 주는 듯싶었다. 가끔 그녀의 입술이 방긋이 웃을 때가 있지만 그것도 살짝 웃음일 뿐, 그녀의 목소리를 실제로 들은 사람은 지금까지 아무도 없었다. 하지만 그녀의 목소리가 아름답다는 소문은 도시 전체에 크게 떠돌고 있었다.

이른 아침, 도시의 모든 사람들이 아직 고요히 잠들어 있을 때, 그녀는 자물쇠를 잠근 방에 홀로 앉아서 하프를 켜고 옛 노래를 부르는 것을 즐거움으로 삼고 있었다. 발레리야의 얼굴은 몹시 창백했으나 그녀의 몸에서는 건강미가 넘쳐흘렀다. 그래서 노인들까지도 그녀를 보면,

"사람의 손이 닿지 않은 꽃봉오리, 저 꽃봉오리를 꺾는

젊은이는 그 얼마나 행복하랴!"
하고 감탄을 하곤 했다.

　파비이와 무츠이가 처음으로 발레리야를 본 것은 호화로운 대제전 때였다. 이 제전은 유명한 루크레츠이 보르지아의 아들인 당시의 페르라라 공후 에르코르의 명령에 의해서 베풀어진 제전이었다. 그것은 프랑스 왕 루이 12세의 왕녀인 에르코르 공후 부인의 초대에 따라 멀리 파리에서 온 유명한 귀족들을 환영하기 위한 자리였다. 팔라지에 의해서 페르라라 대광장에는 몹시 화려한 귀부인석이 마련되었는데, 발레리야는 어머니와 나란히 그 가운데에 자리잡고 있었다. 파비이도, 무츠이도 바로 그 날 그 자리에서 발레리야에게 한눈에 반하고 말았다.

　그들은 지금까지 서로 무슨 일이든지 감추는 일이 없었으므로 곧 상대편 마음속에 어떤 일이 일어나고 있는지를 잘 알 수 있었다. 그래서 그들은 함께 발레리야를 사귀고 만일 그녀가 우리들 중 누구 하나를 선택한다면, 다른 한 사람은 아무런 이의 없이 그 선택에 따르기로 굳게 약속했다.

　몇 주일이 지난 후, 두 청년은 좋은 기회를 이용해서 발레리야의 집에 들어갈 수 있었다. 그녀의 어머니가 그들에게 딸을 방문해도 좋다고 허락했던 것이다. 그로부터 그들은 매일같이 발레리야를 만나 서로 이야기를 주고 받았다.

두 청년의 가슴 속에 한번 타오르기 시작한 사랑의 불길은 날이 갈수록 식을 줄을 몰랐다. 그러나 발레리야는 두 사람 가운데 어느 한쪽에만 관심을 보이지도 않았고, 그녀가 그들의 방문을 꺼려하는 것 같지도 않았다. 그녀는 무츠이와 함께 음악을 즐기기는 했으나, 파비이와 더 많은 이야기를 주고 받았다. 다시 말해서 파비이에게는 마음속에 담고 있는 것을 더 많이 털어놓을 수 있었던 것이다.

두 청년은 마침내 각자의 운명을 알아보기로 결심하고 발레리야에게 편지를 보냈다. 그 내용에는 누구에게 청혼할 것인지 하루빨리 대답해 주기를 부탁한다고 씌어 있었다. 발레리야는 그들이 보낸 편지를 어머니에게 보이고 자신은 처녀로 살고 싶다고 말했다. 그러나 그녀는 어머니께서 반드시 시집을 가야 한다고 말씀하신다면 누구든지 어머니의 마음에 드는 사람과 결혼하겠다고 덧붙였다. 마음이 몹시 어진 과부는 사랑하는 딸과 헤어져야 한다는 생각에 잠시 눈물을 흘렸다. 그렇다고 해서 그들의 청혼을 거절할 만한 이유도 없었다. 그 이유는 두 청년들이 모두 사윗감으로서는 이 도시에서 좀처럼 구하기 힘든 인물이라고 생각했기 때문이었다. 어머니는 마한편으로는 파비이를 은근히 좋아해서, 딸도 마음에 들 것이라고 생각하고 결국 어머니는 파비이를 선택해 주었다.

이튿날 파비이는 그 집으로부터 그 기쁜 소식을 받았고, 무츠이는 파비이와의 약속에 따라 그 선택을 따르지 않을 수 없게 되었다.

그는 약속대로 했다. 하지만 무츠이는 경쟁자의 승리를 눈앞에 보면서 가만히 앉아 있을 수는 없었다. 그는 서둘러 대부분의 재산을 정리해 가지고 수천 두카트(이탈리아에서 사용되던 금화)를 만들어서 먼 동쪽 나라를 향해 기나긴 여행에 올랐다. 무츠이는 파비이와 헤어지면서 자기 정열의 흔적이 완전히 사라졌다고 느끼기 전까지는 절대로 귀국하지 않겠다고 굳게 맹세했다

어릴 때부터 이제까지 한 번도 떨어진 적이 없는 다정한 친구와 헤어진다는 것은 파비이에게도 여간 고통스러운 것이 아니었다. 그렇지만 바로 앞으로 다가올 행복에 대한 즐거운 기대는 순식간에 모든 것을 집어삼키고 말았다. 그는 자신이 승리한 사랑의 기쁨 속에 온몸을 내맡겼던 것이다.

얼마 후 파비이는 발레리야와 결혼했다. 그리고 결혼했을 때, 그는 비로소 아내의 가치를 깨닫게 되었다. 파비이는 페르라라에서 가까운 곳에, 녹음이 짙게 우거진 정

원으로 둘러싸인 훌륭
한 별장을 가지고 있
었다. 그는 아내와
장모를 데리고 그
곳으로 옮겨 갔다.
그때가 그들에게 있어
서는 가장 즐거운 시간이었
다.

　신혼 생활의 달콤함 속에서 발
레리야는 많은 솜씨를 발휘했다. 파비
이는 유명한 화가가 되었다. 이미 떳
떳한 화단의 중진이 된 것이다. 발레리야의 어머니는 이
행복한 한 쌍의 부부를 보고 무척 기뻐하며 하나님께 감
사드렸다.

　어느 새 4년이란 세월이 흘러가 버렸다. 행복하기만 했
던 이들 부부에게 한 가지 슬픔이 있었다면, 그들 사이에
자식이 없다는 것이었다. 그러나 그들은 결코 희망을 버
리지 않았다.

　그런데 이번에는 정말 커다란 슬픔이 그들에게 밀려오
고 말았다. 그것은 발레리야의 어머니가 며칠 동안 앓다
가 그만 세상을 떠나고 말았다. 발레리야는 며칠 동안 슬
피 울었다. 그녀는 한동안 이 불행에서 헤어나올 수가 없

었다. 그러나 한 해가 지나자 생활은 다시 그전의 모습으로 되돌아와서 예전처럼 밝은 웃음을 찾을 수 있었다. 그런데 그 어느 여름날 저녁, 무츠이는 그 누구에게도 알리지 않고 살며시 페르라라에 돌아왔다.

 페르라라를 떠난 지 5년 동안, 무츠이에 대해서 아는 사람은 아무도 없었다. 마치 그가 이 세상에서 사라지기라도 한 듯 그에 대한 소식은 끊어져 버리고 말았다. 그래서 파비이는 페르라라의 어느 거리에서 옛 친구를 만났을 때, 그들은 놀라고 나중엔 기쁜 나머지 하마터면 고함을 지를 뻔했다.
 그는 즉시 무츠이를 자기 별장으로 초대했다. 별장 정원에는 따로 떨어진 별관이 있었는데, 파비이는 이 친구에게 별관을 숙소로 쓰라고 말했다. 무츠이는 친구의 호의를 받아들여 그 날로 자기 하인을 데리고 짐을 그곳으로 곧장 옮겨 왔다. 하인은 말레이 인 벙어리였다. 그는 벙어리이긴 했지만 귀머거리는 아니었다. 게다가 그의 또렷또렷한 눈초리로 보아서 무척 영리한 사람인 듯싶었다. 그의 혀는 잘려 있었다. 무츠이는 수십 개의 트렁크를 가지고 왔는데, 그 속에는 여러 해 동안 여행하면서 수집한 가지각색의 보물로 가득 차 있었다. 발레리야도 무츠이의 귀국을 몹시 기뻐했으며, 이때 무츠이의 태도는 매우 침착했다. 그리고 어느 모로 보나 파비이와의 약속을 지킨 듯이 보였다.

그는 낮에 말레이 인과 함께 자기의 별관에서 가지고 온 온갖 진기한 물건들을 정리했다. 카펫, 비단, 찻잔, 접시, 에나멜을 칠한 쟁반, 진주와 보석을 박은 금은 장식품, 호박과 상아로 조각된 상자, 반짝반짝 빛나는 병, 향료, 약, 짐승의 가죽, 이상한 깃털 그 밖에도 여러 가지가 있었지만, 모두 신비로운 것들뿐이었다. 그리고 금은 보석 가운데는 진주목걸이가 있었는데, 그것은 어느 날 무츠이가 멋지고 신기한 재주를 보여 준 데 대해서 페르시아 왕으로부터 기증받은 목걸이라고 자랑했다.

무츠이는 손수 그 목걸이를 발레리야의 목에 걸게 해달라고 그녀에게 청했다. 목걸이는 묵직하면서도 그 어떤 따스함이 스며 있는 듯이 느껴졌다. 마침내 그 목걸이는 발레리야의 목에 걸려졌다.

점심을 먹고 저녁녘에 별장 테라스의 올레안도르와 계수나무 그늘에 앉아서 무츠이는 자기가 겪은 이제까지의 여행담을 이야기하기 시작했다. 그는 자신이 본 먼 나라들이며, 높은 산, 물 없는 사막, 바다와 같은 큰 강들을 이야기하고 나서 대건축물과 대사원들, 천 년 묵은 고목, 무지갯빛과 새 이야기, 그리고는 자기가 방문했던 모든 도시와 민족들을 하나하나 자세히 설명해 주었다. 그 이름을 듣는 것만으로도 어떤 동화에 나오는 신비로운 세계를 연상케 했다.

무츠이는 동방에 있는 나라들을 잘 알고 있었다. 그는 페르시아와 아라비아에서는 다른 어떤 동물보다도 말이 가장 귀엽고 훌륭한 것으로 여기고 있으며, 인도의 내륙 지방으로 들어가니 거기에서는 사람이 커다란 나무와 비슷했고, 그 다음 중국과 티베트 경계선에 도착하니 그곳에선 달라이 라마라고 불리는 생불(生佛)이 눈을 감고 묵상하고 있는 인간의 모습으로 살고 있다는 것이었다. 어쨌든 그의 이야기를 들으면 들을수록 신기한 이야기들뿐이었다. 파비이와 발레리야는 얼이 빠진 사람처럼 그의 말을 듣고 있었다.

무츠이는 별로 변한 것 같지 않았다. 다만 어릴 때부터 거무스레하던 얼굴이 강렬한 햇볕에 탄 탓인지 한층 더 검어졌고 눈이 예전보다 더욱 들어간 듯이 보일 정도였으나 단 하나 그의 얼굴 표정만은 완전히 달랐다. 빈틈없이 긴장되고 장중한 표정은 여러 가지 위험, 그 중에서도 캄캄한 밤에 호랑이의 으르렁대는 소리에 놀라고, 낮에는 한적한 산길에서 길을 가는 나그네를 노리고 있는 산적을 만났다는 이야기를 할 때에도 그는 조금도 놀라는 기색이라고는 없었다. 목소리는 나직하면서도 단조로웠고 온몸의 동작까지도 이탈리아 민족 특유의 모습을 잃

고 있었다.

무츠이는 온순하고 민첩한 말레이 인 하인의 도움으로, 인도의 바라문에게 배운 몇 가지의 요술을 그들에게 보여주었다. 한 가지 예를 들면, 그는 미리 자기 몸을 휘장으로 가리는가 했더니 어느 새 곧게 세운 대나무 지팡이에 손끝으로 가볍게 의지하면서 공중에 책상다리를 하고 앉은 모습을 보였다. 파비이도 몹시 놀랐지만, 발레리야의 놀라움은 이루 말할 수 없었다.

'아니, 혹시 저 사람은 마법사가 된 것이 아닐까?'

그녀는 마음속으로 이렇게 생각하였다. 그리고 무츠이가 가느다란 통소를 불면서 뚜껑이 달린 광주리 속에서 기른 뱀을 불러냈을 때, 그리고 그 뱀이 혀를 날름거리며 얼룩진 천 밑으로부터 까맣고 납작한 머리를 도사렸을 때, 발레리야는 무서워서 그 기분 나쁜 뱀을 치워 달라고 무츠이에게 간절히 애원했다.

저녁 식사 후, 무츠이는 시라스의 술을 파비이 부부에게 대접했다. 술은 향기롭고 매우 짙었으며 파르스름한 금빛으로 빛나고 있었다. 게다가 자그마한 벽옥으로 만든 잔에 담겨 있어서인지 더욱 이채로운 빛을 발하고 있었다. 술맛은 유럽의 술과 달리 몹시 달고 향기가 높아서 몇 모금만 마셔도 온몸에 꽉 달라붙는 듯한 달콤함에 취하는 듯한 느낌을 주었다. 첫잔을 간단하게 비우자 무츠이는 파비이와 발레리야에게 다시 한 잔씩을 권하고 자신도 마셨다. 그때 무츠이는 발레리야의 잔으로 몸을 숙이고 손가락을 떨면서 무엇인지 중얼거렸다. 발레리야도 그런 사실을 알고는 있었으나 그의 태도와 행동이 그 전과는 너무나 달랐으므로 별로 마음에 두지 않고, '저분은 인도에서 어떤 새로운 종교를 받아들인 것이 아닐까. 그렇지 않으면 그곳 풍속이 저런 것일까?' 하고 막연히 생각했을 따름이었다.

발레리야는 잠시 동안 아무 말이 없다가 무츠이에게 물었다.

"당신은 여행 도중에도 계속 음악을 하셨나요?"

무츠이는 대답 대신, 말레이 인에게 인도의 바이올린을 가져오라고 명령했다. 그 바이올린은 요즘 것과 다름이 없었다. 단지 현이 네 개가 아니라 셋이었고 위에는 푸릇푸릇한 뱀가죽으로 덮여 있었으며, 거기에 삼으로 만든 가늘고 긴 반원의 활이 달려 있었다. 그리고 그 끝에 뾰족한 보석이 반짝이고 있었다.

무츠이는 몇 곡의 슬픈 노래를 열심히 연주했다. 그의 말을 빌리면 그 곡들은 민요라는 것이었는데, 이탈리아 인의 귀에는 이상하기보다는 오히려 몹시 조잡한 느낌을 주었다. 금속으로 만든 현의 음향은 나직하고 구슬펐다. 그러나 무츠이가 마지막 노래를 시작했을 때, 그 음향은

 갑자기 높아져서 힘차게 울리기 시작했다.
힘 있게 활을 움직일 때마다 그 밑에서 타
는 듯한 정열의 음악이 흘러나왔다. 그것
이 마치 바이올린 거죽을 덮고 있는 뱀처럼
아름다운 굴곡을 보여주어서 한결 분위기를
더해 주는 것이었다.

파비이와 발레리야도 마음이 벅차서 눈물
을 흘렸다. 그만큼 이 멜로디는 정열과 환희에 불타고 있
었다. 그러나 한편 무츠이는 아래로 몸을 굽혀 바이올린
에 머리를 갖다 붙인 채 볼은 점점 창백해지고 양 눈썹은
굳게 굳어졌다. 그의 표정은 몹시 긴장되어 한층 더 엄숙
해 보였다. 활끝에 달려 있는 보석은 그 신기한 음악의
불길에 타오르기라도 하듯 시종 불꽃처럼 반짝이고 있었
다.

무츠이는 연주를 마치고도 계속해서 바이올린을 턱과
어깨 사이로 힘 있게 틀어놓고 한참 후 활을 쥐고 있던
손을 내렸다.

"여보게 지금 자넨 무슨 곡을 켰나?"
하고 파비이는 물었다. 발레리야도 어안이 벙벙해서 아
무 말도 하지 않았지만, 그녀의 모습 역시 남편이 한 말
을 물어 보고 싶어 하는 것 같았다. 무츠이는 바이올린을
책상 위에 놓고 머리를 흔들더니 이윽고 잔잔한 미소를

지으면서

"이 노래는 스리랑카에서 한 번 들은 일이 있지. 그곳에선 이 노래가 행복한 사랑의 노래라고 해서 많이 유행되고 있다네."

"여보게 한 번 더 들려주게."

하고 파비이는 말했다.

"안 돼, 이건 되풀이할 수 없는 거야. 벌써 늦었는데 발레리야 님께서도 주무셔야 할 거고, 나도 잘 때가 됐어. 몹시 고단하군."

하고 무츠이는 대답했다.

이 날 하루 동안 무츠이가 발레리야를 대하는 태도는 다만 옛 친구로서 어디까지나 정중한 것이었다. 그렇지만 그들과 헤어지게 되었을 때, 그는 힘 있게 발레리야의 손을 붙잡고 얼굴이 맞닿을 정도로 가까이 다가가 그녀의 얼굴을 뚫어질 듯 한동안 바라보았다. 그리고 그녀의 손바닥을 손가락으로 꼭 눌렀다. 그때 발레리야는 얼굴을 쳐들 수 없었지만, 화끈한 자기 볼 근처에서 무츠이의 시선을 느꼈다. 그녀는 아무 말 없이 손을 빼냈고 무츠이가 밖으로 나갔을 때, 그녀는 그가 걸어 나간 문 쪽을 바라보았다.

그녀는 그 전에 무츠이가 얼

마나 무서웠는가를 상상해 보았다. 그리고 지금도 그를 믿을 수 없었다. 무츠이는 자기 숙소로 돌아가고, 파비이 부부는 그들의 침실로 들어갔다.

집에 돌아온 발레리야는 한참 동안 잠을 이룰 수가 없었다. 온몸의 피가 괴로움 속에 잔잔히 물결치고 머릿속은 종이라도 치는 듯 가볍게 뒤흔들렸다. 이것은 발레리야가 추측했던 대로 그가 준 이상한 술 때문이기도 했지만 무츠이의 이야기와 바이올린의 연주가 그 원인이 된 듯싶었다. 마침내 그녀는 새벽녘에야 겨우 잠이 들었는데, 이상한 꿈을 꾸었다.

그녀는 자신이 나직한 천장이 있는 널찍한 방 안에 들어와 있는 것을 느꼈다. 그녀는 지금까지 한 번도 이런 방을 본 적이 없었다. 사방의 벽은 금빛풀이 자란 가느다란 청색 타일로 싸여 있었고, 우아스럽게 조작된 석고 기둥은 대리석 천장을 떠받들고 있었다. 그 천장과 기둥이 어렴풋이 투명해 보였다. 연한 분홍빛은 모든 사물을 똑같은 신비로움으로 가득 물들게 하면서 사방으로부터 방 안을 비추고 있었다. 거울같이 매끄러운 마루 한복판의 폭 좁은 카펫 위에는 비단 방석이 놓여 있었고, 방 구석구석에는 괴물을 상징하는 커다란 향로가 가느다란 연기를 내뿜고 있었다. 어디를 살펴보아도 창문은 없었다. 벨벳 커튼을 드리운 문은 움푹 들어간 벽 위에서 말없이 검은빛을 내고 있었다. 그런데 갑자기 커튼이 미끄러지며 움직이더니 살며시 무츠이가 들어왔다. 그는 인사를 하고 두 손을 벌리며 빙긋이 웃었다. 이윽고 그의 무쇠 같은 두 손은 발레리야의 몸을 얼싸안으며 메마른 입술로 그녀의 몸을 더듬었다. 그녀는 방석 위에 쓰러졌다.

이 무서운 악몽에 고통스러운 신음을 하다가 발레리야는 간신히 눈을 떴다. 그녀는 자기의 몸이 어디에 있는지 그리고 무슨 일이 일어났는지 도무지 알 수가 없어서 침대에서 반쯤 몸을 일으킨 후 천천히 사방을 둘러보았다. 그녀의 온몸에 오싹 소름이 끼쳤다. 파비이는 그녀의 옆에 나란히 누워 있었다. 그는 잠들었지만 그의 얼굴은 창문으로 스며든 둥글고 환한 달빛을 받아 마치 죽은 사람같이 창백했다. 아니, 죽은 사람의 얼굴보다 더 창백해 보였다. 갑자기 무서운 생각이 든 발레리야는 남편을 깨웠다. 잠을 깬 파비이는 발레리야를 보자

"여보, 왜 그래?"

하고 물었다.

"저 무서운 꿈을 꾸었어요."

발레리야는 부들부들 몸을 떨면서 중얼거렸다.

그런데 이때, 별관 쪽에서 힘찬 멜로디가 들려왔다. 그리고 두 사람은 이것은 만족스러운 사랑의 개가(凱歌)라고 하면서 무츠이가 연주하던 그 곡임에 틀림없다는 것을 알았다. 파비이는 이상하다는 듯 발레리야를 바라보았다. 발레리야는 눈을 감고 얼굴을 돌렸다. 두 사람은 숨을 죽인 채 노래가 끝날 때까지 가만히 듣고 있었다. 마지막 음악이 끊어졌을 때, 달은 구름 속으로 스며들어 방 안은 갑자기 어두워졌다. 두 부부는 말 없이 침대 위에 누웠다. 그리고 누가 먼저 잠들었는지 모르게 잠들어 버렸다.

다음날 날이 밝자 무츠이는 아침 식사를 하러 왔다. 그는 몹시 만족스러운 표정으로 발레리야에게도 즐겁게 인사했다. 발레리야는 말을 더듬으며 짤막하게 대답하고는 살짝 무츠이를 훔쳐보았다. 그 만족스러운 듯한 즐거운 얼굴이며 그 날카로운 호기심에 찬 눈초리가 그녀에겐 어쩐지 무섭게 느껴졌다. 무츠이가 다시 이야기를 시작하려 했으나 파비이는 곧장 그의 말을 가로막았다.

"잠자리가 바뀌어서 잠이 잘 오지 않았나 보지? 나는 아내와 함께 어젯밤 자네가 연주하는 노래를 잘 들었지."

"그래? 자네도 듣고 있었나?"

하고 무츠이는 중얼거렸다.

"그래 그 곡이었어. 그러나 그 전에 한잠 자다가 이상한 꿈을 꾸었다네."

꿈이라는 말에 발레리야는 귀를 기울였다.

"그래 어떤 꿈인가?"

파비이가 물었다.

"이런 꿈이었어."

무츠이는 발레리야를 물끄러미 바라보며 말을 이었다.

"먼저 내가 천장이 낮은 동양식으로 꾸민 넓은 방에 들어갔다고 생각하게. 조각한 기둥이 천장을 떠받들고 벽은 타일로 싸여진 채 창문도 등불도 없었지만 장밋빛 광선이 방 전체에 넘쳐 흘러서 그 방은 마치 투명석으로 만든 것 같았어. 방 구석구석에는 중국의 향로가 놓여 있고, 마루 위에는 비단 방석이 폭이 좁은 카펫 위에 놓여 있었어. 나는 커튼이 드리워진 문을 통해 들어갔지. 그러자 다른 문에서도 갑자기 나를 향해서 어떤 부인이 걸어오지 않겠나. 그 부인은 한때 내가 사랑하던 여자로 아름다운 미인이었어. 나도 예전의 사랑이 불타올랐을 정도였다네……."

무츠이는 입을 굳게 다물었다. 발레리야는 숨이 가빠지

면서 앉은 채 점점 얼굴이 파랗게 질려 갈 뿐이었다. 그녀의 호흡은 더욱 거칠어졌다.

"그때."

무츠이는 말을 이었다.

"바로 그때 잠이 깨어 그 곡을 켠 거라네."

"그럼 그 부인은 누군가?"

파비이가 흠칫 놀라면서 물었다.

"그 부인이 누구냐고? 어느 인도인의 부인이야. 나는 그 부인과 델리시에서 처음 만났었지……. 그런데 그 여자는 이미 이 세상 사람이 아니야. 죽고 말았다네."

"그녀의 남편은?"

파비이는 날카로운 목소리로 이렇게 물었다.

"소문에 의하면 남편도 역시 죽었다더군. 두 사람 다 너무 빨리 죽었어."

"참으로 이상한데!"

파비이는 외쳤다.

"내 아내도 어젯밤에 이상한 꿈을 꾸었어."

그때 무츠이는 뚫어질 듯 발레리야를 바라보았다.

"아직 아내에게서 꿈 얘기를 듣지는 못했지만."

하고 파비이는 덧붙였다.

그러나 이때 발레리야는 자리에서 벌떡 일어나 밖으로 나가고 있었다. 무츠이도 아침 식사를 끝내고 페르라라에 갈 일이 있어 밤에 돌아오겠다는 말을 남기고 총총히 나가 버렸다.

무츠이가 돌아오기 몇 주일 전, 파비이는 성녀 체칠리야의 모습으로 아내의 초상화를 그리기 시작했다. 그의 그림 솜씨는 그 동안 많은 발전을 가져왔다. 레오나르도 다 빈치의 제자이며 유명한 화가인 루이니가 자주 찾아와서 파비이를 많이 도와주었기 때문이다. 또한 레오나르드 다 빈치의 가르침을 파비이에게 전달하여 주기도 했다. 초상화는 거의 완성되어 가고 있었으나 다만 얼굴 몇 군데가 아직 완성되지 못한 채 남아 있을 뿐이었다. 이 그림만 완성되면 파비이는 많은 사람들에게 정당하게 자기의 재능을 자랑할 수 있으리라 무척이나 기대하고 있었다.

파비이는 무츠이를 페르라라로 보내고, 자기 화실로 발길을 옮겼다. 거기에는 발레리야가 먼저 언제나 자기를 기다리고 있었다. 그런데 오늘 따라 그는 아내를 찾아볼 수 없었다. 큰 소리로 몇 번씩이나 불러보았으나 대답이 없었다. 그는 이때 이상한 불안에 사로잡혀 발레리야를 찾기 시작했다. 집에도 없었다. 파비이는 정원으로 뛰쳐 나갔다. 그리고는 멀리 떨어진 길에서 발레리야를 찾았다. 그녀는 머리카락을 가슴 위로 축 늘어뜨린 채 두 손을 무릎 위에 올려놓고 벤치에 앉아 있었다. 그녀 뒤에는 비웃음으로 얼굴을 찡그린 대리석 괴물이 암녹색의 기파리스(녹색 식물의 일종) 속에서 튀어나와 찌그러진 입술을 갈대 피리에 갖다 대고 있었다.

발레리야는 남편을 발견하고 무척 기쁜 표정을 지었다. 그리고 남편이 질문하자, 머리가 좀 아프기는 하지만 아무렇지도 않다며 화실로 가고 싶다고 말했다. 파비이는 그녀를 화실로 데려다가 앉힌 다음 붓을 들었다. 그러나 그는 자신이 원하는 얼굴을 완성시킬 수가 없었다. 그것은 그녀의 얼굴이 다소 창백하고 피곤해 보였기 때문만은 아니었다……. 그렇지는 않았다. 그러나 그가 예전에 마음에 들었던 얼굴, 즉 그로 하여금 성녀 체칠리야의 모습으로 표현해 보겠다는 마음을 일으키게 했던 그 깨끗하고 거룩한 표정을 그는 오늘 발레리야에게서 어느 한군데도 찾아볼 수는 없었다. 결국 그는 그림을 중단하고 발레리야도 안색이 좋지 않은 것 같으니 잠시 자리에 누워서 쉬는 편이 나을 것이라고 그녀에게 말했다. 그러고는 그리던 초상화를 벽 위에 조심스럽게 세워 놓았다. 발레리야는 좀 쉬라는 남편의 말에 머리가 아프다는 말을 되풀이하고는 침실로 사라졌다.

발레리야가 떠나자 파비이는 혼자 화실에 남았다. 그는 자기 자신도 모를 이상한 움직임을 느꼈다. 파비이는 자

신 스스로 무츠이를 자기 집에 머물게 했지만, 지금에 와서는 그것이 오히려 화근이 되고 말았다. 그는 질투하고 있는 것이 아니었다. 어떻게 발레리야에게 질투할 수 있으랴. 그러나 그는 그 친구가 예전의 친구가 아니라는 것을 직감적으로 느낄 수 있었다. 무츠이가 먼 나라에서 가지고 온 여러 가지 신기한 물건들, 알지 못할 것들——그의 피와 살에 깊이 아로새겨진 것——그러한 모든 요술, 가곡, 이상한 술, 벙어리인 말레이 인, 게다가 무츠이의 옷이며 머리카락, 그 몸에서 내뿜는 향기 등 이 모든 것이 파비이의 마음에 불안한 감정을 일으키게 했다.

그리고 어째서 말레이 인은 항상 불쾌한 눈초리로 자기를 노려보는지 이상한 감정이 느껴졌다. 물론 다른 사람은 그가 이탈리아어를 이해한다고 생각할는지도 모르리라.

무츠이의 말에 의하면, 이 말레이 인은 혀를 대가로 해서 막대한 희생을 치렀으며, 그 때문에 지금은 대단한 힘을 가지고 있다는 것이다. 그는 어떤 힘으로, 또 어떻게 그는 혀의 대가로 그것을 얻을 수 있었을까. 그 점이 매우 이상한 일이었다! 파비이로서는 도저히 알 수가 없었다.

파비이는 아내의 침실로 들어갔다. 발레리야는 옷을 입은 채 침대에 누워 있었지만 잠들지 않았다. 남편의 발소리를 듣고 그녀는 몸서리를 쳤으나, 곧 정원에서 만났을 때와 같이 기쁜 표정을 지었다. 파비이는 침대맡에 앉아서 아내의 손을 살며시 잡은 채 잠시 침묵하다가 이렇게 물었다.

"어젯밤의 꿈이 당신을 몹시 놀라게 했겠구려. 그래 그 꿈이 무츠이가 얘기한 것과 같은 것이었소?"

남편의 갑작스런 질문에 발레리야는 얼굴을 붉히며 중얼거렸다.

"아니에요! 제가 본 것은 ……. 어떤 이상한 괴물이 저를 잡아먹으려고 한 것이었어요."

"괴물이라니? 그게 혹시 사람의 탈을 쓰고 있지 않았소?"

파비이가 다시 물었다.

"아니에요, 짐승……. 그것은 짐승이었어요."

발레리야는 이렇게 대답하고, 빨갛게 된 자기 얼굴을 배개 속에 파묻었다. 파비이는 얼마 동안 아내의 손을 잡고 있다가 말 없이 그 손을 자기 입술에 대고는 밖으로 나갔다.

그들 부부는 석연치 않은 기분으로 이 날 하루를 보냈다. 그들 머리 위에는 갑자기 검고 무거운 어떤 것이 걸려 있는 것처럼 느껴졌다. 그렇지만 그것이 무엇인지 그들은 도저히 알아 낼 수 없었다. 그들은 어떤 일이 있어도 떨어지고 싶지 않았다. 마치 어떤 위험이 그들을 위협이라도 하듯이. 그러나 그들은 무슨 말을 해야 할지 갈피를 잡을 수 없었다. 파비이는 초상화를 다시 그리려다 생각을 바꿔 요즈음 페르라라에서 출판되어 벌써 이탈리아 전역을 휩쓴 아리오스토의 서사시를 읽어 보려고 했으나 아무 소용이 없었다. 무츠이는 밤늦게, 저녁 식사를 할 무렵에 집으로 돌아왔다.

무츠이는 몹시 만족스러워 보였다. 그러나 그다지 말은 많지 않았다. 그는 파비이에게 옛 친구들의 소식이며, 독일 원정이며, 카를 대제의 일들을 자세히 물어 보았다. 그리고 새로 취임한 법황을 알현하기 위해서 로마로 가고 싶다는 희망을 말하기도 했다. 무츠이는 또다시 시라스의 술을 발레리야에게 권했지만 그녀에게 거절을 당하고는, "이젠 필요가 없군" 하고 혼잣말로 중얼거렸다. 파비이는 아내와 함께 침실로 돌아와서 잠시 후 잠들어 버렸다.

어느 순간 눈을 떠 보니, 자기 옆에서 자고 있던 아내가 없는 것이었다. 파비이는 몸을 일으켰다. 바로 그 순간, 잠옷 바람인 발레리야가 정원 쪽에서 방으로 들어오고 있는 것을 보았다.

조금 전만 해도 비가 내릴 것처럼 흐릿했으나, 이미 달이 환히 비추고 있었다. 발레리야는 눈을 내리감고, 죽은 듯이 움직이지 않는 얼굴에 이상한 공포의 빛을 띠면서 침대로 다가왔다. 그녀는 앞으로 손을 내밀어 침대를 더듬고는 털썩 침대에 누워 버린 채 말이 없었다. 파비이는 아내에게 한두 마디 질문을 던졌으나 아무 반응이 없었다. 아마 잠이 든 듯싶었다. 파비이는 아내를 만져 보았다. 그녀의 잠옷이며 머리카락은 비에 젖어 있었고, 맨발의 발바닥에는 모래가 묻어 있었다. 깜짝 놀란 파비이는 벌떡 일어나 반쯤 열린 문을 박차고 정원으로 달려 나갔다. 무서울 정도로 밝은 달빛은 온갖 사물을 비춰주고 있었다. 파비이는 사방을 둘러보았다. 그 순간 모래길 위에 두 사람의 발자국이 남아 있는 것을 발견했다. 한 사람은 맨발이었다. 조심스럽게 그 발자국을 따라가 보니 그곳은 별관과 본관과의 중간이 되는 재스민이 우거진 정자였다. 파비이는 어리둥절해서 걸음을 멈추었다. 그러자 갑자기 어젯밤에 들은 것과 같은 음악이 다시 들려오지 않는가!

파비이는 몸을 부르르 떨며 별관으로 뛰어 들어갔다……. 무츠이는 방 한복판에 서서 열심히 바이올린을 연주하고 있었다. 파비이는 그에게 달려들었다.

"자네 정원에 나갔었지? 밖에 나갔었지? 자네 옷이 비에 젖어 있어.”

“아니 잘 모르겠는데……. 나는 밖에 나가지 않은 것
같은데…….”

갑작스런 파비이의 방문과 그의 흥분에 놀란 무츠이는
말을 더듬거리며 대답했다.

파비이는 그의 한쪽 손을 잡으면서,

“왜 그 곡을 다시 켜는 거야? 또 그 꿈을 꾸었나?”

무츠이는 여전히 놀라움에 사로잡혀 파비이를 바라볼
뿐 말이 없었다.

“자, 어서 빨리 대답해!”

달은 마치 방패처럼 둥글고

강은 별처럼 반짝이는데

친구는 눈을 뜨고 적은 잠잔다.

독수리는 병아리를 할퀸다.

살려다오!

무츠이는 마치 실성한 사람처럼 느릿느릿 중얼거렸다.

파비이는 두세 걸음 뒤로 물러나서 무츠이를 뚫어지게
바라보며 깊은 생각에 잠겼다. 그리고는 무엇이 생각난
듯 침실로 돌아왔다.

발레리야는 머리카락을 어깨 위로 늘어뜨리고, 힘없이

두 손을 벌리고서 괴로운 꿈을 꾸듯이 신음하며 잠들어 있었다. 파비이는 창백한 그녀를 깨웠다. 남편의 모습을 보자, 그녀는 남편의 가슴에 몸을 던지고 힘껏 목을 끌어안았다. 그녀의 온몸은 부들부들 떨고 있었다.

"왜 그러오! 무슨 일이라도 있었소?"

파비이는 그녀의 마음을 안정시키려고 몸을 꼭 껴안으면서 되풀이해서 물었다. 그러나 그녀는 파비이의 가슴에 안긴 채 점점 정신을 잃어가는 것이었다.

"여보, 굉장히 무서운 꿈을 꾸었어요."

그녀는 남편에게 얼굴을 파묻으며 중얼거렸다. 파비이는 그녀에게 물어 보고 싶은 말이 많았다. 그러나 그녀는 여전히 몹시 떨고 있을 뿐이었다. 그리고 더 이상 대답이 없었다.

발레리야가 남편의 손에 안겨서 잠들 수 있었던 때는 이미 아침노을에 유리창이 빨갛게 물들기 시작한 무렵이었다.

이튿날 무츠이는 아침부터 어디로 갔는지 보이지 않았다. 발레리야는 이웃 수도원에 다녀오겠다고 남편에게 말했다. 그 수도원에는 그녀의 교부(敎父)이자 예전부터 그녀가 무한히 존경하고 있는 엄한 늙은 사제가 살고 있었다.

"아니 왜 갑자기 수도원에 가겠다는
거요?"

남편의 질문에 그녀는 모든 것을 교
부에게 고백하고, 요즈음 이상한 일들 때
문에 고통을 받고 있는 마음의 무거운 짐을 털어놓고 싶
기 때문이라고 말했다. 파비이는 아내의 수척한 얼굴과
목멘 소리를 듣고는 쾌히 아내의 의견에 따라 주었다. 특
히 존경하는 교부 로렌초라면 그녀에게 유익한 충고를
해 줄 것이고, 또 그녀의 의심을 깨끗이 풀어 줄 수 있으
리라고 굳게 믿었기 때문이었다. 발레리야는 네 사람의
하인을 데리고 수도원으로 떠났다.

한편 파비이는 혼자 집에 있었다. 그는 발레리야가 돌
아올 때까지 정원을 거닐면서 아내에게 어떤 일이 있었
는가를 곰곰이 생각해 보았다. 그러고 있노라니 평소의
공포와 분노가 치밀어 오르기도 하고, 그 어떤 것을 의심
하는 공포도 느껴졌다. 그는 여러 번 별관에 들렀으나 무
츠이는 돌아오지 않았다. 그러나 말레이 인 하인은 마치
우상이라도 섬기는 듯 비굴하게 머리를 숙이고 있었는
데…… 파비이에게는 이렇게밖에 생각되지 않았다…….
그 청동색의 얼굴에는 능글맞은 조소를 띠면서 멀리서
파비이를 노려보고 있었다.

수도원에서 교부를 만난 발레리야는 그 동안 있었던 일을 숨기지 않고 교부에게 고백했다. 교부는 주의 깊게 듣고는 그녀를 축복하고 그녀의 죄를 용서해 주었다. 그러나 교부는 '마법, 요술……, 이런 것들은 그대로 내버려둘 수 없다'고 생각하고 발레리야와 함께 그녀의 집으로 돌아왔다.

파비이는 갑작스럽게 교부가 방문하자 어쩔 줄을 몰랐다. 그러나 늙은 사제는 파비이의 그런 행동에 개의치 않고 자신의 의견을 말해 주었다. 파비이와 단둘이 있어도 그는 발레리야가 고백한 비밀을 이야기하지 않았지만, 되도록 빨리 초대한 손님을 멀리하라는 충고를 해 주었다. 그 손님의 이야기며 노래, 그 밖의 여러 가지 행동 때문에 발레리야가 마음속으로 몹시 혼란을 일으키고 있다는 것이었다. 게다 늙은 사제의 생각에 의하면, 무츠이는 이전부터 신앙이 진실하지 못한데다가 오랫동안 그리스도교의 빛을 받지 못하고 여러 나라를 돌아다녀서 가지각색의 이단사설(異端邪說)의 해를 가져올 수도 있고 마법이나 도를 닦았을지도 모른다는 것이었다. 그래서 오랜 우정을 끊기는 힘들겠지만 이 일을 처리하기 위해서는 이번 기회에 그와 꼭 헤어져야 한다는 것을 그에게 충고해 주었다.

파비이는 존경하는 교부의 건의에 완전히 동의하고 발레리야도 남편으로부터 교부의 권고를 듣고 무척 기뻤다. 이윽고 로렌초 교부는 이들 부부로부터 수도원과 가난한 사람들을 위한 선물과 진심에서 우러나오는 축복을 받으면서 별장을 떠났다.

파비이는 저녁 식사가 끝나면 곧 무츠이에게 자신의 집에서 떠나 줄 것을 말하려고 했으나, 무츠이는 식사가 다 끝나고 잠을 잘 시간이 되어도 돌아오지 않았다. 파비이는 할 수 없이 그 이야기를 내일까지 미루기로 하고 두 사람은 침실로 들어갔다.

발레리야는 자리에 눕자마자 잠들어 버렸으나 파비이는 쉽게 잠을 이룰 수가 없었다. 지금까지의 일들이 생생하게 머리에 떠올랐기 때문이다. 그는 아직까지 대답을 얻을 수 없었던 여러 가지 문제를 다시 자신에게 물어 보고 있었다. 무츠이는 정말 마법사가 된 것일까? 그가 벌써 발레리야를 해친 것은 아닐까? 그녀는 앓고 있다……. 그런데 어떤 병일까? 계속 질문을 던졌으나 그 어떤 것 하나 확실한 답이 나오지 않았다.

파비이가 머리를 손에 얹고 괴로운 사색에 잠겨 있는 동안 달은 다시금 하늘 위로 떠올랐다. 그리고 달빛과 함께 반투명의 유리창을 통해서 향기 높은 흐름과도 같은 가벼운 숨결이 별관 쪽에서 흘러들어오고 있었다. 아니 파비이에게는 그렇게 느껴졌다. 게다가 시끄러운 속삼임 까지 들려오지 않은가. 바로 그 순간 파비이는 발레리야 가 조금씩 움직이는 것을 보고 소름이 오싹 끼쳤다. 자세 히 살펴보니, 발레리야는 반쯤 몸을 일으키고 먼저 오른 쪽 다리를 다음엔 왼쪽 다리를 침대에서 내려놓았다. 그 리고 마치 몽유병자같이 흐리멍덩한 눈으로 멍청히 앞을 바라보면서, 두 손을 뻗은 채 정원으로 통하는 문을 향해 걸어가고 있다. 파비이는 재빨리 침실의 다른 문으로 뛰 어나가 집 모퉁이를 돌아서 정원으로 나가는 문을 밖에 서 잠가 버렸다. 그리고 그가 간신히 자물쇠를 채우고 나 니, 누군가가 안에서 문을 열려고 애쓰는 흔적이 느껴졌 다. 계속해서 문을 떼밀더니 나중엔 떨리는 신음 소리까 지 들려왔다.

'그런데 무츠이는 아직 거리에서 돌아오지 않았을까?' 문득 생각이 여기에 미치자 파비이는 곧장 별관으로 달 려갔다.

황급히 별관에 도착한 그는 놀라지 않을 수 없었다.

달빛을 가득 안은 정원 길을 파비이 쪽을 향해서 마치 몽유병자같이 두 손을 앞으로 뻗고 흐리멍덩한 눈을 하 고 어슬렁어슬렁 걸어오는 것은 바로 무츠이가 아닌 가……. 파비이가 무츠이 쪽으로 달려갔으나 무츠이는 파비이를 알아보지 못하고 계속해서 한 걸음 두 걸음 발을 옮기고 있었다. 그의 움직이지 않는 얼굴은 말레이 인과 같이 달빛을 받아 웃고 있었다. 파비이는 큰 소리로 그의 이름을 부르려고 했으나 그 순간, 자기 뒤의 집 안에서 유리창이 깨지는 소리가 들렸다. 파비이는 흠칫 놀라며 뒤돌아보았다.

침실의 유리창은 아래에서 위까지 활짝 열려 있었다. 그리고 발레리야는 문지방을 넘어서 창문 안에 서 있었다. 그녀의 손은 마치 무츠이를 부르고 있는 듯 그녀의 온몸은 무츠이에게 끌리고 있었다.

분노의 불길이 파비이의 가슴을 뒤흔들었다.

"이 저주받을 마술사 녀석!"

그는 미친 듯이 외치고는 한 손으로 무츠이의 목덜미를 잡고 다른 손으로는 허리띠에서 단검을 더듬어서 바로 무츠이의 옆구리를 찔렀다.

무츠이는 비명을 지르며 손바닥으로 상처를 누르고는 비틀거리며 별관 쪽으로 되돌아갔다. 아픔을 전혀 느끼지 못하는지 여전히 흐리멍덩한 얼굴을 지닌 채. 그런데 무츠이를 찌른 바로 그 순간, 발레리야도 역시 고통스러운 듯 처참한 소리를 지르며 나뭇단처럼 털썩 땅 위에 쓰러졌다.

파비이는 재빨리 달려가서 그녀를 일으키고 침대로 안

고 갔다. 그리고 조용히 그녀와 이야기하려고 했다. 하지만 아내는 여전히 정신이 없는 것 같았다.

그녀는 침대에 누워서 한참 동안 움직이지 않았으나 잠시 후 눈을 떴다. 그녀는 피할 수 없는 죽음에서 방금 깨어난 사람처럼 기뻐하며 거칠게 한숨을 내쉬었다. 이윽고 남편이라는 것을 알자 언제나처럼 두 손으로 그의 목을 얼싸안으며 남편의 가슴에 안겼다.

"여보, 저 여보……."

그녀는 말했다. 차츰 그녀의 팔에 힘이 없어지고 머리는 뒤로 늘어졌다. 그리고 행복스러운 미소를 머금고,

"덕분에 안심했어요. 하지만 무척 피곤하군요. 너무나 처절한 꿈을 꾸었어요."

그녀는 이렇게 소곤거리면서, 다시 깊은 잠에 빠지고 말았다. 그러나 그것은 이미 괴로운 꿈은 아니었다.

파비이는 아내의 침대맡에 앉아서 몹시 야윈, 그러나 지금은 안도의 빛이 감도는 그녀의 얼굴을 물끄러미 바라보며 지금까지 무슨 일이 일어났는가를 곰곰이 생각하기 시작했다. 그뿐만 아니라 앞으로 무츠이를 어떻게 처치해야 할 것인가? 그리고 무엇을 해야 할 것인가? 만일 무츠이를 죽였다면, 칼날이 얼마나 깊이 들어갔는가를 생각하면 그것은 의심할 여지가 없었다. 만일 자신이 무

츠이를 죽였다면 도저히 숨길 수 없는 일이다! 이 일은 공후와 재판관에게 신고하지 않으면 안 된다. 그렇지만 이 일을 어떻게 설명할 것인가, 어떻게 괴이한 사건을 어떻게 이야기할 것인가? 파비이가 자기 집에서 친척이자 둘도 없는 친구를 죽였다! 무엇 때문에? 어떤 동기에서?……하고 재판관은 신문하리라. 그러나 만일 무츠이가 죽지 않았다면?

어쨌든 파비이는 그것을 확인하지 않고서는 견딜 수가 없었다. 파비이는 아내가 자고 있는 것을 확인하고 안락의자에서 일어나 밖으로 나가 별관으로 향했다. 별관 안은 조용했다. 다만 한 개의 창문에서 불빛이 보일 뿐이었다. 파비이는 두근거리는 마음으로 바깥문을 열고(문 위에는 피가 묻은 손자국이 있었고, 모래가 깔린 길에는 핏방울이 검게 빛나고 있었다) 캄캄한 첫번째 방을 지나다가 깜짝 놀라 문지방 위에 걸음을 멈추고 말았다.

방 한복판에 있는 페르시아 산 카펫 위에는 온몸이 빳빳하게 뻗은 무츠이가 베개에 머리를 얹고 검정 테두리를 두른 폭 넓은 빨간 숄을 덮고 누워 있었다. 눈은 내리감고 눈 주위는 파랗게 변한 채 마치 황납처럼 샛노란 얼굴은 천장을 향하고 있었다. 그는 숨소리마저 들리지 않아 마치 죽은 사람 같았다. 그의 발 옆에는 역시 빨간 숄로 몸을 감싼 말레이 인이 무릎을 단정히 꿇고 앉아 있었

다. 말레이 인 하인은 알지 못할 식물의 가지를 왼손에 들고 약간 몸을 앞으로 숙인 채 열심히 자기의 주인을 바라보고 있었다. 마루에 놓인 자그마한 등잔불은 간신히 방 안을 비추고 있었으나, 불길은 연기도 나지 않았다. 말레이 인은 파비이가 들어가자, 별로 움직이는 기색도 없이 흘긋 쳐다보았을 뿐 다시 무츠이에게로 시선을 돌렸다. 너무나 무표정한 그의 모습에 파비이는 온몸에 소름이 끼쳤다. 그는 이따금씩 가지를 올렸다 내렸다 하면서 그리고 그것을 공중에서 흔들었다. 굳게 다문 그의 입술이 조금씩 열리면서 마치 소리 없는 이야기를 중얼거리듯 실룩거렸다. 말레이 인과 무츠이 사이의 마루 위에는 파비이가 친구를 찌른 단검이 놓여 있었다.

말레이 인은 피가 묻은 칼날을 식물의 가지로 한번 내리쳤다. 1분이 지났다……. 그리고 또 1분, 도대체 누가 옆에 있건 말건 그는 상관하지 않았다. 파비이는 몹시 다급해졌다. 그래서 말레이 인에게 다가가서 몸을 굽히고 나직한 소리로

"여보게, 그가 죽었나?"

하고 물었다.

말레이 인은 머리를 아래위로 한 번 끄덕이고는 숄 밑에서 오른손을 꺼내어 마치 명령이라도 하듯이 문을 향해 손가락으로 가리켰다. 파비이는 다른 것을 물어 보고 싶었으나, 말레이 인은 다시 손을 들어 나가라는 시늉을 되풀이했다. 그래서 파비이는 한편 놀라고 화가 치밀기도 했지만, 그가 시키는 대로 밖으로 나갔다.

아내는 침실에서 여전히 곤히 잠을 자고 있었다. 그녀의 얼굴은 한층 더 생기 있는 빛이 감돌고 있었다. 파비이는 옷을 입은 채 창가에 턱을 괴고 앉아 다시 깊은 생각에 잠겼다. 아침 하늘에 떠오르기 시작한 태양이 그를 비춰주었지만, 파비이는 그대로 그 자리에 앉아 여러 가지 생각에 잠겼다. 아내도 잠에서 깨어나지 않았다.

파비이는 아내가 일어나는 것을 기다렸다가 함께 페르라라를 떠나리라 생각하고 있었다. 그때 갑자기 침실의 문을 두드리는 가벼운 노크소리가 들려왔다. 곧장 나가보니 별장의 관리인인 안토니오 노인이었다.

"나리."

노인은 말했다.

"방금 말레이 인이 저에게 찾아와서, 무츠이 나리께서 매우 앓고 있기 때문에 일단 가구와 함께 시내로 옮기고 싶다고 말했습니다. 그래서 짐을 나르기 위해 인부를 보내 달라는 것입니다. 그리고 정오에는 짐을 실을 말과 사람이 탈 말, 그리고 몇 사람의 안내인을 보내 달라고 하는데 주인님의 뜻은 어떠하십니까?"

"말레이 인이 그런 말을 하던가?"

파비이는 고개를 갸웃거리며 하인에게 물었다.

"그는 벙어린데."

"나리! 이 종이를 보십시오, 그것은 이탈리아어로 씌어 있는데, 하나도 틀린 데가 없습니다."

"자넨 지금 무츠이가 앓는다고 말했지?"

"네, 대단하신 모양입니다. 그래서 면회도 할 수 없다 더군요."

"그럼 의사를 데리러 보냈나?"

"아뇨, 말레이 인이 안 된다고 말했습니다."

"그래 이것이 말레이 인이 쓴 건가?"

파비이는 노인이 가지고 온 종이를 받아 쥐며 물었다.

"네, 그렇습니다."

파비이는 종이와 하늘을 번갈아보며 한동안 말이 없었다.

"그럼 도와 드리도록 하게."

마침내 그는 이렇게 말했다. 그러자 하인은 물러갔다.

파비이는 이상한 눈길로 노인의 뒷모습을 한참 동안 바라보았다. '그럼 죽지 않았구나.' 그는 이렇게 생각하고,

이런 경우에 기뻐해야 좋을지 슬퍼해야 좋을지 도무지 갈피를 잡을 수 없었다. 바로 몇 시간 전만 해도 분명히 무츠이가 죽었다고 하지 않았던가.

파비이는 아내에게로 돌아왔다. 그녀는 눈을 뜨고 머리를 들었다.

두 사람은 의미심장한 눈초리로 서로를 한참 동안 바라보았다.

"그분은 안 계신가요?"

발레리야는 한참을 기다린 듯 물었다.

이 말에 파비이는 몸을 부르르 떨었다.

"여보……. 그분은 떠나셨나요?"

그녀는 남편에게 재촉해서 되물었다.

파비이는 눈을 지그시 감으면서,

"아니 아직 있소, 그러나 오늘 떠날 거요."

"저는 앞으로 영원히 그분을 만나지 못할 테죠?"

"그렇소, 언제까지나!"

"다시는 그런 꿈도 꾸지 않겠죠?"

"여보, 안 꿀 거요!"

확신에 찬 목소리였다.

발레리야는 깊은 한숨을 몰아쉬었다. 행복스러운 미소가 다시 그녀의 입가에 떠올랐다. 그녀는 남편에게 두 손을 내밀었다.

"이제부터는 그분에 대해서 절대로 말하지 않기로 해요. 네, 여보. 그리고 전 그분이 떠날 때까지는 이 방에서 절대로 나가지 않을 거예요. 제 하인을 이리 보내주세요……, 잠깐만! 여보, 저 걸 집으세요."

그녀는 화장대 위에 놓여 있는 무츠이에게서 받은 진주 목걸이를 손가락으로 가리켰다.

"그것을 가장 깊은 우물 속에 던져주세요! 여보, 저를 안아줘요. 전 당신의 아내예요. 그리고 여보, 그분이 떠날 때까지는 저한테 오시지 말게 해 주세요."

발레리야는 남편에게 간절하게 말했다.

파비이는 목걸이를 들고……. 그에게는 진주가 투명해 보이지 않았다……. 아내의 명령대로 실행했다. 그는 멀리서 별관 쪽을 바라보며 정원을 산책했다. 그곳에서는 벌써 짐을 꾸리고 있었다. 짐을 나르는 하인도 있고, 마차에 말을 연결하는 사람도 있었다……. 그러나 그들 속에서 말레이 인의 모습은 찾아볼 수 없었다. 파비이는 한 번 더 별관 안을 살펴보고 싶어졌다. 그는 문득 정자 뒤에 비밀문이 있다는 것을 떠올리고, 그 문을 거치면 오늘 아침 무츠이가 누워 있던 방으로 갈 수 있으리라 생각했다. 파비이는 문으로 걸어갔다. 다행히 문은 굳게 잠겨 있지 않았다. 파비이는 묵직한 커튼을 열어젖히고 겁에

질린 시선으로 정면을 바라보았다.

무츠이는 이미 카펫 위에 누워 있지 않았다. 그는 값비
싼 옷을 입고 안락의자에 앉아 있었다. 그러나 파비이가
처음 보았을 때와 같이 무츠이는 마치 송장이나 다름없
었다. 얼굴에는 핏기가 없었고 돌처럼 무거운 머리를 안
락의자 뒤로 늘어뜨리고, 손바닥을 위로 향해 뻗은 노르
스름한 두 손은 무릎 위에서 움직이지 않았다. 가슴도 웅
크린 채 움직이지 않았다.

안락의자 주위로 마른 풀이 흩어져 있는 마루 위에는
액체가 든 몇 개의 납작한 잔이 놓여 있었다. 그 안에서
는 독한 숨이 막힐 듯한 냄새가 풍겨 나오고 있었다. 모
든 잔마다 그 주위에는 자그마한 구릿빛 뱀이 때때로 금
빛 눈을 반짝이면서 둘둘 말려 있었다. 그리고 무츠이 바
로 앞에는 두세 걸음 가량 간격을 두고 말레이 인의 길다
란 모습이 우뚝 서 있었다. 그는 알록달록한 두루마기에
뱀꼬리로 허리띠를 묶고, 머리에는 뿌리가 돋힌 모양의
높다란 모자를 쓰고 있었다. 정중히 꿇어 엎드려 기도를
드리는가 하면 다시 온몸을 꼿꼿이 발꿈치로
서기도 하고, 혹은 알맞게 손을 벌리고 열심
히 무츠이를 향해서 움직이기도 했다. 그
리고는 위협하는지 아니면 명령을 하는지,

눈썹을 잔뜩 찌푸리고 발을 동동 구르기도 했다. 그 모습은 흡사 자신이 하려는 일이 원하는 대로 안 되어서 신경질을 낼 때와 비슷했다. 이와 같은 모든 동작은 대단한 노력과 고통이 필요한 것 같았다.

말레이 인의 호흡은 거칠어지고 그의 얼굴에선 땀이 비오듯 흘러내렸다. 별안간 그는 장승처럼 얼어붙더니 가슴 가득히 공기를 들이마시고 이맛살을 찌푸리며, 힘 있게 움켜잡은 손을 천천히 자기 쪽으로 끌어당겼다. 이때 파비이는 깜짝 놀라고 말았다.

무츠이의 머리가 천천히 안락의자의 등을 떠나 말레이 인의 손이 움직이는 대로 끌려오지 않는가. 말레이 인이 손을 놓자 무츠이의 머리가 덜컥 뒤로 나자빠졌다. 말레이 인이 다시 운동을 반복하자 그의 머리도 그를 따라 운동하는 것이었다. 그러는 사이에 잔 속의 검정 액체는 끓어올랐으며, 잔 그 자체도 가냘픈 소리를 내며 울리기 시작했다. 그리고 구릿빛 뱀들은 잔 주위에서 몹시 물결쳤다. 너무나 끔찍한 장면이었다.

그때 말레이 인은 한 걸음 앞으로 나서서 눈썹을 치켜뜨고 눈을 크게 부릅뜨고는 무츠이의 머리를 흔들었다. 그러자 죽은 사람의 눈가죽이 바르르 떨리면서 서서히 열려지고, 그 밑에서 납처럼 흐릿한 눈동자가 나타났다. 말레이 인의 얼굴은 마치 개선장군처럼 능글맞은 웃음으로 빛났다. 그는 입을 크게 벌리고 길게 신음 소리를 간신히 목구멍 속에서 끊어 버렸다. 무츠이의 입술도 같이 열려졌다. 그리고 짐승 같은 말레이 인의 외침에 따라 그의 입술에서는 희미한 신음 소리가 새어나왔다.

한편 파비이는 이러한 광경을 지켜보고 더 이상 참을 수가 없었다. 그 어떤 악마의 저주 속에 휩쓸려 든 듯한 느낌을 받았다. 그래서 파비이도 같이 고함을 지르고 뒤돌아보지도 않고 성호를 그으면서 쏜살같이 집으로 도망쳐 왔다.

약 세 시간 후, 안토니오가 찾아와서 모든 준비가 끝났고 짐도 정리되어 무츠이가 떠날 준비를 하고 있다고 알려주었다. 파비이는 노인에게 아무 말도 하지 않고 테라스로 나왔다. 짐을 실은 몇 필의 말이 별관 앞에 모여 있었고, 바로 현관 옆에서 건장한 검정말이 두 사람을 태울 만한 넓은 안장을 얹은 채 서 있었고 거기에는 머리에 아무것도 쓰지 않은 몇 명의 하인들과 무장을 한 안내인이 서 있었다.

마침내 별관의 문이 열리고 평복으로 갈아입은 무츠이가 말레이 인의 부축을 받으며 천천히 걸어 나왔다. 그의 얼굴은 마치 죽은 사람처럼 몹시 창백해 보였다. 그리고 손도 힘없이 늘어져 있었다. 그러나 그는 발을 옮겼다. 사실이었다! 전혀 움직이지 못할 것 같은 무츠이가 걸음은 정상적으로 걸었다. 그리고 그는 말에 올라 몸을 바로 세웠을 뿐만 아니라 손을 더듬어 말꼬삐를 잡았다. 말레이 인은 그의 발을 발판에 괴고 자신은 그의 안장 뒤로 뛰어올라 무츠이의 허리를 꼭 안았다. 이윽고 행렬이 움직이기 시작했다. 말들이 걸음을 옮겨 바로 집 앞을 돌아가려 할 때, 파비이는 무츠이의 까만 얼굴에서 두 개의 하얀 반점이 번쩍이는 것을 보았다. 이것은 틀림없이 무츠이가 그에게 눈동자를 돌린 것이리라⋯⋯. 말레이 인은 파비이에게 정중하게 인사를 했다⋯⋯. 그러나 여전히 비웃는 듯한 태도였다.

발레리야도 이 광경을 보았는지. 그녀의 방문은 굳게 닫혀 있었다. 그러나 창문 뒤에 서 있었는지도 모른다.

점심때, 그녀는 식당으로 왔다. 몹시 안정되고 명랑해 보였다. 발레리야는 아직도 자신이 피곤하다고 불평을 늘어놓았지만 그녀에게는 어제까지 있었던 불안의 그림자를 찾아볼 수 없었다. 예전에 줄곧 느끼던 놀라움과 공포심도 없었다.

무츠이가 떠난 다음 날, 파비이가 다시 그녀의 초상화를 그리기 시작했을 때, 그는 그녀의 모습에서 다시 예전

의 그 순결한 표정을 찾을 수가 있었다. 그는 한동안 그 모습을 잃어버려서 얼마나 괴로워했던가. 그런데 지금은 붓도 저절로 캔버스를 따라 가볍고 자연스럽게 달리는 것이었다.

두 사람은 다시 예전의 생활로 되돌아왔다. 무츠이는 그들에게 있어서 이 세상에서 사라지고 말았다. 파비이와 발레리야도 무츠이에 대해서는 아무것도 생각하지 않기로 굳게 약속했다. 그리고 그의 장래의 운명에 대해서도 결코 묻지 않기로 약속했다. 또한 무츠이의 운명은 다른 모든 사람들에게도 비밀로 남아 있었다. 무츠이는 땅 속으로 들어간 듯이 없어지고 만 것이다.

그러던 어느 날, 파비이는 그날 밤에 일어났던 사건을 발레리야에게 이야기해야 되겠다고 느꼈다. 그때 그녀도 남편의 뜻을 알아서인지 숨을 죽이고 마치 충격적인 이야기를 기다리는 듯이 눈을 가늘게 뜨는 것이었다. 그런 모습을 본 파비이는 몹시 가슴이 아팠다. 그래서 그녀의 심정을 이해하고는 결국 이야기하려 했던 충격적인 얘기를 못 하고 말았다.

아름다운 가을밤, 파비이는 성 체칠리야의 초상화를 완성했고 발레리야는 오르간 앞에 앉아 있었다. 그녀의 손가락이 건반 위로 미끄러졌다. 그런데 문득 자기도 모르게 손 밑에서 언젠가 무츠이가 들려주던 그 사랑의 개가

가 울려퍼졌다……. 그리고 그 순간 그녀는 결혼 후 처음으로 새롭게 눈을 뜨기 시작한 생명의 고동을 마음속으로 간절히 느꼈다.

그녀는 몸부림을 치며 손을 멈추었다.

'내가 왜 이럴까, 아니 그렇다면…….'

여기에서 옛기록은 끝나고 있다.

옮긴이의 말 ···

    이 책은 세계문학사상 기념비적인 불멸의 명단편들을 발표한 아홉 명의 작가들을 엄선하여 그들이 남긴 주옥 같은 작품 14편을 발췌하여 꾸몄다.

    단편소설이란 양적(量的)으로 짧은 것이 특색이며, 보통 단일 주제로 단일 효과를 노린 소설로 인생의 단면을 독자적인 관점에서 날카롭게 파헤쳐 간결 · 농축된 수법으로 그린 점이 특징이다.

    이러한 작품들은 동 · 서양을 통틀어 과거는 물론 오늘날까지 국경을 초월하여 세계 각국에 많은 독자층을 형성하고 있다.

    여기에 수록된 작품들을 살펴보면 모두 하나같이 단편소설이 지닌 장점을 최대한으로 살려 윤리적인 모순점을 개선하고 인간성을 회복시키는 참된 휴머니즘이 담겨 있으며 인간의 복잡미묘한 심리를 통해 선과 악을 분명하게 규정하여 정의를 내세우는 한편 진한 감동으로 사랑을 베푸는 아름다운 이야기들을 그리고 있다.

그리고 실사적(實寫的)인 수법으로 광범위한 파악과 예리함과 박진감이 넘치는 표현, 인간의 내면에 숨어 있는 심리 해부를 통해서 따뜻하면서도 풍부한 정감과 서정이 깃들인 작품을 통하여 독자들에게 무한한 공감을 불러 일으킨다.

이 책은 중·고등학생은 물론 성인에 이르기까지 반드시 꼭 읽어야 할 명단편들로 특히 대학입시를 앞둔 수험생들이 논술문을 작성하는 데 많은 도움이 되리라 믿는다.

세계명단편선

인쇄 2017년 1월 5일
발행 2017년 1월 10일

지은이 톨스토이 외
옮긴이 유종무 외
펴낸이 배태수 ___**펴낸곳** 신라출판사
등 록 1975년 5월 23일 제6-0216호
전 화 02)922-4735 ___**팩 스** 02)922-4736
주 소 서울 구로구 중앙로 3길12
북디자인 디자인 디도

ISBN 978-89-7244-137-3 03890